엄마는 되지 않기로 했습니다

일러두기

• 이 책에 실린 인터뷰는 2019년 3월부터 11월 사이에 진행되었으며,
  인터뷰 참여자의 나이와 결혼 연차는 인터뷰한 당시를 기준으로 했습니다.
• 인터뷰 참여자 일부의 실명을 비롯한 개인 정보는 신상 보호를 위해
  다소 가공되었음을 밝힙니다.
• 인터뷰 인용문에서 저자인 '나'의 말은 [ ] 안에 표시했습니다.
• '무자녀'는 '아이가 없음 또는 그런 상태'를 의미하고, '딩크DINK, Double Income No Kids'는
  의도적으로 아이를 갖지 않은 맞벌이 부부를 뜻합니다. 다만 이 책에서의 '무자녀'는
  자발적으로 아이를 갖지 않은 기혼자라는 의미로 '딩크'와 혼용해 쓰였습니다.

엄마는 / 되지 않기로 했습니다

아이 없이 살기로 한
딩크 여성 18명의
고민과 관계, 그리고 행복

최지은 지음

한겨레출판

contents

3

한국에서 엄마가 되어도 괜찮을까?
: 무자녀 여성의 커리어, 구직, 사회 구조에 대한 토크

마흔이 되면 이 이야기를 할 수 있을 거라고 생각했다. 마흔이 되자마자 생체 시계가 딱 멈추는 건 아니지만, 그래도 마흔이 되면 더는 고민하지 않고 뒤돌아보지 않고도 말할 수 있을 것 같았다. 나는 엄마가 되지 않기로 했다고.

비가 조금씩 뿌리던 어느 날 저녁이었다. 빌딩 로비에서 퇴근하는 언니를 기다렸다. 엘리베이터에서 내리자마자 잰걸음으로 다가온 언니는 사내 어린이집으로 나를 데려갔다. 엄마를 보고 신이 나 발을 구르는 세 살짜리 조카에게 나는 어색하게 인사했다. 구름처럼 지하철역으로 향하는 퇴근 시간의 인파 속에서 언니는 조카의 손을 잡고 걸었고 나는 빈 유모차를 밀며 언니네 집으로 향했다. 멀지 않은 거리였지만 아이가 넘어지거나 혼자 달려 나가거나 부딪힐까 봐 조마조마해 신경이 곤두섰다.

언니네 집과 가까운 어린이집에 다시 들러 둘째 조카를 유모차에 태우고 첫째의 손을 잡고, 지하 주차장을 가로질러 집으로 가는 길은 이상하게 멀게 느껴졌다. 언니는 아이들 옷을 갈아입히고 손을 씻기고 자기 옷은 반만 갈아입은 채 둘째의 이유식과 첫째의 밥을 챙겼다. 내가 가져온 인스턴트 파스타 소스와 면을 후다닥 끓여 우리도 저녁을 먹었다. 언니가 식탁을 차리는 사이 내가 둘째에게 이유식을 먹이려 했지만, 데면데면하기 짝이 없는 이모가 낯설었던 둘째가 악을 쓰고 울어대며 거부했다. 처음에는 차분히 달래주던 언니도 둘째가 계속 소리를 지르며 울어대자 엄하게 호통을 치곤 일부러 등을 돌렸다. 나는 반쯤 넋이 나간 채 앉아 있었다. 엄마를 대신해서 하루만 조카들을 보러care 왔지만, 나는 그야말로 아이들을 보기만see 했을 뿐 할 줄 아는 건 아무것도 없었다.

'아, 집에 가고 싶다……'

벌써 지친 나는 정신이 혼미해진 채 생각했다. 조용하고 아무 데나 누울 수 있으며 하고 싶은 걸배터리가 다 닳을 때까지 스마트폰 들여다보기나 끝없이 TV 채널 돌리기 같은 마음껏 할 수 있는 우리 집!

그리고 생각했다. 언니는 정말 힘들겠구나. 아침부터 저녁까지 회사에서 일하고, 퇴근하는 순간부터 눈코 뜰 새 없이 애들 먹이고 씻기고 입히고 놀아주고 재우는 걸 매일매일 하다니. 첫째와 이야기하는 동시에 둘째를 어르고 달래면서 화를 한 번밖에 안 내다니, 사람이 어떻게 이럴 수 있지? 나는 도저히 못…… 그때였다. 둘째를 안고 책을 읽어주던 언니가 나를 향해 말한 것은.

"너도 아이를 하나는 낳으면 좋을 텐데……."

내가?

언니와 나는 서른다섯 해를 한집에 살았고, 같은 방을 썼고, 베개 두 개를 놓으면 딱 떨어질 만큼 좁은 이부자리에서 잤다. 자주 싸우지는 않았지만, 다투는 이유는 대부분 나 때문이었다. 맛있는 간식을 먼저 먹어버리거나, 언니가 큰맘 먹고 산 옷을 몰래 입거나, 이른 아침 출근하는 언니 옆에 누워 스마트폰 불빛을 번쩍거려 잠을 깨우거나. 가끔은 노트북을 켜고 드라마도 봤다. 우리는 성격부터 취향, 식성까지 비슷한 점이라곤 조금도 없었고 그래서 정말 친하다고는 할 수 없는 사이지만, 그래도 내가 얼마나 나밖에 모르는 사람인지 세상 누구보다 언니가 잘 알고 있을 텐데, 그런 나에게 아이를 낳으라고? 정말로?

그날 나는 늦게까지 잠을 이루지 못했다. 방 한가득 펼쳐진 이부자리 위로 언니와 조카들이 비뚤배뚤 대각선을 그린 채 누워 자는 동안 생각했다.

'아이를 낳아 키운다는 게, 정말 그토록 특별한 경험이고 누구나 한 번쯤 겪어봐야 하는 일일까? 아이와 한 시간만 같이 있어도 지쳐서 겉으로는 웃지만 속으로는 집에 빨리 가고 싶다고 되뇌며, 그 웃음을 짓는 동력조차 이것이 매일 반복되는 나의 일상은 아니라는 것에 대한 안도감인데도, 사실 그 안에 내가 모르는 엄청난 행복의 비밀이 숨어 있는 건가? 그러니까 언니가 굳이, 하필 나 같은 사람한테까지 권하는 거겠지? 만약 세상 사람 거의 다 누리는 그 놀라운 경험을 나만 놓치고 있는 거면 어떡하지?'

생각과 불안이 꼬리를 물었다.

다음 날 아침, 비몽사몽간에 둘째를 어린이집에 데려다주고 언니와 첫째를 배웅한 뒤 집에 돌아오는 길은 큰 숙제를 마친 것처럼 마음이 가벼웠지만, 한편으로는 우울했다. 아이를 낳지 않고 사는 건 정말 그렇게 잘못된 선택일까? 중요한 문제를 내가 너무 쉽게 결정한 건가? 나는 언젠가 분명 후회하게 될까? 나는 누군가에게 묻고 싶었다. 이렇게 사는 게 잘못이 아니라는 답을 듣고 싶었다. 내가 혼자가 아니라는 사실을 확인하고 싶었다.

아직 마흔이 되지 않았지만, 이야기를 시작해야겠다고 결심한 것은 그날이었다. "너도 낳아보면 알게 될 거야"라고 말하지 않는, 나처럼 아이를 낳지 않기로 한 여성들의 이야기가 듣고 싶었다. 결혼이 출산과 동의어로 여겨지고, 아이가 없는 결혼 생활은 불완전한 것으로 인식되며, 아이를 원치 않는다고 하면 피도 눈물도 없는 이기적인 여자로 취급되는 한국 사회에서 나와 같은 선택을 한 여성들은 어떤 삶을 살고 있을까. 그들은 어떤 고민을 했고 무엇을 행복이라고 생각할까. 나는 '우리 별' 사람들을 만나기 위해 움직이기로 했다.

출발점을 찾기는 쉽지 않았다. 나는 1년 가까이, 만나는 모든 사람에게 "주위에 혹시, 결혼했지만 아이를 낳지 않기로 한 여자분이 있나요?"라고 물어보았다. 친구와 가족은 물론 단골 미용실 원장님에게도, 모임에서 처음 만난 여성에게도, 얼굴 한 번 본 적 없는 랜선 친구에게도 물었다. 전 직장 동료나 친구 중에도 아이를 낳지 않는 기혼 여성이 몇 명 있지만, 나는 왠지 내가 모르는 사람들을 만나고 싶었다. 서울에서, 직장에 다니지 않고 프리랜서로 일하며 글 쓰는 일이 직업인 나와 가능하면 다른 점이 많은 사람의 이야기를 듣고 싶었다. 어디에서 무엇을 하며 어떻게 살든 엄마는 되고 싶어 하지 않는 여성이 있다는 사실을, 직접 만나 확인하고 싶었다. 내가 예상할 수 없는 그들의 이야기가 무엇보다 궁금했다.

다양한 경로를 통해 만난, 이 책에 등장하는 열일곱 명의 여성은 나에게 자신의 인생 일부를 나누어주었다. 무자녀 여성으로 살기로 한 결정은 그야말로 삶의 종합적 요소와 연결되어 있다는 사실을, 이 서로 다른 여성들의 이야기를 통해 조금씩 알 수 있었다. 나는 이들의 이야기를 듣기 위해 만났지만,

때로는 내 이야기를 마구 늘어놓기도 했다. '나만 이런 건가?'라는 생각에 누군가에게 말하지 못했던 고민을 털어놓은 뒤 혼자가 아니라는 사실에, 혹은 그게 뭐 어떠냐는 말에 종종 위로받았다. 각기 다른 자리에서 결심하고 저마다의 방식으로 저항하는 이 여성들에게 용기를 얻었고, 깊은 친밀감을 느꼈다.

인터뷰가 즐거웠던 것과 별도로, 너무나 다양한 경험과 생각을 글로 꿰어내는 것은 나의 한계를 끝없이 마주하는 과정이었다. 나는 이 여성들의 삶의 맥락을 훼손하지 않고 온전히 전달하고 싶었지만, 나의 미숙함과 편협함으로 인해 자주 헤맸다. 이들이 인생 전반을 통해 얻은 복잡한 결론을 한정된 지면에 압축해 담을 때마다 내가 무언가를 놓치거나 왜곡할 것 같아 두려웠다. 학자나 연구자가 아니다 보니 이 흥미로운 주제 안에서 더 깊고 풍부한 논의를 펼치지 못해 아쉬울 때도 많았다. 그럼에도 작업을 마무리할 수 있었던 것은 누구보다 내가 이들의 이야기를 좋아했기 때문이었다. 나는 이 용기 있고 솔직한 여성들의 이야기를 세상에 꼭 내놓고 싶었다. 특히 아이를 낳고 싶지 않거나 확신이 서지 않아 고민하는 여성들에게, 세상에는 이런 삶들이 있고 우리는 이 삶이 마음에 든다고 말하고 싶었다. 인터뷰에 참여해준 여성들에게 말로 다 할 수 없는 고마움을 전한다. 아울러, 나와 이들 사이에 다리를 놓아준 여러 다정한 분들께도 정말 감사드린다.

막막한 순간마다 균형 잡힌 조언과 따뜻한 독려로 함께해주신 편집자 허유진 님 덕분에 조금씩 앞으로 나아갈 수 있었다. 우리의 사적인 영역에 관해 글로 쓰는 데 동의하고 한결같이 지지해준 배우자에게도 많은 도움을 받았다. 무엇보다, 자신들의 인생에서 줄 수 있는 모든 것을 내게 주셨던 어머니와 아버지에게 감사드린다. 사람 하나를 키워내는 것이 얼마나 끝없는 노동이고 어려운 시험이며 예측 불가능한 과제이자 특별한 관계 맺기인지 나는 이분들을 통해 배웠다. 그래도, 어쩌면 그래서 엄마는 되지 않기로 했지만.

나 39세. 결혼 5년 차. 대중문화 기자로 11년간 일했고 현재는 글 쓰는 프리랜서다. 같은 일을 하는 배우자와 함께 서울에 살고 있다.

도윤 39세. 결혼 15년 차. 초등학교 교사이고 역시 교사인 배우자, 고양이 다섯 마리와 함께 경기도 성남에 살고 있다.

민하 25세. 결혼 2년 차. 회사원인 배우자, 개 한 마리와 함께 경상북도 소도시인 A 시에 살고 있다. 결혼과 함께 직장을 그만두었으나 최근 공인중개사 자격증을 취득했다.

보라 38세. 결혼 5년 차. 예술 노동자로, 같은 분야에 종사하는 배우자와 부산에 살고 있다.

선우 33세. 결혼 4년 차. 특수교사였고 현재는 여성단체 활동가로 일한다. 공무원인 배우자와 함께 강원도 강릉에 살고 있다.

소연 36세. 결혼 11년 차. 변호사이고 배우자, 고양이 두 마리와 함께 서울에 살고 있다.

수완 31세. 결혼 2년 차. 남태평양의 프랑스령 뉴칼레도니아에서 공무원인 배우자, 고양이 한 마리와 살고 있다. 현지인들에게 영어와 한국어를 가르친다.

승주 33세. 결혼 5년 차. 외국계 기업에서 해외 영업직으로 일했고, 배우자의 직장 발령으로 현재는 일본에 살며 경영대학원에 다니고 있다.

영지 39세. 결혼 9년 차. 고양이 두 마리, 조선소에 다니는 배우자와 함께 경상남도 통영에 살고 있다. 서점과 독서 모임, 글쓰기 교실을 운영한다.

유림 38세. 결혼 6년 차. 의사이고, 회사원인 배우자와 함께 경기도 일산에 살고 있다.

윤희 35세. 결혼 9년 차. 강원도 강릉에 살고 있으며 배우자와 함께 카페 창업을 준비 중이다.

이선 39세. 결혼 7년 차. 일러스트레이터로, 자영업자인 배우자와 함께 서울에 살고 있다.

자현 35세. 결혼 7년 차. 대기업을 퇴사하고 캐나다 이민을 준비 중이다. 직장 동료였던 배우자와 서울에 살고 있다.

재경 33세. 결혼 5년 차. IT 기업에서 일한다. 같은 직종의 회사원인 배우자와 함께 서울에 살고 있다.

정원 27세. 결혼 4년 차. 회사원인 배우자, 개 두 마리와 함께 충청북도 소도시인 B 군에 살고 있다. 다양한 글을 쓰는 작가 지망생으로 짬짬이 독서 수업을 하거나 방과 후 교사로도 일한다.

주연 41세. 결혼 10년 차. 부산에서 공무원으로 일하고 있으며, 다른 지역에서 직장에 다니는 배우자와 주말 부부로 지낸다.

한나 41세. 결혼 4년 차. 프리랜서 분장사로, 회사원인 배우자와 함께 고양이 두 마리를 키우며 서울에 살고 있다.

호정 41세. 결혼 8년 차. IT 기업에서 일하고 있으며 회사원인 배우자와 함께 경기도 용인에 살고 있다.

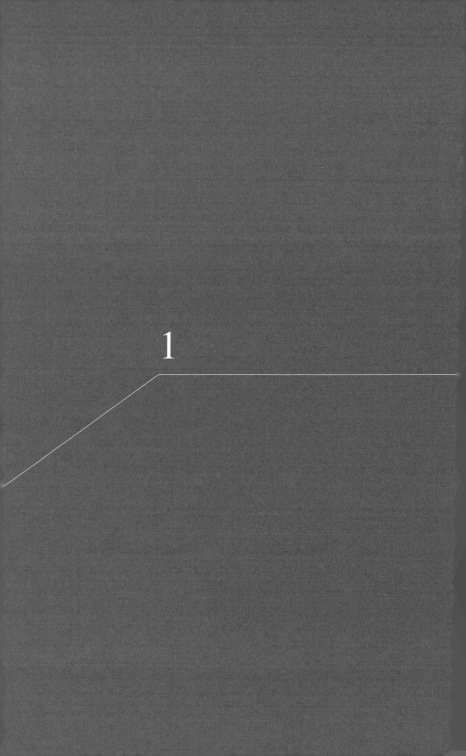

1

아이 없이 살기,
모두 100% 확신해서 결정했을까?

**내 마음과
모성 서사에 관한 토크**

'엄마'라는 욕망에 대한 질문

인스타그램을 둘러보다 성신여대 간호대학 페미니즘 동아리 '널크'에서 올린 게시물을 발견했다. 전공 교재인 《여성건강 간호학》이 남성 중심의 시각으로 기술되었다는 사실에 문제 의식을 느껴 출판사에 메일을 보냈다는 내용이었다. 그들이 인용한 사례 가운데 내 눈을 끈 것은 이 문장이었다.

> 많은 여성이 임신과 어린이를 돌보는 일을 그들의 삶에서 가장 중요한 목표 중 하나로 여긴다. 여성들은 대개 어머니가 되기를 바란다.[1]

'모든' 여성이라고 쓰지 않은 것을 다행이라 해야 할까? '유일한' 목표라고 하지 않은 것을 고마워해야 할까? 조금 멍해진 채 다음 페이지로 넘어갔다. 성차별적 내용에 문제를 제기한 학생이 출판사에 보낸 메일에는, 이 교재의 이름이 몇 년 전까지만 해도 《모성건강간호학》이었다는 사실도 언급되어 있었다. 지금은 21세기인데! 그나마 고무적인 것은 출판사 측에서 해당 내용을 개정 과정에서 수정 및 삭제할 수 있도록 검토하기로 했다는 점이다. 너무 가까이 있고 오래되어 오히려 지나치기 쉬웠을 세계에 균열이 일어난 것이다. 나는 한 발을 내디뎌준 여성들에게 감사하는 한편 지금까지 수많은 여성이 읽었을, 배웠을, 믿었을, 어쩌면 속았을 그 문장을 몇 번이고 되뇌었다.

"여성들은 대개 어머니가 되기를 바란다."

아주 솔직하게 말하면, 아이를 낳지 않는 큰 이유는 돈이 많이 들어서인 것 같아요.

태어나서 한 번도, 저와 함께 애가 있는 장면을 상상해본 적이 없고요. 오히려 애 낳는 사람들이 좀 신기했어요.

제가 마지막으로 저에게 했던 질문은 그거 같아요. 나에게 아이를 가질 수 있는 장기가 있는데 쓰지 않아도 될까?

'아이를 안 낳고 살고 싶다'고 결정한 건 아니에요. 그런데 저한테는 일이 중요해요. 뭔가를 하면서 들일 수 있는 공이 100만큼 있다면, 아이가 있을 경우 한 90은 거기다 쏟아야 하고 다른 일엔 10 정도밖에 못 쏟잖아요. 현실적으로 두 개를 다 할 수는 없는 거죠.

왜 낳아야 하는지 모르겠어요. 사실은 안 낳은 게 기본적인 형태니까 왜 낳았느냐고 물어야지, 왜 안 낳느냐고 물어보는 것 자체가 말이 안 되지 않나요? 저는 정말 왜 낳아야 하는지 많이 생각해봤고 여러 사람에게 물어보기도 했어요. 그런데 이해할 만한 답을 얻은 적이 없어요.

애를 별로 좋아하지 않고, 오히려 싫어하는 편이에요. 친구들 아기를 봐도 약간 움츠러들고, '아이 예뻐' 이런 말이 안 나오더라고요. 그래서 내 아기를 가져도 그렇게 잘해줄 자신이 없어요. 주변에 아기 낳은 사람들을 보면 너무 힘든 것 같고, 자유가 없어질 것에 대한 두려움도 있어요. 저는 술도 좋아하고 담배도 피우고 친구 만나는 것도 좋아하는데 그걸 아예 다 못하게 되니까.

저는 환경 문제에 관심이 많은데, 이미 인구가 차고 넘치는 지구에 한 명을 꼭 더할 필요가 있을까요⋯⋯. 요새는 뭘 먹든 미세 플라스틱을 걱정해야 하는 것처럼, 이렇게 오염된 세상에서 살아가는 건 개인에게도 쉽지 않은 일이잖아요. 환경을 위해서나 아이를 위해서나, 제가 한 명을 늘리는 게 그렇게 좋은 선택이라고 생각하지 않아요.

어머니가 되기를 바라지 않는, 조금은 바라지만 그보다 다른 것을 더 바라는 여성들을 만나면서, 나는 '아이를 낳지 않는다'는 선택이 어떤 과정이기도 결과이기도 의문이기도 삶에 관한 태도이기도 하다는 사실을 알게 되었다. 아이를 낳지 않기로 한 결정적 순간이나, 처음부터 단순 명쾌했던 결정은 없었다. 누군가는 여전히 변동 가능성을 안고 있었고, 누구보다 뚜렷하게 아이를 원하지 않는 여성이라 해도 고민의 과정은 생략되지 않았다. 각기 다른 이유가 삶의 복잡한 맥락과 얽혀 있기 때문이다.

다만 나에겐 가끔 떠오르는 순간이 있다. 이 책을 준비하던 시기의 일이다. 규칙적이던 월경이 늦어졌고, 6년 전 자궁내막증 수술을 받은 뒤 여성 호르몬 억제 주사를 맞았을 때처럼 체온이 널뛰었다. 산부인과에 가서 혈액 검사를 받은 지 사흘 뒤, 호르몬 수치가 낮으니 재검사가 필요하다는 문자가 도착했다. 혹시 조기 폐경 아닐까? 병원에 가기 전 최악의 사태부터 상상하는 현대인답게 나 역시 검색을 통해 온갖 부정적인 정보를 빠르게 접하며 생각했다. 자연 임신이 어려울 수도 있다는데, 그럼 난 평생 아이를 못 낳는 건가? 시험관 시술에 관해서는 떠올릴 겨를조차 없었다. 남들 다 하는물론 아니다 임신, 출산, 육아를 경험할 수 없다니, 나는 문득 블랙 위도우[2]처럼 서러워졌다. 약간 눈물이 날 것 같은데 하필 이 비극적인 순간에 위로해줄 사람 하나 없이 혼자 있다니!

잠시 후, 이성이 돌아왔다. 역시 슬플 땐 빵을 먹어야 한다. 애초에 아이를 낳고 싶어 하지도 않았으면서 아이를 갖기 어려울지도 '모른다'는 이유로 갑자기 슬퍼할 이유가⋯⋯? 방금 느낀 상실감은 진짜 내 것이 아니라 '여자는 누구나 엄마가 되어야 마땅하며 여자의 삶에 그 이상의 축복은 없다'는 메시지를 수단 가리지 않고 주입하는 사회에서 학습한 가짜 감정이 아닐까? 나는 일단 자기 연민에서 빠져나오기로 했다. 한 달 뒤, 다시 혈액 검사를 받고 의사를 만났다. 조기 폐경은 아니지만, 난소 기능이 떨어졌다며 임신 계획이 있는지 묻는 의사에게 없다고 말했다. 병원에서는 호르몬 수치 조절을 위한 경구용 피임약을 처방해주었다. 달라진 것은 없었다. 이제 콘돔을 포함해 두 가지 피임법을 쓰게 되었다는 사실 외에는.

'여성들은 대개 어머니가 되기를 바란다'에서 '대개'는 얼마나 많은 수일까? 열 명 중 아홉 명? 100명 중 99명? 명사로는 '절반이 훨씬 넘어 거의 전체에 가까운 정도의 수효나 분량', 부사로는 '일반적인 경우에'를 뜻한다고 한다. 어머니가 되기를 바라지 않는 나는 몇 명 중 한 명인지 모르겠지만 아무튼 일반적인 사람은 아닌 모양이다. 나는 딱히 엄마가 되고 싶지 않다. 불안한 예측과 즐거운 가능성을 함께 상상할 수 있지만, 그 모험에 뛰어들 만큼 강력한 동기가 없다. 아이를 낳아 키우며 느낄 벅차고 뜨겁고 충만한 감정과 경험이 내 것이 될 수 없다는 것에 가끔 아쉬움을 느끼기도 한다. 그러나 아이를 먹이고 입히고 끊임없이 이야기와 요구를 들어주는 하루하루를 내가 견딜 수 없을 거라는 사실 또한 알고 있다. 아이의 친구 관계와 학교생활, 재능과 진로에 관해 내 일처럼 고민하며 울고 웃는 날들은 진저리 쳐질 수도, 어쩌면 엄청나게 행복할지도 모른다. 하지만 나는 내 인생을 그렇게까지 침범하고 흔들어놓을 타인을 원하지 않는다. 물론 동시에 조금 불안해진다. 아이를 낳기 전에 나 같았던 사람들도 마음이 바뀌었겠지? 그들의 세계는 더 확장되고 풍성해졌겠지? 그리고 다음 순간 다시 생각한다. 그래도 나는 아니야.

이 책을 쓰기 위해 내가 만난 인터뷰 참여자들은 '대개' 나와 비슷하다기보다 다른 점이 훨씬 많은 사람들이었다. 하지만 나는 그들이 어머니가 되지 않기로 한 모든 이유에 공감할 수 있었다. 나는 바로 그 '대개'에 속하지 않는 이야기를, 어머니가 되길 바라지 않는 다른 여성들에게 전하고 싶었다.

흔들림을 두려워하지 말 것

나는 인터넷 중독자다. 무엇보다 무자녀 여성의 고민이나 경험에 관한 생생하고 솔직한 이야기는 온라인이 아니면 거의 접할 곳이 없다. 그리고 내가 읽은, 아이를 낳을지 말지 고민하는 여성들에게 거의 빠짐없이 달리는 댓글은 이런 것들이었다. '딩크는 100퍼센트 확신 있는 사람들만 할 수 있는 거예요' '낳을까 말까 고민한다는 것 자체만 봐도 낳으시는 게 좋을 것 같아요' 등등.

아이를 갖지 않기로 95퍼센트 정도 마음을 굳혀갈 때 나를 정말 혼란스럽게 한 것은 저 '100퍼센트'라는 숫자였다. 정말? 그렇게 한 치의 여지도 없는 사람만 끝까지 아이를 낳지 않고도 잘살 수 있다고? 100퍼센트에 미달하는 나는 이러다 '가임기'를 놓치고 후회할 게 뻔한 사람인가? 세상의 무자녀 부부들은 정말 다 100퍼센트 확신을 갖고 결정했을까? 아이를 안 낳고 싶긴 한데 낳는 문제에 관해 고민하는 사람은 결국 낳고 싶은 사람이란 건가?

❝
도윤

20대에는 '아이를 낳지 않기로 했지만 절대로 낳지 말자는 생각까지는 하지 말자, 언제든 바뀔 수 있는 거니까 긍정적으로 생각해보자'라는 태도로 살았어요. 그 후로도 저는 **계속 '낳음'에 대해 두리번거렸어요.** 정말 괜찮은 건가, 저게 내 것이 되었을 땐 어떨까. 하지만 점점 드는 확신은, 내 것이 아니라는 거예요. 아이를 낳음으로써 불행해질 거라 생각하지 않고, 저기에 행복이 있을 수 있지만 그 행복은 내 것이 아니라는 거죠.

인터뷰 참여자 가운데 가장 오랜 기간인 15년째 결혼 생활을 유지해온 도윤은 파트너와 결혼 전 자연스럽게 아이를 낳지 않기로 합의했고 현재의 생활에 매우 만족하며 살고 있다. 그러나 그런 그도 긴 시간에 걸쳐 '낳음'에 대해 두리번거렸다고 말했을 때, 나는 표현할 수 없어 답답했던 문장 하나를 찾은 기분이었다.

'낳음'을 정답으로 제시하는 세상에서 살다 보면, 그 답에 대한 의문을 갖는 것조차 차단당하기 쉽다. 자신이 아이를 낳고 싶은지 아닌지 고민하는 여성을 향해 '고민되면 일단 낳아야지'라고 던지는 말들은 그 두리번거림을 당장 멈추라는 뜻이다. 자신의 마음을 찬찬히 들여다보느라 시간 낭비하지 말고 어서 '순리'를 따르라는 것이다. 무자녀 부부를 향한, 짐짓 현명한 척 늘어놓는 조언도 가세한다. "부부가 살다 보면 좋을 때도 있고 나쁠 때도 있는데, 나쁠 때 애가 없으면 헤어지게 된다."

이 말에 대해 도윤은 웃으며 말했다. "나쁠 때 애가 없으면 좀 더 수월하게 이혼하고 행복해질 수 있겠죠."

유림 저는 인생 전반적으로 보면 기대되는 역할을 잘 수행하며 살아온 편이에요. 학교 다닐 때 공부 열심히 했고, 일도 했고, 조금 늦었지만 결혼도 했고. 그런데 아이를 낳지 않는 건 일종의 마이너리티로 가는 느낌이 들어서 결정이 쉽지 않은 것 같아요. 그런 일탈을 해보지 않았으니까요. 심하게 말하면 '정상성'에 대한 고민인 거죠. 하지만 저는 아이를 낳으면 내 자율성을 뺏길 수도 있다는, 내가 어떤 '역할'로만 지내게 될 수 있다는 데 대한 두려움이 있어요. 자유롭고 독립적이 되고 싶은 마음이 큰데, '이런 내 기질에 충실하게 살면 된다'와 '낯설어도 새로운 세계로 가는 걸 시도하는 게 어른인가?'

라는 생각이 같이 있죠. 사실 어떤 때는, 피임을 안 하던 시기에 아이가 생겼으면 지우지는 않았을 것 같기도 해요. 그냥 낳아서 키우고 그걸 받아들였을 것 같아서 헷갈릴 때가 있어요.

❝
호정

저는 가보지 않은 길에 대해 후회와 집착이 많은 편이에요. 불과 반년 전만 해도 예쁜 아이를 보면 길에서 혼자 울고 그랬어요. 갱년기가 가까워져서 그런지, 회사가 너무 힘든 날 같을 때는 '내 인생의 의미는 뭐지? 나는 왜 회사에 다니지? 애가 너무 예쁜데 나는 왜 애가 없지?' 하는 생각이 들어서 울며 잠든 적도 있어요. 그럼에도 불구하고 저는 아이를 갖고 싶지 않다고 확신해요. 설명하긴 어렵지만요. 감정적으로는 이런저런 생각이 들지만, 아이가 없는 삶에 대한 확신은 100퍼센트 있거든요. '아이가 너무 갖고 싶어' 하며 울었던 건 잠시 스쳐가는 감정이고, 기본적으로 그 감정이 그렇게까지 궁금하지 않아요. 사람의 관계와 욕구는 여러 가지니까. 그런데 머릿속으론 이렇게 생각하면서도 아이들을 보면 귀여워서 짜증이 나요. '어쩌라고~' 이런 마음. 웃음

유림이 느끼는 혼란과 호정이 느끼는 짜증스러움도 낯설지 않았다. '낳음'을 둘러싼 이성과 감정, 욕구와 판단이 마구 엉

켜 있고, 내가 마음을 바꾸면 다른 선택을 할 수 있을 것 같기도 하다. 가끔은 '평생 나 좋은 대로 하고 살아도 되나?'와 '어차피 살다 보면 하고 싶지 않은 일도 하게 되는데, 몇 년 걸릴지도 모르는 힘든 프로젝트를 굳이 시작해야 하나?'라는 생각이 교차한다. 어떤 아이가 사랑스럽다고 느끼자마자 '쟤 정말 귀엽다, 나도 언젠가 저런 애를 키우고 싶으면 어떡하지? 지금이 마지막 기회인가? 아냐, 늦었어! 매일 젖 먹이고 기저귀 갈아줄 수 있겠냐?' 같은 생각이 한순간에 떠올랐다 흩어질 때도 있다. 진짜 어쩌라고~!

하지만 나는 오히려 '100퍼센트 확신'보다 이 흔들림에 관한 이야기가 더 중요하다고 생각한다. 전자라면 운 좋게도, 남들의 이야기를 크게 필요로 하지 않을 것이기 때문이다. '낳음'에 대해 잠시도 두리번거리지 않고 성큼성큼 걸어갈 수 있다면 그것대로 다행이겠지만, 그렇지 않은 여성들도 충분한 시간을 들여 자신을 직시하고 고민에 집중할 수 있어야 하지 않을까.

미국 작가 메건 다움이 엮은 《나는 아이 없이 살기로 했다》에는 아이 없는 삶을 선택한 작가 열여섯 명여성과 남성의 비율은 13대 3의 이야기가 실려 있다. 그중 한 사람인 정신분석가 진 세이퍼는 마흔두 살이었던 1989년, 한 잡지에 '나는 오롯이 내 의지로 생각하고 판단해 아이를 갖지 않기로 결정했다'는 글을 실었다.[3] 그로부터 25년이 지나 예순일곱 살의 무자녀 여성이 되어 쓴 에세이의 서두에 이 글을 인용한 그는 당시의 감정을 고백한다.

> 내 인생에서 가장 어렵고 외로운 결정을 내리는 최종 단계에 서서나는 폐경기가 올 때까지 결정을 유보하며 기다렸다 눈물을 흘리며 이 글을 썼다. 이 기사가 인쇄되어 나오자 내 주장은 돌이킬 수 없는 사실이 되어버렸고, 나는 다시 울었다.[4]

세상을 향해 '아이를 갖지 않겠다'고 선언하며 울다니, 이상한 얘기처럼 들리겠지만 나는 그 모순된 감정을 이해할 수 있어서 눈물이 났다. 아이를 갖지 않는 것은 정말 외로운 결정이다. 외로움에 둔감한 편인 나조차 깜짝 놀랄 만큼 때때로 외로웠다. 배우자와 상의할 수는 있지만 마지막 결정은 나만이 할 수 있다는 사실, 입시와 취업과 결혼 같은 큰 산을 넘었는데도 앞으로의 인생을 크게 좌우할 선택이 남아 있다는 사실은 너무 무거운 숙제 같았다. 마감 기한이 점점 다가오는 것도, 이 숙제를 해본 사람이 많지 않다는 것도 외로움의 요인이었다. 몇몇 인터뷰 참여자들은 "차라리 우리 집 앞에 애가 하나 뚝 떨어져 있으면 좋겠다고 생각했어요"라거나 "차라리 병원에서 저더러 임신을 못 한다고 하면 마음이 편할 것 같았어요"라고 털어놓았다. 자신의 의지와 상관없이, '차라리' 어느 쪽으로든 결론이 나주기를 바랄 만큼 이 탐색의 시간이 고통스러웠기 때문이다.

"엄마가 되지 않는 삶은 끝없는 노력의 연속이다"라는 진세이퍼의 말은 우리가 왜 계속 흔들릴 수밖에 없는지 알려준다. 우리는 엄마가 되는 삶이야말로 끝없는 노력의 연속이며 비록 그 노력을 아름답게 칭송하는 인간들이 어떤 엄마를 위해 아기 기저귀 한 번 갈아준 적이 없다 하더라도 당연히 그렇게 노력하며 살아야 한다고 배웠다. 엄마가 되지 않는 여자는 이기적이고 자기 본분을 다하지 않는다고 비난하는 세상에서 말이다. 진 세이퍼는 무자녀 여성을 둘러싼 이 전방위적 압력에 대해 이렇게 요약한다.

> 너무나 근본적이면서 자신의 과거와 사회의 기대, 여성다움의 개념, 삶의 목적과 복잡하게 뒤얽힌 무언가를 선택하려면 자신이 가진 모든 의지를 하나도 빠짐없이 다 동원해야 한다. 순리라고 여겨지는 방향과 어긋나는 길을 선택할 때는 이런 각오가 없으면 안 된다.[5]

이런 각오와 함께 5년간의 치열한 시간을 거쳐 그가 맞이한

전환점은 다음과 같았다.

> 나는 진심으로 아이를 갖고 싶은 것이 아니야. 아이를 갖
> 길 원하는 마음을 원하는 거야.

나는 지금도 내가 100퍼센트의 확신을 가진 무자녀 여성인
지는 잘 모르겠다. 이제 98퍼센트 정도는 되는 것 같다. 하지만 이제는 그
게 그렇게까지 중요하지는 않다고 느낀다. 나의 흔들림 역시
자연스러운 감정임을 직시하고, 나만 이렇게 흔들리는 것은
아니라는 사실을 알게 된 것만으로 충분한 용기를 얻었기 때
문이다.

임신과 출산은
가족 드라마가 아니다

내가 '오로'라는 단어를 처음 알게 된 것은 서른두 살 때, 첫 아이를 출산한 친구한테서였다. 임신의 유일한 장점은 생리를 안 하는 거라는 농담을 여자끼리 주고받은 적이 있지만, 분만 후 길면 한 달 가까이 자궁에서 분비물이 나온다는 사실은 어디서도 배운 적이 없었다. 마취에서 깨어나면 혼자 화장실도 못 갈 정도로 아프고 힘들다는데, 그냥 아프기만 한 게 아니라 이런 일 저런 일이 또 있다고? 게다가 수유를 하니까 변비가 심해졌다고? 손목이랑 손가락 관절이 너무 아파서 키보드도 못 친다고? 알면 알수록 알고 싶지 않은 제보가 하나둘 들어오면서, 나는 육아 이전에 일단 임신 출산을 멀리하고 싶어졌다.

건강한 편은 아니지만, 그렇다고 특별히 아픈 데도 없이 살아온 나는 결혼 1년 전쯤 자궁내막증 수술을 받았다. 큰 수술은 아니라 금세 회복되긴 했지만, 재발을 막기 위해 호르몬 억제 주사를 맞으면서 컨디션이 망가졌다. 간단히 말하자면 '갱년기 미리 보기' 같은 상태로, 체온이 자꾸 오르락내리락하고 불면증이 찾아왔으며 기억력이 뚝 떨어졌다. 통증이 있거나 한 게 아닌데도 사는 게 배로 힘들어지자, 역시 임신은 안 되겠다는 생각이 들었다. 지금 그냥 사는 것만 해도 피곤한데, 더 나쁜 컨디션으로 수개월을 보낼 수도 있다고 생각하니 아찔했다.

내가 친구들의 경험을 건너 들으며 임신과 출산의 '실체'에 대해 알게 된 것처럼, 여성이 많은 직장인 초등학교에서 일하는 도윤은 동료들을 보며 그 어려움을 알게 되었다.

❝
도윤

제가 5반 담임인데 4반과 6반 선생님이 비슷한 시기에 임신한 적이 있어요. 어느 날 전담 시간이라 연구실에 있는데, 한 분이 수업 중에 화장실로 막 뛰어가는 소리가 들리는 거예요. 저는 입덧이 드라마에 나오는 것처럼 그냥 "우욱" 소리만 나는 건 줄 알았거든요. 정말 토하는 거더라고요. 걱정도 되고, 애들도 놀랐을 테니 일단 내가 교실에 가줘야 하나 생각하고 있는데 곧 정리하고 들어가시더라고요. '힘드시겠다' 싶었는데 몇 분 뒤에 다른 분이 토하러 가시고, 다음에는 먼

저 가셨던 분이 다시 토하러 가셨어요. 그중 한 분은 임신 막
달에 소양증이 와서 온몸이 가려운데 긁을 수가 없다고 너무
힘들어하셨고요. 출산 경험이 있는 선생님들은 "낳고 나면
괜찮으니 조금만 참아"라고 하시는데, 어쨌든 그 와중에 일
해야 하잖아요. 아이들 가르치는 일은 에너지를 굉장히 많이
써야 하는 거라서 '아우, 나는 못 하겠다' 하고 생각했어요.

  우리가 입덧이라는 증상을 가장 많이 본 것은 아마도 KBS
주말 드라마, 그것도 마지막 회에서였을 것이다. 명절도 아닌
데 삼대가 모여서 밥을 먹고 있을 때 며느리가 갑자기 "우욱"
하며 일어나 화장실로 달려가고, 온 집안 어르신들이 경사 났
다며 싱글벙글하기 위한 계기로써 입덧을 보여주기 때문이
다. 물론 드라마는 곧 끝나야 하니까, 짧은 "우욱" 외의 증상
은 등장하지 않는다. 구토와 구역을 달고 사는 게 얼마나 고통
스러운지 생략, 날씬한 상태에서 배만 좀 나오는 것 외의 온갖
신체 변화 생략, 달이 찰수록 방광이 짓눌려 수시로 화장실을
드나들어야 하는 바람에 잠도 제대로 못 자는 고통 생략, 기타
등등 다 생략…… 대신 '임신해서 예민하고 변덕스러워진 아
내를 위해 밤늦게 간식 사다 바치는 남편의 고충'은 꼭 등장하
며, 그러고 나면 어느새 아기가 태어나서 돌잔치를 하고 있다.

저는 아기 낳는 거 무서워요. 출산의 고통도 겁나고, 죽을 수
도 있잖아요. 그래서 드라마 같은 데서 여자가 아기 낳기 전
에 남편한테 "무슨 일이 생기면 나는 죽어도 좋으니까 내 아
이를 살려줘"라고 하는 게 너무 싫어요. 물론 거기 나오는
남편들은 부인을 살려달라고 하지만, 대부분 아이가 살고 그
게 아름다운 것처럼 포장하잖아요. 그래서 남편이랑 그런 거
같이 보면 "자기는 어떡할래?" 물어봐요. 남편이 "아유, 당
연히 나는 너를 살리지~" 하지만, 과연 저 상황에서 쟤가 의
식 불명인 나를 선택하고 아이를 포기할까 싶더라고요. 그래
서 "꼭 나를 살려야 된다"고 다짐을 받죠. 웃음

아이를 낳을 생각이 없으면서도 보라가 왜 그런 상상을 하
는지 알 것 같았다. 우리는 임신과 출산을 둘러싼 여성의 신체
적 고통과 희생에 관해 '숭고하다'고 말하는 동시에 '아무것도
아닌' 것으로 취급하는 사회에서 자랐기 때문이다. 지하철 임
산부석이 '역차별'이라며 분개하고, 자연 분만이 아닌 제왕 절
개 수술로 아이를 낳으면 모성애가 부족하다고 비난하며, 모
유 수유를 하지 못하거나 안 하는 여성들에게 죄책감을 불러
일으키고 싶어 하는 사람들은 여성에게 임신이 징벌로 작용
하기를 바란다는 생각이 들 정도다.

물론 아이를 낳지 않기로 한 보라조차, 아이를 '갖지 못할 수' 있다는 가능성 앞에서는 잠시 흔들렸다는 점이 흥미로웠다. 자궁내막증으로 난소에 생긴 혹이 유착되어 통증이 심해지는 바람에 수술을 받았을 때의 이야기였다.

> **보라**
>
> 수술 전에 레지던트가 와서 "만약 난관이 막혀 있으면 잘라내야 하고, 그러면 자연 임신이 어려울 수도 있다"고 말하는데 가슴이 철렁하는 거예요. 그전까진 아기 낳을 생각이 없어서 잘라도 된다고 했는데, 환자복 입고 링거를 꽂은 채 그 말을 들으니까 별별 생각이 다 들더라고요. '혹시 2~3년 뒤에 아이가 갖고 싶으면 어떻게 하지? 자연 임신이 안 된다고? 시험관은 싫은데?' 남편이 듣더니, "그냥 네 장기를 자른다는 상실감 때문이지, 아기가 갖고 싶어서 그런 건 아닐 거야"라고 해서 다시 마음이 편해졌어요. 그런데 수술실에 누워서 마취 주사 맞고 10, 9, 8, 7을 세는 마지막 순간에 거듭 "난관 자르기로 하셨죠? 하셨죠?" 하고 확인하더라고요. 저는 마취로 꼴까닥하면서도 '그게 그렇게 중요한…… 가…… 나는 왜 이렇게…… 아무렇지도 않을까……' 했던 기억이 있어요. 웃음 결국엔 안 잘랐더라고요.

아이를 갖고 싶은 마음이 없거나, 심지어 결혼 계획조차 없는 여성도 30대 중반을 지나면서는 출산 문제에 관해 한 번쯤 고민하는 경우를 종종 본다. '언젠가 낳고 싶어졌을 때 아이를 가질 수 없으면 어떻게 하지?'라는 불안 때문이다. 이럴 때 난자 냉동은 왠지 마음의 평화를 되찾을 방법처럼 여겨진다.

❝
소연

30대가 되고, 저도 몸이 나이를 먹으니까 초조한 거예요. 아이를 낳을지 말지 진짜 생각해야 하는 시기가 오니까요. 그래서 남편과 얘기도 여러 번 하고, 진지하게 난자 냉동을 알아본 적이 있어요. 생명윤리법상 냉동 수정란은 5년 안에 폐기해야 하거든요. 그런데 냉동 난자에 관해서는 입법 미비로 보관 기한이 정해져 있지 않아요. 제가 만약 난자를 채취해 냉동해두고, 미래의 어느 시점에 인공 자궁이 만들어진다면 그때 정자를 채취해서 수정란을 만드는 게 이론적으로는 가능한 거죠. 대리모는 윤리적 문제가 있으니까 고려할 수 없고요. 저는 원래 아이를 그렇게 갖고 싶은 건 아니었지만, '이 사람과의 아이라면 한 번 낳아볼까' 하는 마음 반, 저의 유전자가 너무 아깝다는 마음 반이었어요. 그래서 난자 냉동을 생각한 건데, 일단 채취 과정이 너무 힘들어요. 그리고 나중에 사후적으로 수정하고 착상시켜 임신에 성공할 확률이 7퍼센트밖에 안 되더라고요. 1년에 보관료 몇 십만 원 정도는 병원에 낼 수도 있지만, 이렇게 확률이 낮아서야 무의미

하다는 생각이 들어서 마음을 접었어요. 웃음

임신과 관련해 구체적인 정보를 수집하고 현실적인 이유로 중단한 소연처럼, 내가 만난 무자녀 여성들은 자신을 둘러싼 상황과 임신의 관계를 냉정하게 판단했다. 체력과 건강은 특히 중요한 문제다.

재경 저는 몸의 상태를 통제하는 데도 관심이 많아서 운동을 꾸준히 하고 있어요. 그런데 출산 후 건강이 계속 나빠지거나 지병이 생긴 친구들이, "임신하기 전에 너처럼 PT도 받고, 체력을 좀 기른 다음에 아기 가질 걸 그랬어"라는 말을 많이 해요. 물론 모든 사람이 강골일 수는 없죠. 임신이나 출산 과정이 얼마나 어떻게 괴로울지 다 예측할 수도 없고요. 그런데도, 임신을 그냥 숙명처럼 받아들인다는 게 저는 잘 이해가 안 돼요.

한나 저는 섬유근육통증후군을 앓고 있어요. 근육이 수축만 하고 이완을 잘 못해서 근육이 찢어지는 것 같은 통증을 느끼는 거죠. 아침에 눈을 뜨면서부터 두들겨 맞는 기분이라 얼른 약을 먹어야 해요. 아이를 가지려면 일단 약을 끊어야 하는데, 약을 안 먹으면 금단 현상이 와서 식은땀을 흘리고 온몸이 떨리면서 일상생활이 어려워져요. 그렇게까지 힘들게 낳고 싶지는 않더라고요.

　나는 한나가 임신을 준비하면 겪게 될 자신의 고통을 '엄마가 되기 위해 당연히 견뎌야 하는 것'으로 여기지 않아서 좋았다. 모든 육체적 고통과 마찬가지로, 임신과 출산 과정에서의 고통과 체력 저하는 누구도 대신해줄 수 없다. 그러니 피할 수 없으면 즐기라는 말이 아니라, 피하고 싶으면 피하자고 말하고 싶다. 다행히 임신과 출산이라는 경험에 관한 여성의 이야기가 세상에 나올수록, 더 많은 여성이 선택하지 않는다는 선택지를 떠올릴 수 있는 것 같다. 아동학 박사 전가일의《여성은 출산에서 어떻게 소외되는가》와 송해나 작가의《나는 아기 캐리어가 아닙니다》를 인상적으로 읽었다는 정원은 말했다.

❝
정원
임신이 여성의 몸에 얼마나 큰 리스크인지, 알고는 못 하겠더라고요.

임신 중지에 대한 생각

"낙태는 권리가 아니라 살인"

"수태 순간부터 생명"

"엄마 아빠 살려주세요!"

  2019년 3월, 나는 낙태죄 위헌 판결을 촉구하는 헌법재판소 앞 1인 시위에 참여했다. 4월 11일로 예정된 낙태죄 위헌 소송을 앞두고 '모두를 위한 낙태죄 폐지 공동행동'에서 기획한 릴레이 시위였다. 이날 오전 내가 헌법재판소 앞에 도착했을 때, 정문에는 이미 '낙태 합법화 반대' 문구와 태아 초음파 사진을 확대해 붙인 대형 피켓을 든 장노년 남성과 여성들이 자리 잡고 있었다. 아이러니하게도, 물론 새삼스럽지는 않지만 현장에서 가장 목청이 높은 사람들은 남성 노인들이었다.

떠들썩하게 대화를 나누고 가져온 간식까지 나누어 먹는 '낙태죄 찬성' 측과 달리, 두 사람이 짝을 이루어 한 명이 30분씩 '낙태죄는 위헌이다' 피켓을 들고 있으면 끝나는 '우리 편' 시위는 왠지 초라하고 약하게 느껴졌다. 저들은 저렇게 열성적이고 조직적인데, 우리가 정말 법정에서 정의를 구할 수 있을까? 그때, 근처에서 슈퍼히어로 코스프레 복장으로 휴대폰을 들고 라이브 방송을 하던 남자가 다가와 마이크를 들이댔다. 내가 거절하자 그는 내 옆에서 낙태죄 찬성 측 피켓을 들고 있던 30대 초반가량의 여성에게 인터뷰를 청했다. 그 여성은 수줍게 웃으며 남성 노인들을 가리켰다.

"저분들 인터뷰하세요. 저는 그냥 아기 엄마라서 말을 잘 못해요……."

이상하게도 그날 내가 가장 충격적으로 느낀 것은 '그냥 아기 엄마'라는 그 한마디였다. 임신했지만 아기를 낳지 않기로 한 여성을 처벌해야 한다고 주장하기 위해 거리에 나온 아기 엄마, 그가 낙태하는 여성과 자신 사이의 거리를 어느 정도로 여길지 궁금했다.

아이를 낳지 않기로 했지만, 그래서 피임도 열심히 하지만, 그래도 아이가 생기면 낳아야 할까? 몇 번쯤 상상해본 적이 있다. 무작정 반가울 것 같지만은 않았지만, 생긴 아이를 지운 다는 상상에도 저항감이 들었다. '그 정도면 낳으라는 계시 아 닐까?' 누가 그런 계시를 내릴지 모르겠지만, 순응하면 왠지 편해질 것 같다는 생각도 들었다.

[혹시 임신한다면 어떻게 할지 생각해보셨나요?] 피임을 이렇게 까지 했는데도 생기면, 그건 계시라 생각하고 낳아야 할 것 같아요. [그 이후에는 어떨 것 같으세요?] 그냥 뭐 하늘과 내 운명을 탓하며…… 웃음 [낙태에 대해서는 어떻게 생각하세요?] 100퍼센트 산모 본인의 의사에 맡겨야죠. 낙태죄는 말도 안 되는 거니까 폐지해야 하고. [그런데 내가 예상치 못하게 임신 했을 때 낙태하겠다는 결론이 바로 떠오르지 않는 이유는 왜일까 요?] 그건 약간 뭐랄까, 운명 같은 느낌이 들어서요. 피임을 이렇게까지 했는데 생기면, 굳이? 사실 주위에 수술한 친구 가 두 명 있는데, 정신적으로 많이 힘들어했고, 계속 죄책감 을 안고 지내더라고요. 그런데 다시 질문을 받고 보니까, 지 금이라면 저도 지울 것 같긴 하네요.

저는 가톨릭 신자인데, 우리 지역 성당에서는 낙태죄 폐지 반대 서명을 강요하는 분위기였어요. 그런데 저는 종교를 떠 나 여성의 성적 자기결정권 측면에서 낙태죄를 폐지해야 한다고 생각해요. 교회법에는 낙태가 죄라고 되어 있지만, 사회법으로까지 이중 처벌하는 걸 이해할 수가 없어요. 용서하는 종교인데 이중적이란 생각이 들죠. [만약 지금 임신한다면 어떻게 할 것 같아요?] 남편이랑 얘기한 적이 있어요. "우리가 이렇게까지 피임을 열심히 하는데도 생기면 걔는 '아기장수' 아닐까?" 거의 수태 고지 받은 거 아니냐고. 웃음 아무튼 그렇게 되면 저는 낳을 것 같아요. [낙태죄 폐지 지지는 타인을 정죄하고 싶지 않기 때문이고, 가톨릭 신자로선 직접 임신 중지를 하지는 않겠다는 건가요?] 맞아요. 그 문제로 타인을 정죄하는 건 잘못이지만, 제가 낙태를 하지는 않을 것 같아요.

'계시'와 '아기장수'라는 말이 나오는 순간 너무 공감되어 웃음이 터졌다. 아이를 원하지 않는다는 의식과 별개로, 우리는 '낳아야 한다'는 통념이 깊이 뿌리내린 무의식의 지배와 끊임없이 싸우고 있다는 생각이 들었다. 나 역시 원하지 않았지만 '생긴' 아이라면, 아니 바로 그래서 더 특별한 존재로 의미를 부여하고 싶었던 것 같다. 그러나 인터뷰 참여자들과 이야기를 나누면서, 가장 중요한 건 내가 원했고 계속 지키고자 하는 삶의 모습임을 깨닫게 되었다.

낙태를 밥 먹듯 할 수 있는 게 아니잖아요. 그런데 가끔 제가 가르치는 남자아이 중에 "낙태 수십 번 하면 어떡해?" 하는 경우를 봐요. 이 문제에 대한 이해도가 너무 떨어지는 거죠. 저만 해도 드라마 〈M〉[6]을 보고 자란 세대라서 옛날엔 '낙태하면 다 저렇게 되나, 무섭다'라고 생각했거든요. 만약 낳을까 말까 고민하던 시기에 아이가 생겼다면 어쩔 수 없이 키워야겠다고 생각했을 것 같아요. 그런데 지금이라면 안 낳을 것 같아요. 그런 선택도 할 수 있어야 하지 않을까요? 저는 아이를 '낳는다'는 걸 그렇게 신성시하고 싶지 않아요.

나 역시 중학생 때 〈M〉을 보고 '낙태는 나쁘고 무서운 것'이라 믿었다. 거기서 벗어나게 된 것은 20대 이후 받은 페미니즘 세례 덕분이었다. 그러나 요즘도 한국 드라마나 영화에는 종종 임신 중지를 고민하는 여성이 등장한다. 피치 못할 이유로 수술을 결심하고 산부인과를 찾아간 이들은 곧 태아 초음파 사진이나 심장 소리에 감격하며 "어머, 이 천사가 내 아기라니!" "아가야, 내가 네 엄마야!" 같은 독백과 눈물이 필수다 임신 중지를 포기한다. 인간의 생명을 개미 목숨처럼 여기던 킬러라도 마찬가지다. 아무리 힘든 상황에서도 태아를 지켜내는 것은 여성 주인공의 '인성'을 보증하는 기준이다. 반대로 아기를 지우거나 버리는 것은 지독하게 이기적인 '악녀'만이 하는 짓이고, 악녀가 아닌데 아기를 버린 여성은 평생 후회하며 속죄한 끝에 자신이 버렸던 자식과 재회해 눈물로 용서를 구한다. 아버지는 어디서 뭐하냐고요? 누가 그걸 신경이나 쓴답니까. 점집에서 여성 고객에게 '태아령'을 들먹이며 기도비나 굿값을 요구하는 것도, 임신 중지는 여성의 수치스러운 죄이며 악행이니 대가를 치러야 한다는 문화적 배경 안에서 먹히는 죄책감 마케팅이다.

그러나 내가 두 명의 인터뷰 참여자에게서 들은 임신 중지 경험은 그렇지 않았다.

결혼을 몇 달 앞두고, 우리는 완벽하게 피임해왔다고 생각했는데 임신을 해서 수술했어요. 남편은 그때 낳자고 했지만 저는 아닌 것 같다고 생각했어요. [그런 경우 임신 중지를 결정하는 대신 '어차피 결혼할 건데……'라고 생각하며 결혼 날짜를 당기는 경우가 많잖아요.] 그때 무슨 생각을 했는지는 잘 기억나지 않아요. 굉장히 고통스럽게 고민하면서 선택했는데, 오히려 극단적인 상황에 내몰렸기 때문에 본능을 따른 것 같아요. 직관적으로, 그게 나한테 맞는 거라고 생각했어요. 만약 결혼한 뒤에 피임에 실패해서 아이가 생겼다면 아마 낳았을 거예요. 우리 둘은 그전과 똑같지만, 결혼했으니까 왠지 낳아야 한다는 생각이 들었을 것 같아요. 그런데 낳았으면 행복하지는 않았을 거예요. 얼마 전에 생리가 늦어지는 바람에 임신 테스터를 사면서 너무 불안했거든요. 다행히 임신이 아니었고, 내가 이 정도로 불안해할 사람이라면 안 낳는 게 맞는다는 생각이 들었어요.

나는 그의 이야기를 들으며 사람이 자신을 믿고 판단하는 것이 얼마나 중요한지 느꼈다. 나는 한 인간을 세상에 내놓는 것만큼 결과를 예측할 수 없고 수습하기 어려운 문제는 없다고 생각한다. 하지만 결혼을 앞두었거나 결혼한 여성이 임신한 경우, 그 자신이 아이를 원하지 않는다는 감정은 놀라울 만큼 '중요하지 않은' 것으로 취급된다. 출산은 결혼의 묶음 상품 같은 것이며, 이를 회의하거나 거부하는 여성은 정상을 벗어난 혹은 천륜을 저버리는 존재로 인식되기 때문이다. 임신 중지가 형법상 '죄'인 나라에서라면 여성은 범법자가 될 위험마저 무릅써야 한다.[7] 가족을 비롯해 그를 둘러싼 사회의 통념은 여성이 스스로 판단할 시간을 주지 않거나 판단하지 못하게 밀어붙인다. 그러나 내가 만난 이 여성은 고통에 직면하며 자신에게 맞는 길을 선택했다. 나는 그가 자신의 삶을 지켜낸 방식이 존경스러웠다.

혼인 신고를 하고 같이 살기 시작했을 때 바로 아기가 생겼어요. 당시에는 어떻게 해도 낳아서 키울 수 없는 상황이라 5주쯤 됐을 때 수술했어요. [임신 사실을 처음 아셨을 때 어떤 생각이 들었어요?] 이해하지 못하실 수도 있는데, 기분이 좋았어요. 아주 초기라 몸에서 아무 변화도 안 느껴지는데 임신한 걸 알게 되니까 되게 신비롭더라고요. 제가 원래 콩을 심었는데 싹이 나도 되게 신기해하는 사람이거든요. 그런데 진짜 사랑하는 사람과의 사이에서 생긴 거니까 너무 신기했죠. 하지만 지금은 도저히 안 된다고, 둘 다 생각했어요. 죄책감이 들거나 그런 여지 없이, 해야만 하는 선택이었어요. [수술 과정이 힘들지는 않으셨나요?] 병원에서 굉장히 조심스럽게 대해줬어요. 의사도 "정말 어쩔 수 없는 결정이냐, 많이 생각하고 결정한 거냐"만 물어봤고, 아무도 이상하게 보거나 뭐라 하는 분위기는 아니었어요. [낙태한 여성이나 수술한 의사를 강하게 처벌해야 한다면서 병원을 알아내 고발하는 단체들이 있잖아요. 만약 그런 공포 분위기였다면 어떻게 하셨을 것 같아요?] 굉장히 조심스러웠겠죠. 그래도 끝까지 병원을 찾아내서 했을 것 같아요. 선택의 여지가 없으니까. 지금 생각났는데, 병원에서 서류를 줬어요. 법적으로 낙태가 허용되는 몇 가지 이유[8] 같은 게 있는데 그중 하나에 해당한다는 동의서 같은 거. [임신 중지 후에는 어떠셨어요?] 매체에서 보면, 여자들이 되게 많이 괴로워하잖아요. 그런데 생각보다는 그렇지 않았어요. 만약 몸의 변화를 더 많이 느낀 다음 그렇게 했으면 모르겠는데 너무 초기라서, 거의 세포 같은 상태여서 그

랬나? 그리고 정말 낳을 상황이 아니어서 오히려 낳았으면
더 미안하고 힘들었을 것 같아요. 그래서 약간 아련하게 '좀
그런가?'라는 느낌은 있는데 괴로움이 막 남아 있고 그렇지
는 않았어요.

그와 나는 한낮에 맛있는 밥을 먹으며 이 이야기를 나누었
다. 나는 '임신 사실을 알았을 때 기분이 좋았지만, 임신 중지
결정에 죄책감이 들지는 않았다'는 그의 말이 조금도 이상하
게 들리지 않았다. 그는 매우 이성적으로 자신과 태아, 배우자
모두에게 최선을 선택했고 자기 연민이나 죄책감에 잠식당하
지도 않았다.

호주의 사회학 연구자 에리카 밀러는 《임신중지 : 재생산을
둘러싼 감정의 정치사》에서 임신 중지에 따르는 여성의 수치
심, 죄책감, 슬픔 같은 감정이 '자연스러운' 것이 아닌 정치적
산물이라고 분석한다. 이를테면 그는 임신 중지를 겪은 여성
을 자신의 '태어나지 않은 아이'에 대해 끝없이 애도하는 존재
로 재현하는 '태아 중심적 애통함'이 1980년대 중반 반反임신
중지 운동이 두드러지면서 나타난 프레임이며, 결국 이것이
진영 밖으로 뻗어 나와 임신 중지 경험을 설명하는 지배적인
프레임으로 자리 잡았다고 본다. '수치'와 '수치 주기' 역시 임

신 중지를 겪은 여성의 품행을 단속하고 처벌하기 위해 작동하는 방식이라는 것이다. 에리카 밀러는 "임신 중지 여성을 평가하려는 고정된 규범이 없을 때, 수치나 죄책감은 임신 중지의 정동적 지형에서 사라질 것"[9]이라고 말한다.

임신 중지 경험을 들려준 인터뷰 참여자와 만나고 돌아온 뒤 얼마 지나지 않아, 나는 이 책에 실린 페미니스트 작가 겸 방송인 클레먼타인 포드의 글[10]을 읽었다. 임신 중지를 두 번 한 그는 세간의 통념대로라면 자신이 "세상에 용서를 구하면서 평생 땅을 기어 다녀야 할 사람"이며, "스스로 비정한 영아 살해자라는 사실에 극심한 고통을 느껴 지독한 우울에 빠져야" 할 거라고 말한다. 그러나 포드는 그러한 낙인찍기를 "집어치우라"고 말한다. 그리고 세상이 임신 중지한 여성에게 강요하는 수치심을 느끼길 거부한다. "나는 나 자신을 위해 최선을 다하는 중이었고, 미안해할 일은 없다"고 강력히 선언하는 이 글을, 임신 중지를 경험했거나 고민하는 모든 여성과 함께 읽고 싶다는 생각이 들었다.

아이를 정말 싫어하세요?

온라인 서점에서 '딩크'를 검색했더니 《신화를 창조하는 히딩크 4강 영어》 《히딩크식 영어 회화 6개 동사로 휘어잡기》 등이 떴다. 네덜란드 출신 축구 감독 히딩크가 영어 교육계에서 이토록 큰 별이었을 줄이야. '비출산'을 검색하자 '출산 후 요가' 비디오가 함께 떴다. 몇 차례 검색 끝에 찾은 《나는 아이를 낳지 않기로 했다》는, 1960년대 미국에서 성인이 되었던 여성들이 60대에 접어든 다음 아이 없는 삶을 살아온 데 대한 각자의 사연을 모은 에세이집이다. 택배로 도착한 이 책의 포장을 뜯자마자, 나는 웃음을 터뜨릴 수밖에 없었다. 뒤표지에 커다란 글자로 이렇게 적혀 있었기 때문이다.

모든 여자가 어머니가 될 필요는 없다.

세상에는 세 부류의 여자가 있다.
어머니의 운명을 타고난 여자, 이모의 운명을 타고난 여자,
그리고 아이로부터 반경 3미터 내에 있어서는 안 되는 여자.

세 번째, 이거 3미터 밖에서 봐도 난데? 그런데 그 아래 조금 작은 글자로 적혀 있었다.

이제 이모의 운명을 타고난,
스스로의 선택으로 아이를 갖지 않은 여자들의
얘기를 들어보자.

아니, 난 이모의 운명조차 아니라고요! 조카가 둘이나 있지만 영상 통화도 안 걸고두어 번 받아봤지만 어색해서 천년의 침묵만이 흘렀다, SNS에 사진을 올리지도 않는다. 조카들이 크면서 "이모한테 가서 책 읽어달라고 해"라는 말이 들리면 차라리 설거지를 하겠다고 도망쳤다. 사실 나는 아이와 함께 있는 시간이 늘 빨리 지나가길 바랐다. 내가 아이를 돌봐야 하는 유일한 어른인 순간은 아예 오지 않길 바랐다.

민하

[아이를 별로 좋아하지 않는다는 이유로 혹시 내가 나쁜 사람이 아 닐까 생각해본 적이 있나요?] 와, 맞아요. 중고등학생 때부터 아기한테 말 걸고 그런 걸 못했고, 별로 예뻐하지 않았어요. 다른 친구들은 애들을 보면 '아~ 너무 예쁘다' 그러는데, 저 는 약간…… 뒷짐 지고 있었죠. 한 번도 예쁘다고 한 적이 없 어서 내가 이상한 사람인가 생각했어요. 내가 너무 성격이 모났나?

민하의 마음에 공감하는 나도 너무 성격이 모난 걸까? 하지 만 자신의 의사와 무관하게 언제나 '미래의 엄마'로 취급되는 여성이라면, 아이 보고 감탄사를 내지르는 대신 덤덤히 뒷짐 지더라도 자신에게 문제가 있다고 느끼지는 않았으면 좋겠 다. 어차피 "아유 예쁘다" 한마디 했다가는 "너도 이제 애 낳을 때가 됐구나" 공격이 시작되기 때문이다. 바보들, 제일 귀여운 아기는 지나가는 아기라고 생각하는 것도 모르고…….

하지만 인터뷰를 진행하면서, 엄마가 되지 않기를 선택한 여성 모두가 나처럼 가능한 한 아이와 멀어지고 싶어 하는 사 람들은 아니라는 걸 알게 되었다. 초등학생부터 고등학생까 지 다양한 나이대의 아이들을 가르쳐온 영지와, 특수교사라 는 직업을 진심으로 좋아했던 선우는 인간의 성장을 지켜보 는 즐거움에 관해 얘기해주었다.

영지 제가 아이를 좋아한다고는 말 못 하겠어요. 그런데 성과를 보고 싶은 마음이 있어요. 아이가 어른보다는 잘 변하거든요. 어른은 아무리 해도 변하지 않는 사람이 많은데, 아이들은 외부의 영향에 서서히 젖어들며 변화하더라고요. 그런 걸 보면 성취감을 느끼고, 또 아이들과 대화하는 게 좋더라고요. 입시학원에서 일할 때도 상담해주는 걸 즐기는 편이었어요. 아이들 세계를 모르다가도 얘기해보면 알 수 있으니까, 그걸 또 일에 적용하는 게 재미있었어요. 조카랑 놀 때도 선생님 마인드로 하니까 제가 책을 읽어주면 좋아하더라고요. 그게 막 즐겁다는 건 아닌데, 그렇게 힘들지도 않아요. 일종의 실습이라 생각하고 하면 나쁘지 않죠.

선우 저는 초등학교와 중학교 과정이 있는 대안학교에서 일했는데, 아이들이 제가 생각하지 못한 지점을 얘기해주는 게 좋았어요. '나뭇가지가 흔들린다'는 상황이 있을 때, 저는 이미 고루한 생각만 하는 어른인데 아이들의 표현 방식은 완전히 새롭거든요. 듣고 맞장구치고 대화하는 게 재미있었죠. 같은 얘기를 반복해서 하는 것도, 반복하는 말들이 조금씩 달라지는 걸 보면서 '어떻게 저런 생각을 할 수 있지?' 하면서 들었어요. 지금은 조카나 주변에 있는 아이들에게 그렇게 해주려고 해요. 좋은 이모로서. 여러 번 반복하면 보통 부모님은 지

쳐서 들어주기 힘들거든요. 그런데 저는 감당할 수 있을 때
까지는 들어주는 편이에요.

초등학교 교사인 도윤은 아이를 '좋아하는' 것과 아이를 교
육하는 것은 다른 문제라고 말했다.

66
도윤

'좋아한다'는 것은 일종의 대상화를 포함하는 감정이라고
생각해요. 그런데 아이를 좋아하지 않는 사람에게는 아이
의 귀여움이나 순수함에 대한 기대가 없어요. 그냥 하나의
존재인 거죠.

나는 도윤을 만나기 전부터 그가 무척 책임감 있고 아이들
과 잘 지내는 교사라는 사실을 알고 있었다. '우리 선생님하고
같이 놀면 재미있어'라고 생각하는 그의 학생들이 부러워졌
다. 그리고 아이들을 가장 가까이서 많이 접하는 직업을 가진
여성이 아이를 낳지 않는 것에 대한 반응도 궁금했다.

66
도윤

학부모들에게 중요한 건 올해 이 선생님이 아이를 낳지 않는
다는 거예요. 학기 중에 담임 교사가 바뀔 가능성이 없으면
안도하죠. 그런데 아이들과의 대화는 좀 어려워요. "선생님
은 왜 아이가 없어요?"라고 해서 아이를 낳기 싫다고 하면 이

해하지 못해요. 우리 엄마도 나를 낳았고 나로 인해 행복하다 하고 나도 행복한데 왜 선생님은 아니냐는 의구심을 갖는 거죠. 하지만 아이한테 '나는 아이로 인한 행복감을 느끼지 못한다'고 말할 수는 없으니까 힘들더라고요. [아이들에게 아이를 낳지 않는 여성의 존재를 보여주는 것도 의미 있을 텐데요.] 저도 그렇게 생각해요. 그래서 굳이 그 사실을 감추지 않고 일부러 보여주는 면도 있죠. [혹시 교과 과정 안에서 정상 가족 이데올로기를 가르치거나 출산을 권장하기도 하나요?] 4학년 사회수업 주제로 '저출산 문제 심각'이 두세 시간에 걸쳐 나와요. 그러면 아이들이 '저출산을 극복하자'는 포스터를 그려야 하죠. 일종의 세뇌인 건데, 그걸 시키는 저의 기분은……. 웃음

이들이 엄마가 아닌 채로도 각자의 세계에서 아이들과 좋은 관계를 유지하고, 부모와 다른 방식으로 아이들에게 좋은 영향을 주기 위해 노력하는 모습은 무척 인상적이었다. 그리고 재경의 이야기 역시 내가 '아이를 좋아하느냐'는 질문과 별도로 '어떤 어른이 될 것인가'에 대한 답을 외면할 수 없게 만들었다.

66
재경

제가 좋은 양육자가 될 것 같지는 않아요. 하지만 조카와 아이들을 좋아하니 훌륭한 보조 양육자는 될 수 있겠죠. '희한

한 이모다!' 싶은. 웃음 어느 부모나 다 부족함이 있으니까 아이들에게 다양한 얼터너티브 어른이 많은 게 좋다고 생각해요. 그리고 보조 양육자로서 제 역할은 조카들에게도 참 중요하지만, 무엇보다 주 양육자의 정신 건강을 위해 필요한 것 같아요. 아이를 키우면서 일을 쉬고 있는 친구가 있는데, 외출도 어렵고 주위 아이 엄마들과는 아이 얘기만 하게 된대요. 가끔 제가 찾아가면, 자기가 스무 살 때부터 어떤 공부를 했고 무슨 일을 했는지 사회인으로서의 자신을 알고 있는 사람과 대화할 수 있어서 너무 좋다고 하더라고요. 그런 시간이 엄마와 아이 둘 다를 위해 필요하다는 생각이 들어요.

다시 《나는 아이를 낳지 않기로 했다》로 돌아가자면, 뒤표지의 문구는 《먹고, 기도하고, 사랑하라》의 저자인 엘리자베스 길버트가 쓴 서문에서 발췌한 내용이다. 그는 '이모로 타고난 우리 같은 사람들'이라는 말로 나에게 거듭 소외감을 느끼게 했지만, 어쨌든 이 글에서 가장 중요한 대목은 다음과 같다.

내 앞에 아기가 놓여 있을 때면 안심해도 좋다. 나는 그 아기를 잘 어르고 놀아주며 사랑해줄 것이다. 하지만 그 아름다운 아이를 사랑해주면서도 나는 가슴으로 알 수 있다. 이건 내 운명이 아니라는 것을. 결코 운명인 적이 없다는 것을. 이것이 진실임을 알기에 나는 묘한 환희를 느낀다. 살면서 내가 누구인지를 아는 것만큼이나 내가 무엇이 될 수 없는지를 아는 것도 중요한 법이다.[11]

전적으로 동의한다.

엄마가 된다는 두려움

마트에 갔다가 어디선가 들려오는 큰 소리에 무심코 고개를 돌렸다. 대여섯 살 정도의 남자아이가 엄마를 향해 "엄마, 휴대폰 보여주기로 했잖아! 왜 안 보여줘!"라고 외치고 있었다. '밥 잘 먹으면/조용히 있으면/그거 동생 주면' 휴대폰으로 좋아하는 동영상자동차, 뽀로로, 아이돌 등을 잠시 보여주겠다고 아이와 협상하는 엄마들을 종종 봤기에 어떤 상황인지 대충 짐작이 갔다. 하지만 그 아이의 엄마는 무슨 이유에선가 휴대폰을 보여주지 않기로 한 모양이었고, 아이는 계속 소리를 질렀다.

"보여주기로 했잖아! 안 보여주면 나빠! 엄마 나빠!"

아아…… 나는 먼발치에서 아이 엄마에게 힘내시라고 속으로 외치며 얼른 다른 데로 걸음을 옮겼다.

부모가 된다는 것은 정말 어려운 일 같다. 이미 부모가 된 사람들은 '별걱정 다 한다'라고 말할지 모르지만, 나는 내 아이가 인간 대 인간으로 싫어지는 순간을 견딜 자신이 없다. 그레타 거윅 감독의 영화 〈레이디 버드〉에서, 주인공인 10대 소녀 크리스틴은 엄마 매리언에게 묻는다. "엄마가 날 사랑한다는 건 나도 알아. 그런데 나를 좋아하냐고." 나도 예전에 비슷한 생각을 한 적이 있다. 엄마가 나를 사랑하는 건 분명한데, 나는 엄마가 좋아할 만한 사람일까? 지금은 그걸 그렇게 중요하게 생각하지는 않는다. 엄마는 남이었다면 도저히 좋아할 수 없었을 나에게 최선을 다했고, 나는 그런 엄마와 싸우며 자라서 지금의 내가 되었기 때문이다. 하지만 내가 엄마가 되는 것은 다른 문제다. 내가 낳아 키우더라도 타인일 수밖에 없는 아이가 나의 희생을 바탕으로 자라며 내 바람과 점점 다른 사람이 되어가는 것을, 나는 감당할 수 있는 사람일까?

선우

아버지가 아주 가부장적인 분이라서 중고등학교 때 아버지랑 많이 싸웠어요. 심하면 밥도 같이 안 먹고 두세 달씩 서로 말도 안 했어요. 저희 사이를 중재하는 사람은 항상 엄마였는데, 제가 20대 초반이었을 때 돌아가셨어요. 저는 저대로 엄마 없이 타지에서 혼자 지내고, 아빠는 아빠대로 사별의 상처가 크다 보니 갈등이 수면 위로 막 올라오더라고요. 다시 얼굴을 보느니 마느니 할 정도로 크게 싸웠어요. 그런 시간을 지나면서 생각하게 된 것 같아요. 나와 다른 의견을 가진 자녀를 키운다는 게 얼마나 힘든지. 지금은 아버지가 나와의 관계를 위해 얼마나 노력하고 있는지 알거든요. 이제는 싸움 날 것 같으면 서로 돌려 말하든지 그래요. 사실, 젊은 사람이 바뀌는 것보다 나이 든 사람이 바뀌는 게 훨씬 어렵잖아요. 그런데 아빠는 엄마가 없어졌으니까 바뀔 수밖에 없었던 거예요. 그래서, 내가 부모가 되어 자식과 의견이 충돌할 때 받게 될 마음의 상처뿐 아니라 내가 그 문제를 감당할 수 있을까 고민하게 됐죠.

역시 괜한 걱정처럼 들리겠지만, 나는 정의롭고 청렴해 보이던 사람들이 자식 때문에 불법적이거나 비윤리적인 일을 저질렀다는 뉴스를 보면 두려워진다. 재산을 물려주기 위해, 경력을 만들어주기 위해, 취업을 시켜주기 위해 인맥과 권력을 사용하던 순간 그들이 말해왔던 가치는 어디에 있었을까? 그런데, 만일 나라면 내 아이의 이익보다 나의 신념을 우선해 지킬 수 있었을까? 불행 중 다행으로 인맥도 권력도 없으니 상상하기 어렵긴 한데, 하다못해 아이들의 교육에 관해 내가 지금 가지고 있다고 생각하는 신념을 실제 내 아이의 삶에 적용할 수 있을지조차 자신이 없다. 내가 과연 아이의 성적에 연연하지 않고, 과도한 사교육을 지양하며, 아이가 자신의 길을 자연스럽게 찾아가도록 지켜볼 수 있을까? 학원과 학교에서 수많은 아이를 지켜보고 가르쳐온 영지와 도윤에게도 이것은 어려운 문제였다.

❝
영지
제가 사교육계에서 오래 일해서 그런지 모르겠는데, 아이를 키운다는 건 아이에게 굉장히 폭력적인 일이라는 생각이 들어요. 하지만 그건 어른이 나빠서, 부모가 나빠서는 아니죠. 부모가 아이에게 뭔가를 기대하는 건 굉장히 자연스럽다고 생각하거든요. '그냥 너 자유롭게 커라' 할 수 있는 부모가 세상에 있을까요? 그래서 막상 저도 아이를 키우게 되면 '선생님 마인드'로 훈육하려 들 것 같아요. 제가 가르치는 중고등학생 중에는 저더러 "아이 낳지 않길 잘했다"며 "선생님처럼 쪼아대면 애가 못 견딘다" 하는 애들도 있거든요. 웃음 [한국이란 사회에서 아이가 어느 정도 한 사람 몫을 하는 성인으로 사회에 뿌리내리게 하려면 많은 시간과 돈을 투자해야 하잖아요. 그만큼 '교육'이란 이름 아래 어떤 폭력을 행하게 될 것 같다거나, 내가 지금 가지고 있는 가치관을 버리게 될 것 같다는 두려움이 있어요.] 일하면서 많은 부모를 만나보니까, 사람들은 아이를 낳는 순간 크나큰 약점을 갖게 돼요. 그 약점을 제가 감당할 자신이 없는 거죠. 아이 때문에 내 신념을 굽히거나 자기 합리화하는 일이 생기다 보면, 나중에는 그런 나 자신을 보는 게 너무 힘들어질 것 같아요.

66
도윤

저희 부모님은 제가 만화책을 보고 있으면 찢어버리실 정도로 공부를 강요하는 편이었어요. 저는 그때 행복하지 않았고, 또 아이에게 그런 요구를 하고 싶지도 않아요. 물론 새벽 1시까지 잠 안 재우고 공부시켜도 "엄마랑 아빠가 사랑해주고 학원도 보내주니까 저는 행복한 거죠"라고 하는 초등학생도 있어요. 그 나이 때는 주어진 것에 감사해야 한다, 부모가 시키는 걸 거부하지 말아야 한다, 효도해야 한다고 배우니까요. 하지만, 저는 언젠가 친구들에게 얘기한 적이 있어요. 만약 아이를 낳는다면 그 애가 그냥 반에서 중간 정도로 공부하고 소소하게 자기가 좋아하는 걸 하면서 평범한 삶을 누리길 원한다고. 그런데 한국에서 그게 가능한지, 아이가 성인이 되어서도 그 삶에 만족할지 생각하면…… 글쎄요? 잘 모르겠어요.

이들의 말처럼 '한국'이란 사회에서 사람 하나를 키워낸다는 것은 얼마나 어려운 일인가. 내가 만나본 사람 중 누구보다 '외유내강'이라는 말과 어울릴 것 같은 주연이 말했다.

"육아가 힘들 것 같아서 낳지 않겠다는 건 아니에요. 하지만 요새 아이들을 보면 정말 잘 키울 자신이 없어요."

❝❝
주연

남에게 피해를 입히거나 상처 주는 아이를 보면 "어떻게 교육했길래 저럴까?" 싶은데, 그 부모가 다 이상한 사람은 아니거든요. 너무나 상식적이고 평범한 사람인데 자녀들은 그렇지 않은 경우가 많은 거예요. 매체가 다양해져서 아이들이 간접 경험하는 것도 많고, 예전에는 간접 경험하던 걸 직접 경험하는 것도 많잖아요. 그런 걸 보면, 아이는 내가 키운다고 키워서 다 되는 게 아니구나 싶어요. 요새는 '카톡 감옥' 같은 거로 어떤 아이를 따돌리는 게 있다고 하잖아요. 하지만 나는 아이의 휴대폰 속 세상을 다 알 수가 없죠. 그런데 만약 내 아이가 잘못한 걸 알았을 때 나는 어떻게 할까, 훈계가 먹히는 나이가 있고 아닌 나이가 있는데……. 아이가 나보다 커져서 우러러보며 훈계해야 하는 순간을 상상하면 아찔하고, 이런 환경에 우리 아이가 없는 게 다행이다 싶어요.

나에게 앤드루 솔로몬의 《부모와 다른 아이들》을 추천한 사람은 재경이었다. 수년에 걸쳐 300가구가 넘는 사람들을 상대로 인터뷰를 진행하고 쓴 이 책은 다운증후군, 정신분열증, 중증 장애, 신동, 트랜스젠더 등 '부모를 기준으로 할 때 예외적인' 정체성을 가진 자녀를 둔 가족에 관한 이야기다.

재경

대부분 동성애자는 이성애자 부모 아래서 태어나고, 비장애인 부모에게서 장애인이 태어나는 일도 많고, 평범한 부모로부터 천재가 태어나는 경우도 있다는 거죠. 그러니까 부모와 자식의 관계가 된다는 건 내가 도저히 이해할 수 없는 존재와 마주치는 삶 같아요. 그런 '다름'을 내 삶에 얼마나 끼어들게 할 수 있을지 생각하면, 심지어 아이를 낳는 건 자기 선택일 수 있어도 아이가 어떤 사람인가는 내 선택 밖의 일이잖아요. 하다못해 아이가 여럿 있는 동료들의 얘기를 들어봐도, 자기가 조금 더 좋아하는 자식과 조금 안 맞는 자식을 마주할 때의 딜레마가 느껴지거든요. 그냥, 서로 결이 다른 사람이 있는 거예요. 모든 인간관계에서 발생하는 곤란함인데, 그걸 잘 숨기는 사람도 있고 전혀 숨기지 못하는 사람도 있죠.

사실 가끔 나는 '나 혼자 잘난 척하며 살고 싶어서' 아이를 낳지 않는 건 아닐까 생각할 때도 있다. 가능하면 딜레마 상황을 피하고 싶고, 가능하면 삶에서 모순을 줄이고 싶은데, 나의 욕망과 타인인 아이의 욕망이 자꾸 충돌하는 상황에서는 그럴 수 없을 것 같기 때문이다. 나의 미성숙하고 이기적인 성격과 직면해 '내가 이것밖에 안 되는 사람이구나'라고 깨닫게 되는 것도 두렵다. 지금도 알긴 하지만 대충 덮어두고 살고 있는데, 그걸 매일 확인해야 한다면 너무 괴롭지 않을까? 마트에서 휴대폰을 보여달라고 소리 지르는 아이에게 나는 소리 지르지 않고 차분히 설득할 수 있을까? 그래도 자기 아이는 예쁘다고, 누구나 닥치면 할 수 있다고, 어차피 완벽한 엄마는 없다는 말이 나 같은 사람에게는 크게 의미가 없다. 대신, 엄마가 되는 것에 대한 두려움을 나만 가지고 있는 게 아니라는 사실은 왠지 큰 위안이 되었다.

❝
정원 아이라는 그 거대한 불확실성을 견딜 수가 없더라고요. 아이가 태어난 뒤에 재편될 제 인생에 대한 것 외에도, 일단 그 애가 어떤 애일지 모른다는 게 저한테는 너무 미지의 공포예요. 〈케빈에 대하여〉 같은 영화를 보면 너무 무섭잖아요. 엄마한테 "내 애가 정말 감당할 수 없는 애면 어떡하느냐"고 했더니 되게 낙관적으로, "너랑 박 서방 애가 그럴 리 없다"라고 하더라고요. 웃음 그래서 "아니 엄마, 그게 무슨 소리야? 나는 그걸 복권 긁는 기분으로 하는 게 너무 무서워"라고 했죠.

어느 날 〈맘마 미아!〉를 보다가

아이를 낳지 않기로 98퍼센트 정도 굳혔다고 해서 늘 마음이 잔잔하고 편안한 것은 아니다. 그런데 〈앤트맨과 와스프〉를 보다가 그럴 줄은 몰랐다. 히어로 와스프와 오래전 임무 수행을 위해 떠났다 돌아오지 못한 어머니 재닛이 서로 그리워하는 장면마다 마음이 바늘로 콕콕 찔리는 것 같아 놀라고 말았다. 그들의 애타는 마음에 이입해서가 아니라, 내가 그 이야기에 속할 수 없는 사람이라고 느꼈기 때문이었다.

어느 날은 케이블 채널에서 방영하는 〈맘마 미아!〉를 보는데, 20대에 뮤지컬로 봤을 때와는 사뭇 다른 기분이 들었다. 도나가 딸 소피의 결혼식 날 아침 머리를 빗겨주며 'Slipping Through My Fingers'를 부르는 대목에서, 나는 가져본 적도 없는 무언가에 대한 상실감을 느꼈다. 내 인생에서는 저런 관계를 맺을 수 없고 그런 감정을 느낄 수 없을 거라는 사실이 왠지 슬펐다.

세상의 많은 이야기, 소설, 에세이, 그리고 특히 대중적인 영화나 드라마는 엄마와 아이의 관계에 대해 다룬다. 이야기를 움직이는 가장 강력한 힘이 '모성애'인 경우도 많다. 딸로는 살아봤지만 엄마로 살아보지 않은 나로서는 영영, 진정으로는 알 수 없을 세계가 있다는 것에 쓸쓸해질 때가 있다. 다른 무자녀 여성들은 어떨까.

소연 눈물 콧물 흘리면서 보는 편이에요. 웃음 제가 부모님과의 관계에서 받은 감정적인 영향이 매우 크고 풍부하기 때문에 자식 입장에서 많이 보게 돼요. 확실히, 부모 입장에서 보는 것과는 아주 다를 것 같아요.

민하 음…… 모성애? 솔직히 별로 공감 못 하겠어요. 부모님이 치매 걸리는 영화 같은 건 진짜 슬픈데, 잃어버린 딸 찾고 그런 얘기는 아무 감정 없이 본다고 해야 하나?

승주 진짜 싫어해요. 우리나라 드라마 대부분 모성애, 부성애, 고정적 젠더 역할 같은 걸 계속 강요하잖아요. 그게 마치 정상인 것처럼, 이렇게 살지 않으면 이상한 거라는 식으로. 그러면서 불평등하고 부조리한 세상의 문제를 감정 문제로 감추는 거죠. 방송 만드는 사람들이 공공재를 가지고 쓰레기를 내놔도 되나, 생각할 때도 있어요. 그런 걸 보면 이런 프로그램 당장 폐지하라고 게시판에 항의해요.

❝❞
영지

너무너무 싫어해요. 재미도 없고 지겹고, 근데 보면 또 울고 있어요. 웃음 어쨌든 상상력이 빈약하다고 생각해요. 한국 영화 보면 여자가 냉혹해지는 이유는 다 아이를 잃어서다, 이런 식인데 거기에 사람들이 많은 의미를 부여하고 싶어 한다는 생각이 들어요. [개인의 삶에서 특히 강렬한 경험이기 때문일까요?] 그런데, 그런 영화를 만드는 것도 남자인 경우가 많잖아요. 뭘 모르고 그러는 거 같아요. 엄마는 자기를 그렇게 목숨까지 걸 만큼 사랑하지 않았을 수도 있는데……. 웃음 [모성애를 유독 과대평가하고 과장한다?] 네, 그냥 그게 익숙해서 좋아하는 것 같기도 해요. 저는 사실 엄마라는 존재를 자식으로 규정하려는 서사가 다 싫어요. 아이가 없는 사람은 완성된 정체성을 가질 수 없는 것처럼 여기는 것 같아서. 가르치는 아이들에게 책을 읽힐 때도, 엄마가 처음부터 끝까지 앞치마를 두르고 있는 그림만 있거나 하면 피해요. 세계를 너무 평평하게 그린다는 생각이 들어서요.

정원

저는 그런 걸 보면, 부모가 정말 끝까지 자식 걱정을 하잖아요. 다시 한번 '저거 진짜 못할 일이다……' 생각해요. 웃음 그리고 모성애나 부성애 자체에 대해서는 '그렇구나' 하는 편이에요. 아닌 사람도 있겠지만, 대부분 사람에겐 정말 치열하고 힘든 감정일 테니까요. 얼마 전 어떤 모임에서 만난 분이, 출산할 때 과다 출혈로 큰 병원에 이송된 얘기를 해주셨거든요. 정말 생사를 넘나드는 상황이었는데, 이미 두 아이가 있다 보니 '내가 지금 죽으면 안 된다'라고 생각했고, 그 생각 아니었다면 아마 못 살았을 것 같다고 하시더라고요.

정원의 이야기를 들으며, 몇 년 전 읽은 여성 기자의 칼럼이 떠올라 집에 돌아와 찾아보았다.

복직 일주일 만에 과로사한 공무원 워킹맘 얘기를 읽으며 떠오른 무교동 사거리의 어느 겨울날. 첫 아이를 낳고 복직한 지 얼마 안 됐던 그때, 신호등 바뀌기를 기다리다 불현듯 나는 울었다. '아, 나는 자살할 자유를 잃었구나.' 어떻게라도 살아남아 새끼를 키워야 한다는 것이 너무 무서워 거리에 선 채 통곡했던 그 마음이 그 사무관에게도 똑같이 있었을 것이다.[12]

'아, 나는 자살할 자유를 잃었구나.'

　내가 또렷이 기억하고 있던 것은 글쓴이가 엄마라는 사실과 이 한 문장이었다. 이 처절한 고백이 마음 한구석에서 오랫동안 맴돌았다. 나의 생에서는 이토록 필사적이고 절대적인 감각을 느낄 수 없다는 사실이 안도감과 상실감을 동시에 주었다. 이 상실감은 내가 세계를 '온전히' 이해할 수 없을 거라는 두려움과도 맞닿아 있다. 나는 지금도 가끔 그런 두려움을 느낀다. 〈맘마 미아!〉를 정말 좋아하지만, 이 작품을 떠올릴 때 마음 한편에 쓸쓸한 바람이 지나가는 건 어쩔 수 없다. 이른바 '보편적인' 서사에 내가 속하지 않음을 깨닫고, 세상의 많은 사람이 내가 모르는 세계에 살고 있다는 걸 느낄 때 왠지 조급해지기도 한다. 하지만 이제는 생각한다. 어차피 누구도 모든 이야기에 속할 수는 없듯, 세계를 온전히 이해하겠다는 것 또한 내 치기 어린 바람이 아니었을까 하고. 나는 이 세계의 자유를 선택하면서 저 세계로 향하는 문을 닫았다. 내가 속한 이야기가 너무 적어 쓸쓸하다면, 내 자리에서 이야기를 시작하는 수밖에.

부모가 되어야
어른이 된다고요?

〈프란시스 하〉와 〈결혼 이야기〉 등을 만든 노아 바움벡 감독의 〈위 아 영〉이라는 영화가 있다. 한때 주목받았던 다큐멘터리 감독 조쉬와, 다큐멘터리 거장의 딸이자 제작자인 코넬리아는 아이 없는 40대 부부다. 자유롭고 평온해 보이지만 실제로는 일도 삶도 지지부진한 상태였던 두 사람은 우연히 만난 힙스터 부부 제이미와 다비에게 매료된다. 자전거, 힙합 댄스, 수상한 약물 의식까지 젊은 사람들의 세계를 따라잡는 데 푹 빠져 무리하던 조쉬와 코넬리아는 결국 이런저런 망신과 소동, 상처 끝에 조금 성장한다. 그리고 아이티로 아이를 입양하러 떠난다……. 엥?

처음 이 영화를 봤을 때는 성숙의 종착지가 결국 아이라는 얘기인가 싶어 조금 충격받았다. 아이 없이, 미래에 대한 계획도 없이 문화계 언저리에서 살아가며 젊음을 동경하는 동시에 어른 행세를 하고 싶어 하는 주인공들의 모습이 너무 남 같지 않아 한껏 공감성 수치를 느끼고 있었는데, 이제 나보다 더 어른다워진 저 사람들은 부모가 될 거라고? 그럼 나는! 나는 영영 어른이 못 되는 건가? 그 뒤로도 종종 이 영화를 떠올렸지만, 다시 볼 용기는 나지 않았다.

그리고 5년 만에 〈위 아 영〉을 다시 보았다. 기억에서 지워져 있던 것들이 선명해졌고, 처음에 놓쳤던 지점이 중요하게 다가왔다. 유산과 시험관 시술 실패로 임신을 포기한 코넬리아는 아이에 미련이 없는 척하면서도 공허함을 느끼고, 지금 이대로가 좋다며 허세 부리는 조쉬 역시 '진짜 어른'이 되지 못한 것 같은 자신 때문에 불안하다. 이 와중에 느지막이 아이를 가진 친구 부부가 마음을 흔들어놓는다. 태아 초음파 사진을 팔뚝에 문신하고, "너희도 애 하나 가져" "세상이 달라져" "애 없던 세상도 나쁘진 않았지만, 애 갖고 나서가 진짜 인생이더라" 으아아아아!

아이 없는 부부로 40대를 맞이하니 이상한 기분이 들 때가 있다. 직장에 다니지 않고 아이도 없는 우리는 시간의 흐름에 무척 둔감하다. 또래 부부 대부분은 아기가 태어나서 자라 어린이집, 유치원, 초등학교에 가고 1학년에서 2학년이 되는 시간을 함께 겪으며 세월의 변화를 느끼겠지만, 우리는 3년 전과 지금 생활의 차이가 거의 없다. 비슷하게 나이 들어가는 성인 두 사람의 생활은 단순하고, 이토록 변화 없는 일상 속에서 내 정신 연령은 도대체 몇 살 정도에 멈춰 있을지 두려울 때도 있다. 게다가 부모가 되지 않은 사람, 특히 엄마가 되지 않은 여성을 향한 흔한 말은 마음에 던져진 돌처럼 파동을 일으키기도 한다. "부모가 되어봐야 진짜 어른이 된다" "네가 안 겪어봐서 모른다" "너도 자식 낳아보면 이해할 거다" 등등.

❝
도윤
그런 얘기 많이 들었어요. 그래서 선수를 치죠. "제가 아직 철이 없어서 애를 안 갖고 싶어요. 철이 들면 애가 낳고 싶어질까요?" 그런 식으로 공격하는 사람은 제가 철이 없다고 생각하는 거고, 그 사람이 듣고 싶은 말은 결국 그거니까 해주는 거죠. 저는 그렇게 생각하지 않으니까 스트레스 안 받아요. 너는 나를 철없게 보겠지만 그게 뭐?

❝
재경
친척 어른들이 그런 얘기를 하는 경우가 많은데, 딱히 제가 존경하는 분들도 아니고 해서 별생각 안 들었어요. 아무 영향력 없는, '어쩌라고' 싶은 말이죠. 그런데 저보다 어린 친구들이 그런 말에 영향받는 걸 보면 가슴이 아파요. '저건 그냥 아무 말이야, 아무 뜻 없는 말이야! 저 말이 맞는다면 사회가 이 모양이겠냐' 생각하면서. 웃음

66
영지

아이 엄마들이 나한테 그렇게 '엄마가 안 돼봐서 모른다'라고 하는데, 되어보면 내가 뭔가 더 알게 될까? 싶기도 하죠. 그런데 그 생각을 차단해주는 건 뭐냐면, 만약 내가 엄마가 되어서 지금과 '다른' 사람이 될 수 있다면 세계가 이 모양 이 꼴일까? 세상의 다수가 부모잖아요. 그들이 결정하고 만드는 세상이, 제가 볼 때 그렇게 아름답지만은 않아요. 그런데 부모로서 자신들은 다른 삶을 살게 되었다, 어린 존재를 보호하며 책임을 갖는 존재가 되었다는 식으로 말하면 너무 포장하는 느낌이에요. 성숙보다 오히려 미성숙해지는 면이 있고, 너무 가족 중심적으로 시야가 좁아지기도 하거든요.

세 사람의 말처럼, 부모가 된다는 것이 성인聖人이 된다는 뜻이 아님을 우리는 모두 알고 있다. '좋은' 부모가 되겠다는 각오로 아이를 갖기보다, 어쩌다 보니 부모가 되어 있는 사람도 많다. 모성애와 부성애가 과연 자기 집 문을 넘어 더 나은 세상을 만드는 동력이 될 수 있는지 의심스러울 때가 있고, '딸 같아서'라는 표현은 성범죄자들의 관용구다. 즉 아이를 낳

아 키우는 것이 성숙의 열쇠인 양 주장하는 것은 오히려 자신의 미성숙을 증명하는 것처럼 보이기도 한다. 다만 내게서 사라지지 않는 두려움은 이런 의문이었다. '보편적 경험'을 하지 않은 것 때문에, 글 쓰는 사람으로서 인간에 대한 나의 이해도가 떨어지면 어떻게 하지?

창작과 관련된 직업을 가진 정원과 보라는 각기 다른 입장을 들려주었다.

❝
정원

대학 때 시 수업 교수님이 여자분이었어요. "아이를 키우며 시인으로서의 감각이 좀 더 깨어나는 것 같다, 정말 순수한 시선을 배운다"는 말씀을 하셨어요. 저는 그걸 안 해본 거니까 좀 그렇긴 한데, 크게 아쉽지는 않아요. [사람이 어른이 되면서 무뎌지거나 잊어버리는 감각들이 있잖아요. 그런데 나하고 정말 가까운 존재가 세상을 새롭게 놀라워하며 알아가는 과정을 보면 그 경이로움이 살아나지 않을까 하는 생각이 들 때는 있어요.] 하지만 아이를 수단으로 여기면 안 되잖아요. 아이는 그 자체로 존재의 의미가 있는데, 내가 경험하고 싶다고 해서 낳는 건…… 개 키우는 거랑은 많이 다른 문제니까요.

❝
보라

'예술가는 철이 안 들어도 된다'고 하지만, "아이를 낳아야 진짜 작업이 시작된다, 그걸 경험해봐야 네가 진짜 어른이 된다"고 얘기하는 분들이 정~말 많아요. 자식을 키워봐야 마음고생도 해보고, 사는 어려움이나 부모의 고마움도 안다, 이런 개념 같아요. 지금 저랑 남편이 돈을 많이 못 버는데, 그냥 성인 둘이 밥 못 먹고 사는 거랑 내가 내 새끼 못 먹이는 거랑은 감흥이 다를 거라는 거죠. 이렇게, 인격이 성숙하려면 아이를 낳아 길러봐야 한다는 조건이 있는 것처럼 다들 믿고 계속 말하니까 그 영향을 느낄 때가 있어요. '나는 아이가 없으니까 성숙한 사람은 절대 될 수 없을까? 좋은 어른이 되지 못하면 어떻게 하지?' 하는 두려움.

나는 정원의 말에 동의하는 한편 보라의 두려움에 공감했다. 〈위 아 영〉의 조쉬는 젊고 재능 있는 제이미에게 정신없이 빠져들었던 이유에 대해 털어놓는다.

"걔는 나를 진짜 어른처럼 봤다고. 태어나서 처음으로 나란 존재가 어른 흉내 내는 애로 느껴지지 않았어."

진짜 어른이 되고 싶다는 욕망은 나이를 먹을수록 우리를 초조하게 만든다. 아이가 없으니 어른 노릇을 하지 않아도 될 때가 많아서 좋지만, 좋은 어른이 되지 못할까 봐 불안하기도 하다. 이 복잡한 마음을 담은 질문에 가장 편안하게 답한 사람은 주연이었다.

엄마가 되고 아빠가 된다는 것에는 굉장한 인내가 필요하더라고요. 그리고 아이가 있는 가정도 하나의 사회라고 했을 때, 저는 겪어보지 못한 사회잖아요. 이 아이가 이렇게 반응했을 때 엄마가 하는 조정과 타협은 제가 경험하지 못한 거니까, 가끔 아이가 있는 친구나 지인을 보고 '아, 이걸 보니 얘는 어른이구나' '이 사람이 나보다 더 어른스럽구나' 하고 느낄 때가 있어요.

아이가 있는 사람들은 내가 속해보지 못한 사회를 구성하고, 그 안에서 나보다 훨씬 다양한 욕망의 부딪힘을 경험하며 살아간다. 그것이 꼭 좋은 의미로의 '성숙'은 아니더라도, 아이를 키우기 전에는 보이지 않는 것들이 이제 그들의 눈에는 보이게 되었을 거라는 차이를 인정하기는 어렵지 않았다.

〈위 아 영〉을 다시 보며 나는 코넬리아와 조쉬의 방황에도 공감했지만, 둘 앞에서 실컷 아이 자랑을 해댔던 친구 부부의 삶 역시 좀 더 찬찬히 들여다보게 되었다. 젊은 새 친구들과 어울리느라 바쁜 둘을 빼놓고, 부부는 어느 날 집에서 파티를 연다. 모처럼 깜짝 이벤트로 찾아왔다가 마음이 상해버린 코넬리아에게 아기 엄마는 말한다.

"아이 생긴 이후 우리가 멀어진 것 같아. 이게 내 삶이야. 애가 있으면 외롭고 소외감도 느껴."

집 안에 북적이는 손님들을 보며 코넬리아는 어이없어 하지만, 그제야 나는 알 것 같았다. 아이 없는 사람이 외로울 때가 있듯, 사람은 아이가 있어서 외로울 때도 있다는 것을. 각자의 삶에는 각기 다른 무게와 괴로움이 있지만 그럼에도 서로 이해하려는 마음이 관계를 이어가게 한다. 그리고 그 이해의 폭이 넓어지는 것을 우리는 성숙이라 부른다.

아이 없는 삶의 여유, 이렇게 돈과 시간을 씁니다

언니가 나에게 했던 "너도 아이를 하나는 낳으면 좋을 텐데"라는 말을 듣고 잠시 가라앉았던 나는, 시간이 지날수록 마음을 굳혔다. 그래도 내 인생 나 혼자 낭비하고 싶다! 그리고 또 한편으로 생각했다. 나는 아이 키우느라 바쁜 사람들보다 시간이 많으니 뭔가 좀 세상에 유의미한 일을 해야 하지 않을까? 결론부터 말하자면 유의미한 일은커녕 내 발등에 떨어진 불도 제대로 못 끄는 형편이다. 느림과 미룸으로 점철된 내 인생이 그나마 간신히 굴러갈 수 있는 것은 아이가 없는 덕분이라고 생각한다. 게으른 대신 시간이 많고, 돈을 못 벌어도 덜 쓰기 때문이다.

다른 무자녀 여성들은 어떨까. 나는 인터뷰 참여자들에게 아이가 있는 사람에 비해 자신이 경제적, 혹은 시간적 여유가 더 있다고 느끼는지 물어보았다. 그리고 그런 여유를 어떻게 사용하는지, 앞으로 어떻게 쓰고 싶은지도 함께 물었다.

66
유림

아이가 없으니까 왠지 더 즐겁게 지내야 할 것 같고, 이런 자유를 누리지 않으면 손해 보는 것 같은 느낌이 있어요. 아무래도 돈을 많이 모으고 재산을 늘려야만 한다는 강박이 덜해지기도 해서, 내 욕구에 더 집중하게 되는 것 같아요. 저는 여행을 좋아하니까 몇 년 내로 남편과 길게 해외여행을 하면서 가보고 싶었던 곳에 다 가보려고 해요.

66
이선

저는 변한 게 없이 그냥 살고 있는데, 다른 분들이 아이로 인해 바빠지거나 지출이 늘어나는 것 같아요. 예를 들어 초등학교 앞에 집을 구하려면 더 비싸잖아요. 저희는 꼭 거기 살지 않아도 돼서 다행이라고 생각해본 적이 있어요. 아이가 없다 보니 돈을 많이 벌어야 할 이유가 딱히 없다는 게 마음의 여유로 작용하기도 해요.

66
재경

제 주변의 아이 갖는 부부는 자산 측면에서 저보다 압도적으로 여유로운 경우가 많아요. 시간이나 노동 소득은 제가 더 많겠지만 그렇다고 제가 그들보다 더 잘사는 건 아니죠. 오히려 아이를 가지고 자가를 마련한 사람들이 많으니까 총자 산은 저보다 훨씬 많을 텐데 그들이 저한테 자꾸 쪼들린다는 얘기를 하더라고요. 다만 시간적 여유는 차이를 실감해요. 아이가 있으면 자유가 없으니까. [그 시간을 어떻게 활용하시나요?] 주로 사회생활에 할애해요. 지금이 커리어에 중요한 시기라는 생각이 들어서 사람들을 최대한 많이 만나거든요. 어제를 예로 들면, 본사 가서 회의하고 그쪽 분과 점심 식사하고 그 건물에 있는 예전 동료들과 잠깐 차 마시고 강남으로 넘어와서 회의 몇 개 하고 기자인 친구랑 얼굴 좀 보고 저녁에 후배들 만나서 술 마시고 하니 하루 동안 대화한 사람이 서른 명 넘더라고요.

한나

몇 년 전, 인도에서 열리는 행사의 메이크업 부스를 맡아달라는 제안이 들어왔어요. 일주일 이상 걸리는 일이었는데, 신랑이 인도는 너무 위험하다고 걱정하는 거예요. 저는 '배낭여행으로 가봤는데 좋았다'고, 가겠다고 했죠. 결국 신랑이 휴가 내고 따라왔어요. 아이가 있으면 못 그랬겠죠. 그리고 신랑이 마흔 살 되던 해에 기념 삼아 두 달 동안 유럽 여행을 했어요. 그때 신랑이 회사에 무급 휴가를 신청했다가 거절당해서 퇴사할까 했어요. 무슨 용기인지 모르겠는데, 저도 "그래그래 그만둬, 지금 아니면 언제 가겠어?" 했죠. 그런데 정작 퇴사하겠다고 했더니 휴가를 주더라고요. 그 여행이 정말 재미있었어요. 두 달 동안 일을 안 하니 돈도 못 벌고 쓰기도 많이 써서 경제적 타격이 컸지만, 여행에서 즐거웠던 이야기를 몇 년이 지난 지금도 같이 해요. 조금도 후회 안 해요. 그리고 둘 다 스노보드를 굉장히 좋아해서 올겨울 시즌권을 구입했고, 저는 내년에 프리다이빙을 시작해보려고 해요. 적게 적금 들어놓은 게 만기가 되면 장비를 구입할 건데, 아이가 있다면 교육비 때문에 못했을 것 같아요.

66
선우

저는 여행을 좋아해서 1년에 한 번은 해외에 나가고, 친구들과도 매년 한 번은 여행을 가요. 신랑과 같이 갈 때도 있지만 혼자 다니는 것도 좋아해서 당일치기나 1박 2일 여행을 다녀오기도 하고요. 한두 달에 한 번 서울로 병원 갈 일이 있는데, 그때도 주말을 끼워 2박 3일 잡고 다른 지역에 사는 아기 낳은 친구를 만나러 가거나 공연을 보러 가기도 해요. 하지만 오롯이 신경 써야 하는 대상이 있으면 그러기 어렵겠죠. 저는 뭔가 하고 싶을 때 제 일정만 고려하면 되는데, 아이가 있으면 진짜 쉽지 않더라고요.

66
주연

시간적 여유는 많은 것 같아요. 경제적으로는 꼭 그렇지도 않은 게 남편은 남편대로, 저는 저대로 생활을 영위하고 있으니 목돈을 움직이거나 모으기가 어려워요. 대신, 돈을 남겨서 누구에게 줄 필요가 없다는 건 좋아요. 그래서 "지금 하고 싶은 거 하고 살자, 나이 들면 체력 달려서 못하는 것도 많을 텐데 누구 좋은 일 시키려고?" 그러죠. [무엇에 아끼지 않고 쓰시나요?] 전에는 여행을 자주 다녔는데 요새는 바빠서 못 가고 있죠. 언젠가 남미 여행을 길게 갈 계획이 있고, 나이 제한에 걸리기 전에 빙하 트레킹도 하고 싶어요.

❝❝
영지
지금은 책을 읽는 것보다 사는 걸 좋아하는데, 앞으로는 책을 좀 더 읽고 싶고 제가 하는 일에도 조금씩 변화를 주려고 해요. 그리고 부모님께서 손주 없이 딸만으로도 만족하며 인생을 마무리하실 수 있게 해드리고 싶어요. 제가 어떤 출판 공모전에 당선돼서 상을 받고 책을 낸 적이 있는데, 부모님이 정말 좋아하시더라고요. 계속 그런 경험을 하게 해드리고 싶고, 엄마의 삶에 관한 이야기도 글로 써보고 싶다는 마음이 있어요.

❝❝
수완
이번에 한국에 들어와서 외국인을 위한 한국어 교육 자격증 시험을 봤어요. 자격증을 따면 뉴칼레도니아 대학의 시간강사로 일한다든지, 조금 더 경력을 쌓아서 남편과 같이 프랑스로 갈 계획도 있어요. [아이가 생기면 이루기 어려운 계획일까요?] 솔직히 그래요. 그래도 남편은 계속 대학원에 다닐 수 있겠지만, 제 삶은 완전히 변할 거예요. 지금 하는 개인 수업도 상당 부분 제한될 거고 대학 강사가 되는 건 꿈도 못 꾸겠죠. 저는 환경과 여성 인권 분야에 관심이 많아서 직접 참여하는 활동이 있고, 그 일을 위해 프랑스어도 더 공부하고 싶은데 그럴 시간도 줄어들겠죠. 야망이란 걸 경제적 성공이란 측면에서 볼 수도 있지만, 경제적 보상이 없더라도 제가 원하는 일에 시간과 노력을 들일 수 있다면 그게 더 여유로운 삶이라는 생각이 들어요. 그런 여유를 지키고 싶어요.

인터뷰 참여자 각각의 상황과 성향에 따라 여유를 느끼는 정도도, 그것을 사용하는 방식도 다양했다. 물론 나처럼 잉여로운 일상을 보내는 사람도 있었고, 인생의 의미를 천천히 찾고 있다는 사람도 있었다. 다만 사람들이 흔히 '아이가 없으면 인생이 지루하고 허무해질 것'이라 말하는 것과 달리 이들은 무자녀 여성으로서의 여유를 활용해 자신의 삶을 자신이 원하는 방식으로 구성하는 것에 만족하고 있었다. 나 역시 이들의 이야기를 정리하며 나의 여유를 가치 있게 쓸 방법에 관해 좀 더 찾아보게 되었다. 관심 있던 분야의 공부도 좀 하고, 자원 활동도 하고, 계획은 다 세워두었다. 일단 자정 전에 자고 정오 전에 일어나는 것부터 시작해야지……

아이 대신
세상에 투자한 이야기

아이가 없어 생긴 여유 시간이나 자금을 가장 적극적이고 보기 드문 방식으로 운용하는 인터뷰 참여자는 소연이었다. 변호사인 소연은 장학단체를 만들어 개발도상국 여학생들을 지원하고 있다. 내 주위에도 개발도상국 여성이나 아동을 후원하는 사람들은 있지만 대부분 유니세프 같은 NGO에 매달 일정액을 내는 식이지, 그처럼 본격적으로 시간과 큰돈을 들여 활동하는 경우는 없다. 무엇이 그를 그렇게까지 움직였는지 궁금했다.

❝❝
소연

3년 전, 캄보디아의 한 지역 대학에서 강연을 했어요. 주변 인프라가 전혀 없고 교수진조차 영어를 못하는 상황에 좀 충격을 받았어요. 그런데 수강생 중 여학생들이 유독 많다고 느껴서 알아보니, 가정에 여유가 좀 있는 경우 아들이면 수도인 프놈펜으로 보내고 딸은 타지로 보내지 않는다더라고요. 반면 개발도상국에 들어온 해외 NGO에서는 성별 균형을 위해 여학생들을 후원하다 보니 지방 대학에 성적 좋은 여학생들이 많아진 거죠. 그래서 한국에 돌아와 그 대학과 제휴를 맺은 NGO에 연락했어요. 예산 부족으로 장학금 혜택을 받지 못한 학생들이 있는데, 1,000달러를 주면 네 명을 넣어줄 수 있다는 거예요. 그러면 그 학생들이 영어와 컴퓨터를 배울 수 있다고 해서 일단 돈을 보내고 시작했어요. 다음 해에 다시 가서 영어 서평대회를 열고 제가 지원하는 학생들의 상황을 파악했죠. 시골에서 통학하느라 시간이 너무 오래 걸리고 집안 살림 때문에 결석이 너무 잦은 게 문제였어요. 그래서 욕실과 화장실이 있는 작은 집을 빌려 기숙사를 만들었어요. 수도랑 부동산이 비싼 곳이라, 여기서부터는 돈이 좀 많이 들기 시작했죠.

당시 동남아시아 국가에 처음 방문했던 소연이 구체적으로 무엇에 충격받았을지 나는 정확히 알지 못한다. 다만 떠오르는 장면들이 있었다. 나는 베트남, 태국, 인도네시아를 몇 차례 여행한 적이 있다. 대개 대도시의 리조트와 호텔, 관광지,

쇼핑몰 위주로 돌아다녔지만, 지상 낙원 같은 숙소를 벗어나 차를 타고 나왔을 때 도로변에 늘어서 있던 판잣집들은 내게 일종의 죄책감과 수치심을 불러일으켰다. 이런 감정을 느끼는 것조차 위선적이지 않나 생각하면서도 나는 점점 동남아 여행을 망설이게 되었다. 지구상 어느 곳에 가더라도 빈부 격차는 존재하겠지만, 나는 당장 내 눈에 보인 불편함을 피하고 싶었다. 하지만 소연은 다른 방식을 선택했다.

'더 나은 세상을 위해, 한 번에 한 학생씩'은 그가 세운 장학단체의 기치다. 캄보디아에서는 처음 시작했던 대로 대학생들을 지원하고, 베트남에서는 가정 형편이 어렵고 공부 잘하는 여학생들을 고등학교 1학년부터 지원한다. 조기 교육을 하면 더 잘하게 될 가능성이 커지기 때문이다. "남을 어느 정도 돕고 나면 '이걸로 충분하다'라고 생각하지, '여기서 더 해야지'로 넘어가기는 어렵지 않느냐"는 질문에 그는 "계산해보니 그게 최대치가 아니더라"고 답했다. 그래서 소연은 네팔의 여학생들에게도 학비와 생리대를 지원하고, 베트남에서 지원하던 고등학생들이 하노이 같은 대도시의 국공립대학에 합격한 뒤에도 계속 지원하고 있다. 그리고 한국의 한 보육원 여학생들도 후원한다. 아무리 전문직이라도, 혼자 법률사무소를 꾸려가는 일종의 자영업자이자 한 가정의 가장이 매년 자신의 소득 상당 부분을 타인에게 쓴다는 사실이 놀라웠다.

소연

생활하는 데 드는 돈 외에는 전부 장학 사업에 넣어요. 적금, 투자 같은 게 하나도 없으니까 가능한 거죠. 그런데 현지에 가서 학생을 보면, 안 할 수가 없어요. 학생 한 명을 대학에서 1년 공부시키려면 300~400만 원이 드는데, 그걸 한 달씩 쪼개보면 아주 큰 돈은 아니거든요. 그런데 그 사람에게 그 돈이 없으면, 혹은 있으면 어떻게 살게 될지 너무 극명히 보이는 거죠. 그리고 이것은 출산, 육아와 절대 같이 갈 수가 없어요. 아이가 있으면 이 모든 자원이 육아에 들어갈 수밖에 없거든요. 만약 제가 아이를 낳을 가능성이 있으면 돈을 모아야 한다는 필요를 느낄 텐데, 그렇지 않으니까 제가 가지고 있는 경제적 여유분을 조금만 쓰면 다른 누군가의 인생이 바뀌는 거예요. 아이를 낳지 않는 선택과 함께, 다른 자원들을 이런 식으로 쓸 수 있는 건 직업이 변호사이기 때문이라고 생각해요. 만약 제가 아이를 낳지 않았더라도 일반 회사에 다녔다면 65세 정년을 채우기도 어려웠을 거고, 55세쯤 퇴직하면 연금을 받기까지 10년이 뜨니까 생계 때문에 장학 사업은 못 했을 것 같아요. 퇴직이 따로 없는 직종에 있으니까 가능한 거죠.

부모가 아이에게 돈을 쓰는 것은 사랑해서이기도 하지만

'투자'로서의 측면도 있다. 노후 대책이라든지, 금전적으로나 정서적으로 돌려받는 데 대한 기대가 무의식중에라도 전혀 없는 부모가 있을까. 그러나 혈연으로도, 법률로도 이어지지 않은 관계에는 무엇이든 '돌려받을' 근거가 없다. 시간과 돈을 들여 인재를 키워 세상에 내보내면 그대로 끝일지 모르는 관계에 소연은 어떻게 계속 투자할 수 있을까. "일단 부모님이 나를 그렇게 키우지 않으셨기 때문에, 투자의 개념으로 자식을 보는 시각이 익숙하지 않다"며 그가 말했다.

❝❝
소연

모든 사람은 세상의 투자를 받아서 자랐으니까, 저도 세상에 투자하는 거죠. 저희 단체의 궁극적 목적은 여성 관료를 양성해서 그 나라에도 복지 시스템을 만드는 거예요. 가능하면 공직이나 교육계로 진출할 수 있도록. 예를 들어, 캄보디아에서 여성이 변호사가 되기는 너무 어려워요. 그런데 교사는 여성이 상당히 많고, 반면에 25개쯤 되는 주를 통틀어 여성 교육감은 한 명도 없어요. 그렇다면 여성 교육감이 한 명만 나와도 많은 걸 바꿀 수 있을 거고, 그러면 사회가 돌려받는 거잖아요. 그로 인해 저는 좀 더 편하게 잠들 수 있고, 동남아 여행을 가도 마음이 덜 불편하겠죠. 제가 70세가 됐을 때 여행 갈 돈이 없을 수도 있지만. 웃음 그리고 무엇보다 이 일이 주는 감정적 충족감이 무척 커요.

나는 소연의 이야기를 들으며 김혜진 작가의 소설 《딸에 대하여》를 떠올렸다. 화자인 '나'는 요양 보호사로 일하며 '젠'이라는 여성을 돌본다. 평생 소외된 이들을 위해 헌신했지만, 가족 하나 없는 치매 노인이 된 젠에게 남은 것은 요양원에서의 삶을 이어갈 수 있게 해주는 후원금과 어쩌다 찾아오는 방송국 카메라 정도다. 과거 그가 후원했던 개발도상국 출신의 소년은 요양원을 찾아올 겨를도 없는 이주 노동자로 힘겨운 삶을 버티고 있고, 요양원의 천덕꾸러기 신세가 된 젠은 자기도 모르는 사이 더 열악한 시설로 밀려나고 만다. 선한 행동이 해피 엔딩을 약속하는 시나리오보다 훨씬 현실적으로 느껴지는 이야기라서, 나는 무척 고통스러운 마음으로 젠의 마지막 날들을 지켜보았다. 나이 들어 자녀에게 의지할 수 없는 무자녀 부부는 재산이라도 최대한 많이 모아둬야 하는 게 아닐까? 솔직히, 남 걱정할 처지가 아닌 나조차 약간 걱정이 됐다.

　하지만 소연은 걱정하지 않았다. 그는 장학 사업 외에도 이주 여성, 노동자, 난민 등의 인권과 관련된 사회 운동에 적극적으로 참여해왔다. 이를테면 자신의 삶 상당 부분을 '공공재'로 내놓는 사람이라고 할 수 있다. 실비보험 하나 없이, 국민건강보험의 보장 범위가 넓어지는 것을 반갑게 지켜보고 있다는 그는 노후를 국가의 복지 제도에 기대겠다고 했다.

❝❝
소연

저는 앞으로도 계속 사회 운동하는 삶을 살아서 65~70세쯤 되면 사회가 나를 책임질 수 있을 거다, 그리고 혹시 그게 안 된다면 내 인생을 걸고 한 이 실험은 실패다, 생각하려고요. 웃음 [너무 낭만적이면서…… 위험하지 않나요.] 맞아요. 리스크 가 굉장히 크죠. 그런데 왠지 별로 걱정이 안 돼요. 큰 틀에 서 보면 어떻게 될 것이다……. [사회 운동을 하면서 수많은 부 조리와 마주하다 보면 현실을 비관적으로 보기 쉬울 것 같은데, 오 히려 더 낙관적으로 볼 수 있는 건 무슨 이유일까요?] 낙관적이니 까 운동을 할 수 있는 거 아닐까요? 뭔가 바뀔 거라고 진심 으로 믿지 않으면 아무것도…… 아니, 아무것도 할 수 없는 건 아니지만, 저는 진심으로 믿고 있어요. 나아지게 하려고 많이 노력하니까 '어떻게든 될 것이다'라고.

《딸에 대하여》의 '나'는, 결국 젠이 버려지다시피 한 시설을 찾아가 그를 집으로 데려와 돌본다. 젠의 마지막 시간을 함께 한 것은 그와 피로 이어지지 않은 '나'와 딸, 그리고 딸의 동성 연인이다. 나는 이 소설이 여성의 고통과 존엄과 연대에 관한 이야기라고 생각했고, 그래서 마지막의 실낱같은 낙관이 반 가웠다. 좀처럼 그것을 꿈꾸기 힘든 세상이지만, 소연의 이야 기를 들으며 왜 우리에게 낙관이 필요한지 어렴풋이 알 것 같 았다.

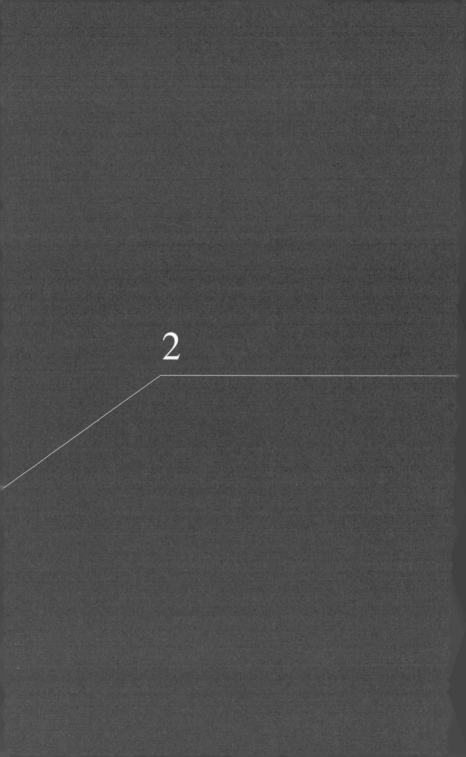

2

출산은 내가 하는데,
왜 비출산은 모두와 합의해야 할까?

배우자, 부모, 친구들과의 관계와
'엄마 됨'에 대한 토크

한동안 온라인에서 딩크에 관한 글이 눈에 띌 때마다 빠짐없이 읽곤 했다. 그중 대부분은 결혼 후 비출산 여부를 고민하는 여성의 글이었다. 결혼하고 보니 아이를 낳아야 할지 잘 모르겠다거나, 아이를 가질지 말지 생각할 시간이 필요하다거나, 남편 및 시부모와의 관계 때문에 아이를 낳아도 될지 고민이라거나, 이런저런 이유로 아이를 갖고 싶지 않다거나 하는 그들의 이야기에 매번 공감했다. 하지만 그런 글 아래는 거의 항상 '어차피 낳을 거면 하루라도 빨리 낳아야지, 고민하다가 때를 놓치면 후회해요'와 같이 불안감을 조성하거나, '결혼 전에 딩크로 합의하신 건가요?'라고 질책하는 댓글이 달렸다. 조금 심한 표현으로는 '확실히 말하지 않고 결혼한 거면 계약 위반이죠'가 있었는데, 이러한 댓글들은 마치 '사전에 낳지 않기로 완벽히 합의하지도 않았으면서 이제 와 감히 아이를 낳지 않을 수도 있다니, 너의 가정은 곧 깨질 것이고 귀책 사유는 너에게 있다!'라고 협박하는 것처럼 보였다.

나도 결혼 전 남편과 비출산을 '합의'하지는 않았다. '아이를 안 낳고 살아도 되지 않겠느냐'고 말했을 때 딱히 부정적 반응이 돌아오지 않았던 것 같다는 어렴풋한 기억이 남아 있을 뿐이다. 오히려 아이 없이 사는 문제를 진지하게 고려하기 시작한 것은 결혼 후였고, 현실적인 상황과 우리 각자의 성향으로 볼 때 이대로 둘이 사는 쪽이 충분히 행복하겠다는 결론을 내리기까지는 짧게 잡아도 3년 이상이 걸렸다. 나는 30대 중반에 결혼했지만, 시간에 쫓겨 결정하고 싶지는 않았다. 그래서 우리는 결혼 전 몰랐던 서로의 또 다른 모습을 차차 알게 되었고, 각자의 미래와 원하는 삶의 형태에 관해서도 많은 이야기를 나눌 수 있었다.

❝
선우

연애하고 2년 반쯤 지났을 때 빕스에서 밥을 먹다가 갑자기 얘기했어요. "아, 지금 생각났는데, 결혼한다면 너랑 하고 싶지만 아이는 안 낳고 싶어. 이러이러한 이유로." 우리 둘 다 아이를 아주 좋아했어서 결혼하면 당연히 제가 애를 낳을 거라 생각할까 봐. 상대가 저보다 몇 살 나이가 많으니까 '혹시 넌 아니면 빨리 떠나라'는 의미로 말한 거였어요. '이 점이 안 맞으면 헤어질 수도 있겠구나' 싶었죠. 그런데 이렇게 말하더라고요. "응, 그렇구나. 나도 좀 생각해볼게." 그 후에 결혼 준비하면서 각자 부모님에게 '내가 낳기 싫다'고 얘기하기로 했어요.

66
정원

"나랑 결혼할 거면 아이 가질 생각은 하지 마라, 난 절대 낳을 수 없다"고 거의 선언을 했어요. 그땐 상대도 막연히 '결혼하면 한둘은 생기겠지' 했던 것 같아요. 남자들이 좀 더 그렇잖아요. [그렇죠. 쉽게 얻을 수 있으니까.] 그래서 좀 당황한 듯했는데, 그 뒤로 자기도 안 낳는 쪽으로 생각을 해본 거예요. 아이가 없으면 다니기 싫은 직장에 계속 다녀야 한다거나 하는, 소위 '가장'으로서의 무게를 내려놓을 수 있다는 가능성을 보게 된 거죠. 전에는 그런 생각을 아예 못 했는데, 제 얘기를 듣고 나니 다른 관점에서 생각해볼 수 있게 됐다면서 자연스럽게 갖지 않는 쪽으로 흘러갔어요.

66
영지

결혼 전에 얘기했을 때, 저는 결혼하자마자 낳거나 아예 낳지 말자고 했고 남편은 5년 정도 뒤에 갖자고 했어요. 서로 입장이 다르니 차차 얘기해보자고 했는데, 결혼하고 보니까 우리 성향과 아이 키우는 게 맞지 않는 것 같아서 이제 아이 얘기는 안 해요. 사실 결혼 전에는 둘 다 아이를 별로 좋아하지 않고 키울 마음도 없지만 '다들 아이를 낳고 어른들도 좋아하실 테니까 낳기는 해야겠지?' 정도의 막연한 합의가 있었던 것 같아요. 그런데 살아보니 진짜 원하지 않는다는 걸 깨달은 거죠.

나는 선우가 이별할 가능성을 염두에 둔 채 아이를 낳고 싶지 않다고 말했다는 사실이 흥미로웠다. 결혼까지 고려할 만큼 사랑하는 상대에게 '당신과 헤어지더라도 내가 원하는 방식의 삶을 지키겠다'는 의지를 뚜렷하게 드러내는 것이 생각만큼 쉽지 않다는 것을 알고 있기 때문이다. 그러나 선우와 정원은 상대에게 무자녀 부부로서의 삶에 대해 생각할 기회를 주었고, 이러한 삶의 방식을 긍정적으로 받아들인 상대와 큰 갈등 없이 합의에 이르렀다. '차차' 얘기해보기로 했던 영지와 배우자 역시 결혼 후 자신들의 성향과 욕구를 파악하며 자연스럽게 무자녀로 살고 있다. 물론 모든 인터뷰 참여자가 결혼 전 비출산에 대한 의지를 드러냈거나 평화로운 합의에 이른 것은 아니다. 배우자의 비출산 의지가 확고하지 않거나, 아이를 갖고 싶어 하는 경우에는 상황이 조금 더 복잡해진다.

66
승주

결혼 전에는 막연히 낳기 싫다고 생각했고, 결혼 초에는 '그래도 결혼했으니까 낳아야겠지' 하는 마음이 있었어요. 그런데 1년쯤 살아보니 '애 가지면 내 인생은 끝이다'라는 확신이 들더라고요. 일이 너무 바빴고, 남편도 매일 밤 11시에 귀가하는 거예요. 만약 애를 낳으면 제 커리어는 끝날 거고 독박육아할 게 확실하잖아요. "나 애 낳기 싫어, 이런 상황에선 못 낳아"라고 했더니 남편이 "낳으면 달라지지, 도와줄 거야, 달라질게"라고 해서 "오빠는 신뢰를 잃었어, 안 낳을 거야" 했죠. 그랬더니 "나도 애 좋아하는 거 아니야, 그래도 어른들이 기다리시고 하니 한 명은 낳아야 하지 않을까?" 하길래 "어른들이 기다리신다고 낳아야 한다고 생각하지 않아, 명확하게 말씀드려"라고 했어요. 시부모님은 여전히 아이를 원하시지만, 우리 부부 사이에 심각한 갈등이 생긴 적은 없어요. 사실은 남편도 그렇게 아이를 원하지는 않는 것 같아요.

승주는 이를테면 '결혼 후 마음을 바꾼' 케이스다. 그는 '일/가정육아 양립'이 현실적으로 불가능하다는 사실을 확인하고 배우자에게 비출산을 통보했다. '혼전 합의'에 대한 그의 생각을 물었다.

66
승주

물론 합의하고 결혼하면 깔끔하겠죠. 서로 피임 시술하고 결혼한다든가. 하지만 막상 결혼해보니 애를 낳으면 안 되겠다는 생각이 들 수 있잖아요. 그게 그 사람 개인의 잘못이 아니에요. 결혼 생활의 환경, 그런 생각이 들게 만든 상대, 시대 문제 같은 게 복합적으로 연결돼서 '아, 여기서 나를 지키려면 낳지 말아야겠다'라고 결정할 수 있는 거죠. 자기 몸에 대한 권리잖아요.

즉, 결혼하고 나서야 드러나는 다양한 변수를 고려하지 않고 쉽게 '혼전 합의'를 절대적 기준이라 보는 게 부당하다는 것이다. 자신이나 배우자가 양육에 부적합한 사람임을 깨달을 수도 있고, 육아로 인해 금전적, 시간적 여유가 부족해지길 원치 않을 수도 있고, 원 가족으로부터의 스트레스가 부부 관계를 뒤흔들 수도 있고, 건강이나 커리어에 변동이 생길 수도 있고, 무엇보다 임신과 출산 당사자인 여성의 생각이 바뀔 수도 있기 때문이다.

❝
민하

결혼 전에는 아예 아이 얘기를 해본 적이 없어요. [어떤 사람들은 연애할 때부터 그런 생각을 하잖아요. 별로 생각하고 싶지 않았던 건가요?] 네, 아예 배제…… 웃음 모르겠어요. 저는 '갖기 싫다'도 아니고 그냥 제가 상상하는 미래에 애가 없었어요. 남편은 시부모님 때문에 '그래도 하나는 낳아야 하지 않겠나' 하고 생각하는 거 같긴 한데 강요하는 건 아니에요. [남편이 그렇게 얘기하면요?] "몰라, 나중에 생각하지" "아직은 아니야, 내년에 생각하자" 이런 식으로 넘어가요. 일단 최대한 미룰 수 있을 때까지 미뤄보려고요.

20대 초반에 결혼한 민하는 배우자와 구체적인 합의를 모색해본 적이 없다. 그는 아이를 별로 좋아하지 않고, 아이를 낳아 키우기엔 자신이 아직 어리다고 생각한다. 물론 누군가는 그가 '어려서', 다시 말해 미성숙한 사고 때문에 일시적으로 비출산을 원할 뿐이라 여길 수도 있지만 나는 그동안 한국 사회가 민하처럼 아이를 원하지 않는 기혼 여성들의 욕망을 무시하고 억압해왔다고 본다. 사회 초년생, 혹은 고용 단절로 경제력이 부족하거나 가정 내 권력 관계에서 취약한 상황에 있는 여성이라면 비출산 의지를 관철하기는 더욱 어렵다. 결국 민하가 시부모와 남편의 기대대로 아이를 갖는 대신 우회해 선택한 방식은 직업을 갖는 것이었다. 나는 앞으로 민하가 어떤 결정을 하든, 그가 지금까지 가져온 욕망과 태도가 충분히 존중되어야 한다고 생각한다.

" 피임을 계속하다 남편이 아이를 원해서 중간에 안 하기도 했
유림 는데, 작년에 병원에 가서 검사를 해보니 남편에게 좀 문제

가 있다고 나왔어요. 의학적 도움을 받으면 가질 수도 있다는데, 저는 그럴 마음이 생기지 않더라고요. 사실 아기 낳는 걸 남편이 할 수는 없고, 저도 남편을 사랑하는 마음이 있으니까 '저렇게 원하는데 하나 정도 낳아줄까' 생각하기도 해요. 죽어도 낳지 않겠다는 것도 아니고, 낳는 게 나쁜 일도 아니잖아요. 하지만 남편은 반대로, 애초에 저에게 강요할 수 있는 일이 아닌데 본인에게 문제가 있으니 저를 억지로 설득할 수 없다는 결론에 도달한 것 같아요. 제가 마음이 확실하지 않으면 잘 움직이지 않는 성격이고, 말로는 잘 모르겠다고 하지만 꽤나 강하게 아이 낳을 생각이 없는 사람이란 걸 인지하고 있으니까요. 그게 자기에게 편안한 과정은 아니고 포기같이 된 거죠. 저도 마음 편하지는 않아요. 아이를 좋아하는 사람이니까 밖에서 아이들이 눈에 띄면 관심 있게 지켜보는 게 느껴지거든요. 그게, 이런 거더라고요. 내가 원하는 일을 하느냐, 아니면 남편 포함 가족들이 기뻐할 일출산을 하느냐 하는 고민.

자신은 아이를 그렇게 원하지 않지만, 사랑하는 사람이 아이를 원한다면 어떤 결정을 할 수 있을까? 몇 년 전 육아 노동에 관해 취재하며 만난 여성의 말이 떠올랐다.

"나만 빼고 모든 사람이 큰애한테 동생이 필요하다고 난리였어요. 버티고 버티다 '그래, 그냥 내가 낳아주마' 해버렸죠."

낳아주다,라는 어딘가 어색한 표현은 의외로 기혼 여성들에게서 종종 들을 수 있는 말이다. 자신의 행복과 배우자의 욕구가 무 자르듯 분리되지 않고, 원 가족들의 기대까지 더해지는 경우 여성은 자신보다 '최대 다수의 행복'을 고려한 선택을 하기도 한다. 그래서 유림이 느끼는 복잡한 감정은 무척 보편적 고민일 거라는 생각이 들었다. 아이가 없는 가정에 충분히 만족하는 사람과, 아이가 있으면 더 좋을 것 같다고 느끼는 사람이 최대 행복의 합의점을 찾는 과정에서는 긴장이 발생할 수밖에 없다. 그 긴장을 견디고 최종 결정을 내리는 것마저도 여성의 몫이다.

그렇다면 출산에 대한 결정권은 '엄마'와 '아빠'가 될 부부 각자에게 동등한 비중으로 주어져야 할까. 그 의문에 호정은 "그게 가능한가요?"라고 반문했다.

❝❝
호정

아이는 남편을 포함한 '우리'의 인생 문제지만 누군가 최종적으로 의사 결정을 해야 한다면 여자가 해야죠. 자기 몸으로 낳는 거잖아요. 예를 들어, 100명 중 99명이 찬성한다 해도 반대하는 1명의 몸으로 낳을 수는 없잖아요. 다수결로 할 수 없는 일이죠.

66
도윤

출산 결정권은 여자에게 더 있는 게 맞아요. 결국은 내 태 안에 아이를 갖고 낳는 과정을 겪고 수유를 해야 하니까 내 것을 계속 주는 상태를 '내가' 견뎌야 하는 거잖아요. 그렇다면 한 80퍼센트 이상은 내 몫의 권리 아닌가요.

66
재경

세상의 모든 관계에서 50 대 50은 없어요. 비즈니스 계약서를 써도 그렇게는 안 되는 데다, 남자와 여자는 생물학적으로 다르잖아요. 회사에서 남자 직원들이 "결혼했으니까 아이 몇 명 가질 거야"라고, 마치 자기한테 무슨 권리가 있는 것처럼 말하는 걸 볼 때마다 가소롭다고 생각했어요. 여성은 자기가 임신과 출산을 감수하니까 그렇게 말할 수 있지만, 남자의 의사 결정권은 0이라고 생각해요. 특히 아이를 원하지 않는 여성의 뜻을 바꾸려 하면 안 되죠.

내가 오프라인에서 들은 말 중 가장 '과격한' 입장을 제시한 재경에게, 나는 앞서 언급한 온라인 반응에 대해 들려주었다.

66
재경

실제 사람들이 다 그렇게 생각할 거라고 보는 건 위험해요. '딩크를 할 거면 결혼 전에 합의해야만 한다'는 말은, 그 사람의 진짜 생각이 아니라 그냥 어디서 많이 들은 얘길 별생각 없이 옮기는 것일 수도 있어요. 마치 '애가 있어야 이혼

안 하고 잘 산다'처럼 무의미하게 흘러 다니는 말인 거죠. 단지 온라인에서 중요한 말처럼 계속 돌아다니기 때문에 더 영향력을 갖는 거겠죠. 그게 대다수의 생각이고 진리인 것처럼 착각하기 쉽지만, 사실은 아니에요.

재경의 가차 없는 지적은 내가 누군가에게서 듣고 싶었던 말이기도 했다. 결국 중요한 것은 타인의 인생에 무책임하게 던지는, 유행처럼 떠도는 말들이 아니라 내가 어떤 사람인지 내가 원하는 삶은 어떤 형태인지 직면하고 파트너와 충분히 대화하는 것이다. 결혼 전 모든 것을 '완벽히 합의'해야 할 책임은 없다. 결혼하면 담배 끊겠다고, 술 끊겠다고, 평생 외도하지 않겠다던 그 많은 남자들의 '합의'와 '약속'은 다 어디로 날아갔는지! 우리에겐 출산을 선택하지 않을 권리가 있다. 그 가능성을 믿는 것이 무엇보다 중요하다.

아이가 없어서
배우자와 헤어진다면

로라 스콧은 1960년대에 캐나다에서 나고 자라 미국으로 이
주한 패션 컨설턴트 겸 작가다. 20대 중반에 결혼했지만 '내
자식이라 부를 만한 아이를 갖고 싶은 욕구나 열망'이 없었던
그는 마흔세 살 때 우연히 매들린 케인의 《무자녀 혁명》을 읽
고 자신이 '확신에 의한 무자녀positively childfree' 그룹에 속한다
는 사실을 알게 되었다. 자신과 같이 의도적인 무자녀로 살기
를 선택한 사람들에 관한 자료를 찾던 로라 스콧은 괜찮은 자
료가 별로 없다는 사실을 깨닫고 직접 연구에 나섰다. 그는
4년에 걸쳐 문헌을 검토하고 북미 지역에 거주하는 기혼 무자
녀 여성과 남성 171명을 취재하며 학자들을 면담한 끝에 《둘
이면 충분해》라는 책을 썼다. 다양한 사례와 통계 분석이 담

겨 있는 이 책에서 특히 인상적이었던 것은 어느 챕터의 도입부였다.

> 이 책을 처음 출판사에 넘길 때, 남편이 갑자기 '사실은 아이를 원했다'고 말할까 봐 무척 두려웠다. 라디오 방송에 출연해 이 책을 홍보하던 중에 한 여성의 전화를 받는 상상을 했다. 상상 속의 그녀는 내 남편이 혼외로 낳은 자식의 어머니라고 주장하며 남편의 욕구를 무시한 죄로 나에게 종신형을 선고했다. 그리고 아이 없이 행복한 우리의 결혼이 거짓임을 폭로했다.[13]

나는 조금 놀라면서도 안도했다. 나만 이런 두려움을 가졌던 게 아니었다니!

남편이 나와 달리 아이들을 불편해하지 않고 잘 돌본다는 사실을 알고 있었다. 그는 학생 시절 한동안 태권도장에서 아르바이트를 했는데, 주요 업무는 유치원에서 초등학생 사이의 아이들 수십 명과 놀아주는 것이었다. 가끔 대소변을 가리지 못한 아이가 있으면 씻기고 빨래까지 해주었다는 얘기를 들으며 경악했지만, 언젠가 우리가 결혼해서 아이를 낳는다면 적어도 나보다 준비된 양육자가 하나 있는 셈이니 다행이라고 생각했다. 그의 체력과 인내력, 약자에 대한 배려심은 육아에 아주 좋은 조건이었다. 하지만 결혼 후 아이 없는 삶을 점점 더 바라게 되면서, 나는 가끔 고민했다. 내가 너무 초반부터 '아이를 낳고 싶지 않다'라고 말했나? 남편은 사실 아이를 갖고 싶은데 나 때문에 말하지 못한 게 아닐까? 만약 남편이 다른 사람과 결혼했다면 '좋은 아빠'가 되지 않았을까? 우리는 아이 없이 계속 행복하게 살아갈 수 있을까? 미안해할 이유가 없다고 생각하면서도, 미미한 부채감은 끈질기게 내 의식과 무의식을 떠돌았다.

어느 날, 이런 꿈을 꾸었다. 누군가 내게 "정말 아이를 안 낳을 거야?"라고 물었다. 다음 날에는 가위에 눌렸다. 알지 못하는 아기를 안아 재우게 되었는데 아기는 너무 무거웠고 좀처럼 잠들지 않고 칭얼거렸다. 젓가락으로 고기를 집어주자 빛의 속도로 받아먹는 아기가 점점 무거워져 숨을 쉴 수 없었다. 아기를 내려놓지도 못한 채 숨이 막혀 잠에서 깼다. 내 품에 아기가 없다는 걸 확인하고서야 무게는 사라졌다. 나는 남편에게 가끔 확인하듯 "아이 없이 살아도 후회하지 않을 것 같아?"라고 물었다. 그의 대답에는 문제가 없었다. 문제는 그가 어떤 대답을 하든 내 불안이 완전히 사라지지는 않았다는 사실이다.

다른 여성들도 이런 두려움을 가진 적이 있는지 궁금했다. 승주는 내가 첫 번째로 만난 인터뷰 참여자였다. 나는 어느 책 관련 행사에서 만난 여성 몇 명과 대화하던 중 "아이를 낳지 않기로 한 기혼 여성들에 관해 쓰려고 하는데, 그런 사람들을 어떻게 찾아야 할지 모르겠어요"라고 불쑥 털어놓았다. 그러자 그중 한 명이 "저희 언니가 그런 사람이에요, 지금 외국에 있지만 다음 달에 한국에 들어올 거예요"라고 말했고, 그의 소개로 나는 승주를 만날 수 있었다. 한 올도 흐트러지지 않게 깔끔히 묶은 머리카락과 또렷한 시선, 매일 아침 집에서 혼자 90분간 운동을 하는 습관까지, 승주는 마음먹은 일이라면 무엇이든 똑 부러지게 해내는 사람처럼 보였다. 나는 그에게 로라 스콧의 일화를 이야기해주며 혹시 아이가 없다는 이유로 배우자와 헤어질 수도 있다는 걱정을 해본 적이 있느냐고 물었다.

❝❝
승주

남편이 아이를 갖고 싶지 않다고 확실히 얘기한 적은 없어요. 그래서 '이 사람도 아리송했는데 내가 너무 강하게 싫다고 하니까 포기한 건가?' 싶어 미안한 마음이 들 때는 있죠. 하지만 아이가 없어서 남편이 나를 떠나거나 헤어지게 될 수도 있다는 부담감은 별로 없어요. 정 그렇게 원하면 이혼하고 가지시든가. 웃음 그의 거침없는 말투에 웃음을 터뜨린 순간, 내가 바로 이런 해방감을 기다려왔다는 걸 깨달았다. 아이를 낳고 싶지 않다는 이유로 이혼할 수도 있다고 태연히 말하는 여성이 눈앞에 있다는 사실이 더없이 반가웠다. 승주는 이어서 이렇게 말했다.

> **❝** 이혼은 두렵지 않아요. 제 자신이 사라지거나 다치는 게 더
> **승주** 공포예요. 남편을 사랑하지만, 이 사람과 사는 것 때문에 나
> 자신이 파괴된다면 그렇게 살 이유는 없어요. 남편이든 누구
> 든 내 존엄성을 침해하는 언행을 지속한다면 언제든 이혼할
> 수 있다고 생각해요.

배우자가 자신과 비슷하게, 혹은 자신보다 더 적극적으로 무자녀를 원하는 참여자들은 "한 번도 그런 두려움을 가져본 적이 없다"는 반응을 보였다. 호정은 "아직 태어나지도 않은 어떤 존재 때문에 내가 만나 사랑한 사람을 버리는 남자가 있을 수 있다는 게 신기하다"라고 말했다. 그러나 어떤 두려움은 제3자나 미디어를 통해 주입되기도 한다.

> **❝** 산부인과에 검진받으러 갔더니 의사가 "본인은 갖고 싶지 않
> **자현** 다는 마음이 확고해도 남편은 아닐 수 있어요"라면서 나중
> 을 위해 난자 냉동을 해두라는 거예요. 어차피 임신은 내가

해야 하는데 돈도 많이 든다고 해서 안 하기로 마음먹었지만, 왠지 무서운 거예요. 그래서 남편한테 "나 마흔 살 됐을 때 애 갖고 싶다고 젊은 여자한테 가는 거 아니냐"고 했더니 "그럴 기력도 없고 귀찮아서 못한다"더라고요. 웃음 그래서 생각해봤어요. 만약 제가 나중에 아이를 못 갖게 됐을 때 그 사람이 아이를 원한다고 하면 제가 사랑했던 남편은 아닐 것 같아서 미련 없이 버리려고요.

66
이선

어떤 여자가 남편 아이를 가졌다거나 낳았다고 찾아오면 어떻게 할지 남편에게 물어본 적이 있어요. 남편은 아이를 갖고 싶어 했던 사람이니까 자기 닮은 자식을 보면 애정이 생길 것 같거든요. 드라마 보면 '핏줄이 당긴다'고 하잖아요. 웃음 남편은 무슨 말도 안 되는 소리냐고 했지만, 만약 그런 일이 생긴다면 남편이 그쪽에 가서 좋은 아빠가 되어야겠죠? [드라마에선 상대 여자가 갑자기 아이만 남기고 죽거나 떠나서 주인공이 남편과 함께 그 아이를 키우는 게 아름답고 모범적인 선택처럼 그려지기도 하잖아요.] '그 아이 내가 키우겠다' 하던데, 저는 그렇게는 안 할 것 같아요.

현재의 결혼 생활에 비교적 만족하는 편인 이들이 망설임 없이 이혼이라는 선택지를 떠올릴 수 있는 가장 중요한 힌트는 영지의 이야기에 담겨 있었다.

> 66
> 영지
>
> 제가 만약 경제력이 없거나 남편에게 의존해서 살아가야 하는 상황이면 헤어지는 게 너무 두렵겠죠. 그건 아이가 없어서 생기는 문제가 아니라, 여성이 독립적인 삶을 살기 힘들어지면 남편에 대한 의존이나 가족에 대한 애착이 커지기 때문에 생기는 문제 같아요.

그런 면에서 본다면, 배우자를 따라 생활의 근거지를 옮긴 수완의 경우 이혼은 단순한 문제가 아니다.

> 66
> 수완
>
> 헤어진다고 생각하면 부담이 크죠. 한국으로 돌아와야 할지, 혼자 프랑스에 정착할지. 그런데 근거 없는 믿음일지 몰라도, 다른 이유가 아니라 아이가 없어서 우리 관계가 끝날 수 있다는 생각은 안 해봤어요. 그리고 만약 남편이 아이를 정말 그렇게 원한다면, 키울 아이가 없는 세상은 아니잖아요. 제 난자를 얼려서 '보험'을 들 생각은 없지만, 마음의 준비가 되고 경제적 여유가 있다면 입양을 고려할 것 같아요.

흔히 아이를 '갖는' 것과 '낳는' 것과 '키우는' 것이 모두 연결되어 있다고 생각하지만, 어떤 임신은 출산으로 이어지지 않고, 출산한 모든 여성이 그 아이를 양육하는 것은 아니며, 모든 양육자가 그 아이를 낳은 여성인 것도 아니다. '아이가 있으면 좋겠다'와 '나와 배우자의 유전자를 이어받은 아이를 낳아 키우고 싶다'는 같은 말처럼 들리지만 꼭 그런 것은 아님을, 수완의 이야기를 들으며 생각했다. 키울 아이가 없는 세상이 아니라면 '내 아이'를 키우지 않는 사람으로서 무엇을 할 수 있을지에 대해.

마지막으로, 승주와 다른 의미로 기억에 남았던 인터뷰를 소개한다.

❝
보라

시아버님이 저한테 말씀하신 적은 없지만, 남편한테 "그래도 네가 장남인데 아들 하나는 있어야 되지 않겠냐"고 하셨다는 거예요. 그 얘길 듣는 순간 내가 쫓겨날 수도 있겠다는 생각이 들더라고요. 만약 그런 일이 일어나면 내가 아주 대차게 맞서고 나와버리겠다는 생각을 하면서도, 사실 그렇게까지 하기는 싫잖아요. 웃음

보라의 솔직한 고백을 들으면서 나는 또 웃었다. 맞다. '여차하면 이혼할 수 있다'고 생각하면서도, 함께 즐겁게 살아왔던 사람과 헤어지는 건 어지간하면 '그렇게까지 하기는' 싫은

일이다. 경제적으로 독립할 수 있는 것과 별개로, 일상을 공유하고 유대감을 나누었던 상대와 멀어지거나 단절되는 것은 간단하지 않은 문제다. 하지만 이혼에 대한 나의 막연한 두려움은 인터뷰 참여자들과 만나 이야기를 나누는 동안 점점 줄어들었다. 나와 아주 마음이 잘 맞는 지금의 파트너와 최대한 오래 함께하면 좋겠다고 생각하는 동시에, 절대 이혼하고 싶지 않다는 강박은 사라졌다. 만약 우리가 소원해진다면 그것은 관계의 유통기한이 지나서이지 내가 배우자를 '아빠로 만들어주지 않아서'는 아닐 것이다. 그리고 우리가 언젠가 어떤 이유로 헤어지는 날이 오더라도 이혼은 결혼의 실패가 아니라 단지 한 시기의 끝일 뿐 그 시간이 전부 무의미해지는 것은 아님을, 나는 전보다 더 분명히 이해할 수 있게 되었다.

결혼은 사방의 공격이다!
: 시부모의 압력

"결혼은 강화도 조약이에요. 사방에서 다 쳐들어와요."

여성 폭력 관련 교육을 함께 받다가 친해졌던 어느 유자녀 기혼 여성의 말을 나는 가끔 떠올린다. 우리는 함께 웃었지만, 그것이 농담만은 아니라는 걸 알고 있었다.

아이를 낳지 않는 것은 부부가 합의하면 끝나는 문제일까. 당연히 그렇다고 말하고 싶지만 '결혼은 당사자끼리 하는 것이 아니라 집안 간의 결합'이라는 말이, 벗어나야 할 인습이 아니라 고금의 진리인 것처럼 통용되며 결혼 준비 과정에서부터 부모에게 휘둘리다 고통받는 혼인 당사자들을 수없이 볼 수 있는 한국에서는 그렇지 않다. 아이를 낳고 싶어 하지 않는 기혼 여성에게 가장 부담스러운 외부인은 대개 시부모다. 많은 경우 여성은 결혼과 동시에 자신의 인식이나 의지와 별개로 시가에 귀속된 '몸'처럼 취급된다. 출산은 그 '몸'이 해야 할 가장 기본적인 의무이기에, 시부모가 아들 부부의 성생활까지 간섭하는 경우는 드물지 않다. 때로는 '내부인'인 배우자도 자신의 의지보다 부모의 기대를 충족시키기 위해 아이를 원한다. 나는 기혼 남성들이 배우자에게 아이를 갖자고 할 때 그 속마음에서 '손주를 보고 싶어 하시는 우리 부모님에게 효도하고 싶어서'가 어느 정도의 비중을 차지할지 무척 궁금하다.

66
민하

신혼여행 갔다 오자마자 얘기하신 것 같아요. "빨리 손주가 보고 싶네"라고. 저한테는 "이왕 낳는 거, 첫째는 아들이 낫지 않느냐"고……. 저는 그런 말씀에 대답을 잘 안 해요. 그냥 "아하하" 해버리죠. 신랑이 "요새는 다 늦게 가지고 애 없이 지내는 집도 많다"고 하면 아버님이 성질내세요. 원래 엄청나게 보수적이시거든요. 어머님도 "그런 게 어딨노? 다 키우고 산다" 하세요. 반박하면 말이 길어지니까 제가 "그냥 대답하지 말고 가만히 있으라"고 했어요. 그런데 몇 달 전에 가족끼리 식사하는데 아버님이 술 드시고 저한테 애는 언제 가질 거냐고, 작년에 자격증 시험은 왜 못 붙었냐고 쏘아붙이시는 거예요. 저도 폭발하고 눈물이 너무 나서 뛰쳐나왔거든요. 그 뒤로는 아예 그 얘기를 안 하세요.

66
승주

결혼하고 3개월 됐을 때 회사에 있는데 "너희 피임하니?"라는 시어머니 전화를 받았어요. 계속 "왜 안 낳니? 애는 언제 가질 거야?"라고 하셔서 농담처럼 "제가 빨리 사장 돼서 어머니 맛있는 거 많이 사드릴게요"라고 했죠. "너는 지금 그게 중요하니? 애부터 낳아야지!" 하시고, 같이 백화점 갔을 때 애들 옷 있는 데 저를 데려가서 "이것 봐, 예쁘지? 네가 빨리 애를 낳아야 사주지" 하시길래 "저 대학원 갈 거예요"라고 했어요. 이번 설에도 "올해는 손주 좀 보게 해줘" 그러셨어요. [그럴 때 배우자의 반응은요?] 무시하고 아무 대응도 안 해요. 제가 뭐라고 하면 "노인들이니까……" 그러죠. 지금은 시부모님에게 우리가 계속 이대로 살 거라고 얘기하면 남편이 힘들어질까 봐 그냥 버티고 있긴 한데, 자꾸 압박하시면 언젠가 폭탄을 터뜨리려고요. 아예 희망을 뿌리째 뽑는 거죠. 웃음

66
보라

결혼하고 1년 정도 지났을 때 "그…… 니네는 안 가질 거가?"라고 물으셔서 친구한테 미리 조언받은 대로 "애는 쓰는데 잘 안 생기네요"라고 했거든요. 그랬더니 저를 혼자 방에 데리고 들어가서서 "시험관 할래?" 하시더라고요. "저희가

알아서 할게요" 하고 나왔는데, 다음번에 갔더니 친구분 딸도 시험관 시술했다면서 "요새 인공 수정은 흠이 아니다"라고 하시는 거예요. 그래서 이분들이 어떻게 생각하시는지 너무 잘 알겠더라고요. 웃음 [사실은 '흠'이라 생각하시는 거군요.] 네, 그건 자연스러운 일이 아니고 흠이라고 생각하지만, 본인들이 관대하게 제안하는 거라는 느낌? 그래서 조금 강경하게 "그건 아직 안 해도 될 것 같은데요"라고 했더니 그 뒤로는 저한테 말씀 안 하세요. 남편한테 한 번씩 물어보시는데, 남편 선에서 전혀 생각 없다고 강하게 얘기하니 이야기가 더 진전되지는 않더라고요.

민하는 "지금 잠깐 뭐라 안 하시는데 또 언제 터질지 몰라서" 신경이 쓰이고, 승주는 "버틸 때까지 버티다 못 참겠을 때", 보라는 "3년 정도 지나서 남편이 40대가 되면" 시부모에게 비출산 의사를 밝힐 예정이다. 보라는 말했다. "이걸로 집안에 분란을 일으키고 싶지는 않아요. 우리가 애를 안 낳겠다고 선언하는 순간 전쟁이잖아요. 어른들은 우리 마음을 바꾸려고 끝까지 노력할 테고 우리는 계속 방어해야 하는데, 말 안하고 있으면 일단 휴전 상태가 되니까요." 그는 다른 무자녀 부부들이 주변 사람들을 설득한 전략이 있는지 궁금하다고 했다. 그러나 '원 가족의 압력은 최대한 각자 해결한다'는 대

원칙 외에 효과적인 방법은 나 역시 듣지 못했다.

오히려 의외였던 것은, 인터뷰 참여자 가운데 출산에 관해 시부모의 강한 압력을 느낀 경우가 절반 이하였다는 사실이다. 물론 시부모 대부분이 '은근하게' 손주 얘기를 꺼낸 적은 있었으나, 며느리인 여성 당사자가 심한 불쾌감이나 무거운 부담을 느끼지 않고 갈등에서 벗어날 수 있었다는 점이 흥미로웠다. 여기에 영향을 준 것으로 보이는 요인들은 대략 다음과 같다. 1) 부모로부터 배우자의 정서적 독립 2) 부모로부터 배우자의 경제적 독립 3) 무자녀에 대한 배우자의 강한 의지 4) 여성의 수입이 배우자보다 안정적이거나 높은 경우. 이 가운데 둘 이상의 요건에 해당하는 여성들은 시부모로 인한 출산 스트레스가 적거나 없다시피 했다.

사실 비출산을 둘러싼 시부모의 간섭에 의문을 품으며 내가 계속 고민한 지점은, 간단히 말해 '아들이 결혼할 때 집을 사 준 시부모는 며느리에게 출산을 종용할 권리가 있는가'였다. 당연히 그렇지 않다. 그러나 한국은 OECD 국가 중 성별 임금 격차가 34.6퍼센트로 1위를 차지하는 나라고, 딸과 아들의 결혼에 대한 부모의 차등 지원도 당연시된다. 2020년 한 결혼정보회사에서 미혼 남녀 220명을 대상으로 진행한 설문조사에서 '결혼할 때, 부모님에게 경제적 지원을 어느 정도 받아야 할까?'라는 질문에 대한 답은 다음과 같다. '부족할 경우 일부만 받는다' 51.8퍼센트, '절반 이상 받는다' 33.2퍼센트, '아예 받지 않는다' 10.5퍼센트, '전부 지원받는다' 4.5퍼센트였다.[14] 주택 비용이 상승한 데다 고용이 불안정한 시대에, 부모의 도움 없이 결혼한다는 것은 정말 쉽지 않다. 게다가 '받은 게 있으면 하는 게 있어야 한다'는 경제 논리가 출산 당사자인 여성의 권리를 침해하는 문제는 결혼이 일종의 거래이자 계약이라는 불편한 진실을 직면하게 만든다.

❝
영지

한번은 남편 큰아버지가 저를 불러서 왜 애를 안 낳느냐고 하시는 거예요. 너무 화가 나서 우리 지금 빚이 얼마고, 남편 월급이 얼마고, 이 얘기는 남편한테 가서 하시라고 했더니 그 이후로는 안 하시더라고요. 저희는 양가 도움 일절 안 받고 결혼했어요. 둘이 모은 돈 똑같이 합쳐서 결혼 준비에 쓰고, 남은 돈에 대출 6,000만 원 받아서 전세를 구했거든요. 그런데 시어머님이 처음에 저한테 "내가 돈 많은 시어머니였으면 네가 나한테 이리 했겠냐"는 말씀을 자주 하셨어요. 지금도 농담처럼 가끔 "내가 돈이 없어서 이렇게 괄시를 당한다"고 하세요. 제가 시가 가서 사근사근하게 일하는 그런 며느리가 아니거든요.

내 결혼 준비 과정 역시 영지와 비슷했다. 우리는 소득이 높은 편은 아니었지만 30대 중반까지 각자 모아둔 돈과 은행 대출을 합쳐 서울의 작고 오래된 아파트 전세를 시세보다 훨씬 싸게 구할 수 있었다. 처음부터 양가 부모님의 지원은 고려하지 않았고, 결혼식을 포함해 지금까지의 결혼 생활에서 부모님의 압력은 어떤 영역에서도 거의 작동하지 않는다. 기혼 여성 사이에서는 '어차피 간섭할 거면 돈 없는 시가보다 돈 있는 시가가 낫다'는 말이 있고, 현실적으로 왜 그런 통설이 떠도는지 알 것 같으면서도 '빚진 게 없다'는 이 감각은 나를 무척 편안하게 해준다. 물론 내가 비교적 동등한 입장에서 결혼이란 계약의 당사자가 될 수 있었던 것 역시 내 부모님이 제공해준 사회적 기반 덕분이고, 여러모로 운이 좋아서였다. 그러나 앞서 얘기한 성차별적 현실과 한국적 가부장제의 관습은 많은 경우 여성을 자기도 모르는 사이에 '을'로 만들기도 한다.

❝
민하

결혼할 때 집을 샀는데 반은 대출받고 반은 시부모님이 내주셨거든요. 나 때문이라기보다 자기 아들이 살 집이니까 해주셨겠지 싶어서 별생각 없었어요. 저희 부모님도 혼수를 해주셨으니까 쌤쌤이라 생각했는데, 방금 말씀 듣다 보니까 '아, 그래서 나한테 결혼하고 일주일 뒤에 애 얘기를 하셨나?' 싶네요. 웃음 다만 또 하나 알게 된 것은, 시부모의 금전적 지원과 출산에 대한 압력이 비례하지 않는 경우도 종종 있다는 점이었다. 결혼 당시 며느리가 될 여성에게 수입이 없었기에 금전적 지원을 당연하게 여겼거나, 아들을 장가보내며 집을 사 주는 것은 부모의 기본적인 의무라 여겨 이를 출산 문제와 연관 짓지 않는 시부모도 있었다. 즉, 진리의 '케이스 바이 케이스'로 지역과 상황마다 다양한 변수가 존재했다.

그러나 나는 인터뷰를 진행하며 비출산이라는 선택과 가장 밀접한 관련을 지닌 변수는 자산이 아닐까 생각하게 되었다. 그것이 많든 적든, 누구의 것이든 말이다. 그리고 재경과 자현의 이야기는 우리의 자발적인 선택 또한 각자 딛고 선 현실의 제한된 조건 아래서 이루어진 것임을 확인시켜주었다.

66
재경

자산이 많을수록 아이를 가질 확률은 엄청나게 늘어나는 것 같아요. "손주가 나와야 부모님의 진짜 재산이 나온다"는 말을 들은 적도 있고요. 그리고 자산이 있다는 건, 임신과 출산으로 인한 기회비용 손실을 틀어막을 다양한 수단이 있다는 것이라서, 만약 저도 그 정도를 집에서 지원받을 수 있거나, 제가 벌 수 있다면 생각이 달라졌을 수 있어요. 실제로 그 정도의 능력과 상황이 되는 분들이 주위에 있거든요. 육아를 자신의 노동이 아닌 돈으로 커버할 수 있는 분들은, 아이가 있다는 사실을 주변에서 알아차릴 수 없을 정도로 일에 몰두하는 삶을 살고 계시죠.

> **❝** 저희도 결혼할 때 조금 지원을 받았는데, 만약 큰돈을 받았
> 자현 다면 아이를 낳았을 수도 있어요. 예를 들어 공덕에 한 10억
> 짜리 아파트를 해주셨다면요? 웃음 이런 생각은 좋지 않지
> 만, 부모님이 10억을 괜히 주시는 건 아닐 거라 생각해요.
> 당연히 바라는 게 있을 거고, 받으면 어느 정도는 해야겠죠.
> [돈을 받더라도 아이를 원하지 않는 나의 본질이 변하는 게 아닌데
> 괜찮을까요?] 힘들겠죠. 그리고 '나는 ○○ 아파트에 산다'는
> 자부심만 갖고 되게 힘들어하면서 평생 살아가겠죠. 웃음

자현의 말을 듣다 보니 시부모의 자산과 출산을 두고 고민하지 않을 수 있어 차라리 다행이라는 생각마저 들었다. 가끔 '시월드'를 다룬 예능 프로그램에서 '시부모가 결혼한 아들 집 현관 비밀번호를 알려달라고 해서 자유롭게 드나들어도 되는가?' 같은 주제로 이야기하는 것을 본다. 내가 놀란 건 '집을 사 주신 거면 며느리도 그 정도는 참아야 한다'는 반응이 우세한 것을 볼 때다. 집을 며느리 명의로 해준 것도 아니고물론 그렇다 해도 드나드는 건 다른 문제지만 아들을 위해 해준 것뿐인데 부부의 사적 공간 침해를 당연한 것으로 받아들여야 하다니 너무 이

상하지 않나. 나는 며느리의 출산에 대한 시부모의 요구, 혹은 강요 또한 이와 비슷한 맥락에서 발생한다고 보고 있다. 성인이 된 자녀를 여전히 소유물로 여기며 아들의 배우자를 독립적 인간으로 존중하지 않는 것이다. 물론 금전적 지원을 하지 않은 시부모라 해서 출산을 강요하지 않는다는 보장은 없다. 어쨌거나 결혼이 강화도 조약이 되지 않기 위한 첫 번째 조건은 분명하다. 누구보다 나의 아군이어야 할 배우자가 자기 쪽으로 쳐들어오는 외세를 단단히 막아내는 것이다.

결혼은 사방의 공격이다!
: 내 부모의 기대

작년 초, 엄마한테서 전화 한 통을 받았다. 친구와 한번 통화를 시작하면 한 시간을 훌쩍 넘기기 일쑤지만, 전화비가 많이 나오는 것을 지상 최대 악으로 여겨온 엄마는 나와 용건 없이 3분 이상 통화하지 않는다. 그런데 그날은 서로 안부를 물은 뒤 새해를 맞아 엄마가 이모들과 사주를 보고 온 이야기로 넘어갔다. 그리고 자연스럽게……

엄마 : 올해 너희가 애를 가지면 복덩이란다. "참 영특하고 좋은 아이니까 낳으라고 하세요, 그 아이가 둘째 따님을 많이 도와줄 거고 어머님도 옆에서 봐주시고 하면……" 그러더라. 엄마가 이제 언니네 아기들 안 봐줘도 되니까, 네가 이

애를 갖는 게 인생에 너무 좋대. 그 애를 낳음으로써 너희 일
도 훨씬 잘되고 그런 게, 인연이라는 거야. 절대 늦지 않았다
고, 그걸 명심하래.

나 : 아냐, 됐어. 안 낳을 거야.

엄마 : 야, 시끄러워! 수원 아저씨도 부천 아저씨도 그러더라!

나 : ㅋㅋㅋㅋㅋㅋㅋㅋㅋㅋㅋ

　

심드렁하게 듣기 시작했다가 점점 웃음이 치밀어오른 나는
'이 얘기는 기록을 해둬야 한다'는 생각에 노트북을 켜고 엄마
의 말을 받아치다 결국 빵 터지고 말았다. 참고로 수원 아저씨와 부천
아저씨는 엄마의 단골 점집 주인이다. "너어~ 웃지 말고 들어!"라는 엄마
의 외침이 수화기 멀리서 들려왔다. 전화를 끊고 보니 정말 웃
기다는 생각이 들었다. 아이를 낳아본 적도 없는 할아버지들
이, 방 안에 앉아서, 얼굴 한 번 본 적 없는 남의 집 딸더러 애
낳으란 얘기를 아무렇지 않게 그것도 돈 받아가며 하고 있다니, 부
조리도 이런 부조리가 있나. 그리고 아이를 낳으면 한동안 일
을 못 할 텐데 일단 낳고 나면 일이 훨씬 잘될 거라니, 혹시 아
이 낳은 필자에겐 원고료에 기저귓값이라도 추가로 지급하나?

　

그런데 놀라운 것은 이 레퍼토리를 나만 들어본 게 아니라
는 사실이었다. 주위 무자녀 여성 몇몇도 사주를 보고 온 어머

니에게서 비슷한 얘기를 들었다고 했다. '아이를 낳아야 대운이 들어온다, 말년 운은 자식 운이다, 이 아이를 안 낳으면 큰일 난다' 등등. 아니, 우리가 모르는 사이 역술인협회가 저출산고령사회위원회와 제휴라도 맺은 건가?

출산에 대한 시부모의 압력이 불쾌한 이유는 일단 나를 낳아 키우지도 않은 '남'이 내 몸에 대한 통제권을 행사하려는 데 대한 즉각적 반감에서 비롯된 것이다. 그런데 내 부모의 기대는 내가 해결해야 하는 문제고, 가정마다 다른 관계와 감정이 얽혀 있다.

유림

엄마에게 전화로 아이를 안 낳을 거라고 얘기했더니 굉장히 놀라셨어요. 너무 마음이 안 좋더라고요. 가족이 속상해하는 게 저한테 즐거운 일일 수 없잖아요. 괜히 얘기했나 싶고. 그래서 "다른 사람을 위해서나 상황이 그런 게 아니라 내가 제일 원하는 걸 생각해서 그런 거야, 엄마는 내가 좋은 쪽으로 나를 지지해줘"라고 했죠. 그랬더니 약간은 알아들으셨지만, 제가 친구 아이가 귀엽다고 하면 "너도 좀 생각이 바뀌지 않냐"고 하시긴 하죠. 새벽 기도를 다니시는데 아마 제가 아이를 낳게 해달라고 기도하실 것 같아요. [아이를 갖지 않는 문제로 부모님에게 느끼는 감정은 어떤 건가요?] 미안함…… 미안할 일이 아니라고 생각하면서도 그래요. 이상한 건데, 몇 년 전 엄마가 몸이 아프셨을 때 문득 아이를 낳아야 할 것 같다는 생각이 들어서 스스로 깜짝 놀랐어요. 그런 생각이 든 게 너무 신기하더라고요. 그게 뭘까요. 효도라고 생각했던 건지…….

미안할 일이 아니라고 생각하면서도 느끼는 미안함을 나도 알고 있다. 나라는 사람을 40년 동안 아껴주었고 여전히 나의 존재로 행복해하는 부모님을 가능하면 기쁘게 해드리고 싶은 마음도 있다. 결혼 후 엄마가 지나가는 말로 "애를 가져야지"라고 할 때마다 나 역시 건성으로 "응, 안 낳을 거야"라고 답했지만, 엄마는 마치 그 말을 못 들은 사람처럼 다음에 또 "올해는 애를 가져야지"라고 말했다. 그러던 어느 날 엄마가 도무지 이해할 수 없다는 듯, 조금은 체념한 말투로 "내 자식이 애를 안 낳을 줄은 생각도 못 했다"고 하셨을 때 느낀 미묘한 감정에도 미안함이 섞여 있었다. 하지만 어쩔 수 없는 일이다.

❝❝
정원
제가 개를 키우니까 가끔 엄마한테 사진을 보내거든요. 그러면 "귀엽다, 근데 네 애는 더 귀엽다"고 은근슬쩍 얹으세요. 웃음 저는 그냥 무시하거나, 엄마가 키워줄 거냐고 응수했는데, 최근에는 조금 전략을 바꿔서 강아지 사진을 보낼 때 "여기 엄마 손주 사진"이라고 하죠. [내가 이렇게 어른이 됐는데 엄마가 아직도 나를 그렇게 사랑하고 예뻐하는 게 신기하지 않나요?] 그렇죠. 그런데 엄마가 여전히 저를 사랑하고 걱정하는 게 너무 고맙지만 저는 그런 일을 안 해야겠다는 생각이 들어요. 저희 외할머니가 아직도 엄마를 항상 걱정하시거든요. 부모 자식은 진짜 뗄 수 없는 관계인데, 저는 그 끝없는 걱정을 평생 감당할 수 없을 것 같아요.

❝ 저희 엄마는 3년 정도 매일 아이 얘기로 저를 귀찮게 하셨어요. 밑도 끝도 없이 "그래도 애는 하나 낳아야지"라고, 저는 반박할 논리가 필요하지 않은 것 같아서 계속 "싫어"라고 하다가 나중엔 막 화를 냈더니 안 하시더라고요. [부모님에게 손주를 보여드릴 수 없는 데 대한 죄책감 같은 게 있나요?] 저 죄책감 느끼라고 엄마 아빠 친구분의 손자 동영상 같은 걸 일부러 보여주시거든요. 웃음 남의 손자 동영상을 보며 귀여워하시는 걸 보면 조금 미안하긴 한데, 모든 사람이 모든 걸 누릴 수는 없으니까요. 엄마는 저를 평생 보셨으니 사실은 알고 계실 거예요. 애는 안 낳을 거라는 걸.

호정

사실은 우리 엄마도 점점 알게 되셨을 것 같다. 가족들 사이에서 '한 번 고집 부리면 아무리 말해도 소용없는 애'로 통하는 내가 마음을 정한 이상 끝난 문제라는 걸. 다만 완전히 포기하는 데 시간이 걸렸던 것뿐이다. 그리고 언니의 아이들이 태어나 자라면서 남의 손주 동영상을 부러워할 필요가 없어진 부모님에게 나 역시 점점 미안함을 느끼지 않게 되었다. 물론 가능하면, 아이를 낳고 싶어 하지 않는 모든 여성이 누군가에게 미안함, 죄책감, 부채감, 혹은 '불효'와 같은 감정을 느끼지 않았으면 좋겠다. 주연이 들려준 어머니 이야기는 그래서 긴 여운을 남겼다.

66
주연

저희 엄마는 몇 년 전에 돌아가셨는데, 저희가 아이를 안 낳고 살겠다고 하니 처음부터 "그래, 낳지 마라, 애 낳으면 괜히 족쇄다"라고 하셨어요. [그 세대에서 그렇게 말씀하시는 분은 드물지 않나요?] 제가 보기에 엄마는 자신의 삶이 없으셨던 것 같아요. 집안 형편이 좋지 않아서 배움도 짧으셨고, 어릴 때부터 집안일 하시고 결혼해서도 돈 벌면서 아이 여럿을 키우느라 힘들고 아쉬움도 느끼셨을 것 같아요. 그래서 저한테는 "뭘 하든 네가 잘하는 거, 네가 하고 싶은 걸 하면 좋겠다"고 하셨던 게 아닌가 싶어요.

문제의 통화로부터 약 1년이 지난 올해 초, 부모님 댁에 갔더니 엄마가 "그래서, 지금 쓰는 책은 무슨 내용이야?"라고 물어보셨다. 나는 올 것이 왔다는 생각에 마음의 준비를 하고,

조심스레 "애를 안 낳기로 한 여자들에 대한 책이야"라고 말했다. 엄마는 참 이상한 애가 다 있다는 듯한 표정으로 날 바라보더니 짧게 한숨을 쉬곤 남 얘기하는 것 같은 투로 말했다.

"애를 낳는 얘기를 써야지. 우리나라의 제일 큰 문제가 인구 절벽인데. 걱정이다, 우리나라의 미래가."

하지만 그것으로 끝이었다. 엄마는 우리나라의 미래를 걱정하되 내 인생은 이제 내버려두기로 한 것 같았다. 나는 왠지 마음이 편해져 ㅋㅋㅋㅋ 하고 웃었다.

피임은 어떻게 하세요?

뒤에 나올 〈온갖 무례와 오지랖의 퍼레이드〉에서도 언급하겠지만, 무자녀 부부에 관한 흔한 편견 중 하나는 '아이를 못 낳으면서 안 낳는 척한다'이다. 난임 부부를 깎아내리는 동시에 무자녀 부부를 헐뜯으려는 의도가 담겨 있는 말이다. 하지만 내가 만난 인터뷰 참여자 대부분은 콘돔을 사용했고, 자신 혹은 배우자의 상황에 따라 다른 피임법을 쓰기도 했다. 나처럼 콘돔과 경구용 피임약, 두 가지 피임법을 함께 사용하는 사람도 있었다. 정관수술, 미레나 시술자궁 내 피임 장치의 일종으로, 매일 소량의 호르몬을 분비한다, 사후피임약 등 임신 가능성을 철저히 차단하기 위한 다양한 시도와 경험은 피임을 꽤나 성실히 해왔다고 생각하는 나에게도 무척 흥미로운 세계였다.

민하 제가 스물세 살 때 결혼했는데, "사고 쳤어?" "임신한 거 아니야? 술 먹어봐" 그런 말을 많이 들었어요. 작년에 결혼한 친구 네 명 중 세 명은 임신해서 결혼했고, 거의 그런 경우가 대부분이거든요. 그래서 저처럼 임신도 안 했는데 일찍 결혼하는 사람은 좀 특이한 케이스 같아요. [어떻게 피임하시나요?] 약은 안 먹고 콘돔을 썼어요. [콘돔 사용을 싫어하는 남자들도 있잖아요.] 그런데 저희는 항상 콘돔을 썼어요. 느낌이 이상하다는 핑계로 안 쓰는 사람들이 많다는데, 주위에서 가끔 그런 얘기를 들으면 이해가 안 돼요. 원나잇 같은 걸 하는 사람은 특히 더 써야 하잖아요.

승주 무자녀를 선택하는 사람들은 대부분 책임감이 강한 사람들이라고 생각해요. 자기가 아이를 낳으면 책임을 다하지 못할 상황이란 걸 알기 때문에 안 낳는 거겠죠. 그래서 저희도 진짜 철저하게 피임을 해요. 절대로 실수해선 안 된다고 생각하거든요. 일단 남편이 콘돔을 써요. [낮은 확률이지만, 콘돔에 문제가 생겨 임신할 수 있다는 생각을 해본 적도 있으세요?] 네, 그래서 만약 콘돔을 썼는데도 불안하면 꼭 사후피임약을 먹어요. 확실하게 하고 싶어서.

소연 지난 명절에 식구들이 모였다가 헤어질 때 시어머니께서

"이 얘기 듣기 싫겠지만 하나만 묻자, 너 이렇게 얼굴 좋아지고 살 붙은 거 보니 혹시 들어선 거 아니니?"라고 하시더라고요. 그래서 제가 0.1초 만에 "어머님, 그럴 수가 없어요!"라고 했죠. 나는 미레나를 하고 있으니까! 그런데 '아니다' '그럴 리 없다'도 아니고, 앞뒤 설명 없이 '그럴 수가 없다'고 해서 그런지, 어머님이 엄청나게 충격받으신 표정으로 "어…… 그러니?" 웃음 마침 엘리베이터 앞에서 작별 인사를 하던 중이고 시아주버니도 계시고 시조카도 있고 해서 더 길게 얘기할 겨를도 없이 헤어졌죠. 미레나 시술은 4년 전에 했어요. 그때는 아이를 낳는 문제에 대해 약간 긴가민가한 상태였는데, 하고 나니 굳이 이걸 제거하고 임신을 시도할 것 같지 않다는 생각이 들었어요. 미레나는 5년 주기로 교체해야 하는데 요즘 더 좋은 시술도 나왔다고 하더라고요.

정원 결혼하고 1년쯤 지났을 때, 남편이 정관수술을 받았어요. 어느 순간 저보다도 남편이 더 강력하게 무자녀로 사는 걸 원하게 됐거든요. 형님네 아이가 셋인데 수입이 적지 않아도 여유가 없는 걸 보고 현실적인 문제를 많이 생각하게 된 것 같아요. 우리 결정을 바꾸고 싶지 않다고 상의한 끝에 병원에 갔는데, 의사가 "한 번 더 생각해보라"라고 했대요. 기혼이고 마음이 확고하다고 해서 수술받을 수 있었다더라고요.

재경

예전에는 사람들이 "생기면 낳지 뭐"라고 하는 걸 속으로 좀 비난했는데, 지금은 내가 이해할 수 없더라도 그러려니 해요. 아이를 가질지 말지 입장을 결정하는 것 자체가 너무 골치 아픈 일이니까 운에다 거는, 일종의 '한국형 도박'이 아닌가 싶어서요. 웃음 그리고 제가 평균적인 한국 사람들보다 정말 통제에 미친 사람이라는 생각도 들어요. 엄마가 "너는 어떻게 실수도 안 하니?"라고 하신 적이 있는데, 저를 잘 몰라서 하시는 얘기죠. 저는 피임을 철저히 하지 않은 적이 없어요. 피임약도 먹고 콘돔도 사용했고, 지금은 미레나 시술도 고려 중이에요. 남편이 정관수술을 알아보러 다녔는데, 아이가 없다고 하니까 병원 네 곳에서 다시 생각해보고 오라며 돌려보냈대요.

저는 피임약을 못 먹어요. 길에서 갑자기 현기증으로 쓰러질 뻔한 적이 두어 번 있었는데, 다 피임약을 먹을 때였거든요. 저하고 약이 안 맞는 것 같아서 콘돔을 쓰게 됐는데, 100퍼센트가 아닌 건 싫더라고요. 제때 생리가 시작되지 않으면 불안했거든요. [만약 아이가 생겼다면 어떻게 했을 것 같으세요?] 최근 낙태죄 이슈가 있어서 상상해봤는데, 낙태죄 때문에 낙태를 못 하게 된다면 계단에서 굴러야지 생각했어요. [저는 그렇게까지는 생각 못 하고, 몰래 병원을 찾았을 것 같아요.] 최대한 병원을 찾겠지만, 그래도 안 된다면 술 많이 마시고 계단에서 굴러야겠다고 생각했어요. 남편은 약간 태평한 성격이라 그 얘기 듣고 "에이, 병원 찾을 수 있어~" 그러더라고요. 웃음 결국 남편이 30대 중반이 됐을 때 정관수술을 받았어요. 병원에 갔더니 기혼인지, 아이가 있는지 물어보길래 "10월에 쌍둥이가 태어납니다"라고 했더니 더 물어보지 않고 해줬대요.

도윤은 내가 네 번째로 만난 인터뷰 참여자였고, 재경의 순서는 다섯 번째였다. 재경의 남편 이야기를 듣고 나서, 도윤의 남편이 병원에 가서 했다는 말을 들려주자 재경이 눈을 빛내며 말했다.

"그거 아주 좋은 방법인데요?"

내가 만난 여성들은 매우 적극적이고 다양한 방식으로 피임을 하는 편이었고, 이에 대해 말하는 것도 불편해하지 않았다. 하지만 현실은 이 기사에 보다 가까울 것이다.

한국에서 '피임은 여성의 몫'이고, 드러내놓고 성을 말하는 여성이 '헤프다'는 편견은 굳건하다. 세계보건기구 조사에 따르면 한국 여성의 60퍼센트 이상은 어떤 종류의 피임도 하지 않고 상대방에게 피임을 일임한다. 한국의 콘돔 사용

률은 OECD 국가 중 가장 낮은 11.5퍼센트2015년 기준, 한국
여성의 콘돔 구매율은 미국 여성의 절반 수준인 20퍼센트
미만이다.[15]

심지어 2014년 보건복지부는 남성에게 핸드백과 쇼핑백을
주렁주렁 들게 한 여성의 사진 위로 "다 맡기더라도 피임까지
맡기진 마세요"라는 문구를 적은 피임 캠페인 포스터를 제작
해 비판받기도 했다. 피임에 관해 정확히 가르치지 않는 성교
육, 콘돔을 사용하지 않는 걸 훈장처럼 여기는 남성 문화, 여
성이 남성에게 피임을 요구하기 어려운 젠더 권력 차이를 고
려하지 않고, 피임은 여자가 알아서 해야 한다는 것이다. 게다
가 지난 몇 년 사이 TV에서 '주체적 여성' '자기 관리' 등을 마
케팅 포인트로 내세운 경구용 피임약 광고를 흔히 볼 수 있게
된 것과 대조적으로, 피임은 물론 성병 예방 효과까지 있는 콘
돔은 관련 심의 기준이 까다로워 미디어를 통한 홍보도 어려
운 실정이다.

아무튼, 아이를 낳아 키울 생각이 없는 사람들이 왜 피임을
제대로 하지 않는가는 나의 오랜 의문인데, 아무래도 '남성은
임신하지 않기 때문에'가 답인 것 같아 속이 쓰리다. 기혼자
나 결혼을 전제로 만나던 이성애자 커플 상당수는 계획에 없

던 임신을 하면 아이를 낳기도 하지만 이 선택이 여성의 인생 경로에 얼마나 큰 타격을 입히는지 생각하면 나는 "아이가 최고의 혼수"라는 말에도 마음이 편치 않다. 인간의 삶에 가장 중요한 사자성어는 '노콘노섹'노 콘돔 노 섹스이라고 나는 굳게 믿는다.

남자가 아이를 낳을 수 있다면

아놀드 슈워제네거 주연의 〈주니어〉라는 영화가 있다. 임신과 관련한 약을 개발하던 남성 의사가 어쩌다 보니 직접 임신하게 되어 우여곡절 끝에 아이를 낳고 그 과정에서 난자 제공자인 동료 여성 의사와 사랑에 빠진다는 내용인데, 사실 본 적은 없다. 포스터에서 커다랗게 부푼 배를 안고 눈을 휘둥그렇게 뜬 아놀드 슈워제네거의 모습이 기억에 남긴 했지만.

> **❝**
> 승주
>
> 제가 들으려는 대학원 수업 중에, 핀란드 대학과 연계해서 사회 구조 디자인에 대해 논의하는 내용이 있어요. 큰 테마는, 일본 사회를 어떻게 여성이 일하기 좋고 아이 키우기 좋은 곳으로 디자인하느냐 하는 거거든요. 그런데 수업 소개

워크숍에서 나온 얘기가, 2040년 정도 되면 수정란 착상 기술이 많이 발달할 테니까 남자가 임신할 수 있게 하자는 아이디어였어요. 만약 남성도 여성과 동일하게 임신과 출산 과정을 겪는다면 사회가 좀 달라질 수 있지 않을까요?

승주의 이야기를 듣다가 문득 〈주니어〉를 떠올린 나는, "만약 남자가 임신할 수 있다면 남편에게 출산을 권하시겠어요?"라고 물었다. 승주의 시부모가 강력하게 손주를 바라는 상황이기 때문이었다. 승주는 "부탁할 수도 있을 것 같은데, 남편 나이가 너무 많다"며 웃었다. 나는 그 후에도 몇몇 인터뷰 참여자에게 같은 질문을 던져보았다. 이 아이디어를 가장 반가워한 것은 역시 시부모의 출산 압력이 심한 민하였다.

66
민하
당연히 남편이 임신하면 좋죠! 남자가 더 힘이 세고 골격도 크니까 금방 회복되고 좋지 않을까요? [배우자가 이 문제를 잘 받아들일까요?] 그렇지 않을까요? 저는 아이 낳기 싫은데 자기는 있어야 한다니까, 낳을 수 있으면 자기가 낳아야죠!

그러게 말이다. 아이를 갖고 싶은 사람이 낳을 수도 있다면 갈등의 상당 부분은 해결된다. 육아는 또 별개의 문제지만, 임신과 출산에 관한 부담이 줄어든다는 것만으로도 재고의 여지가 생긴다. 배우자보다 자신이 더 적극적으로 무자녀를 원하는 여성들조차 그랬다.

❝
이선

[남자가 임신할 수 있다면 아이를 가질 것 같나요?] 생각해볼 것같아요. 그냥, 좋은 점을 취할 수 있겠네요. [그게 바로 남자들이 갖는 마음인 것 같아요.] 임신과 출산처럼 아이와 굉장히 강하게 이어질 수밖에 없는 고리가 나에게 없다고 생각하면 키워볼 만할 것 같아요. [남편이 임신, 출산을 하고 주 양육자가 된다는 전제인 거죠?] 그렇죠. 만약 제가 낳는다면, 아무리 남편이 주 양육자가 되겠다 해도 결국 제가 그걸 하게 될 거란 걸 알거든요. 내가 낳았으니 당연히 내가 키우고 싶을 것 같기도 해요. 그러니까 입장을 바꿔 남편이 그렇게 한다면 저는 돈 열심히 벌어서 지원해줄 것 같아요. 남편이 낳겠다고 하면 말리지는 않겠어요. 웃음

❝
자현

'낳자'까지는 아니지만 '네가 싫지 않다면 안 낳을 이유가 없지' 싶어서, 음…… 낳았을 것 같아요. 이기적이지만, 왜냐하면 뭐 딱히 크게 손해 보는 것 같지 않고. 웃음 [남편이 낳는다면 주 양육까지 맡기실 건가요?] 주 양육을 제가 하더라도 낳자고 했을 것 같아요. 아무리 주 양육을 하겠다 해도 낳은 사람이 하는 일이 훨씬 많을 수밖에 없거든요. 그리고 남편 성격

상 잘 버틸 수 있을 거예요. 저보다 크게 스트레스 안 받고.

66
수완

지금이라면 그래도 안 낳을 것 같은데, 만약에 진짜로 남자도 아이 낳을 수 있는 세상이 오고 저 역시 생각이 바뀌면 남편한테 '너 먼저 낳아봐, 그거 보고 나도 낳을게' 할 것 같아요. 저는 체격이 작은 편인데, 남편은 저보다 골반도 크고 흔히 말하는 '뼈대가 좋은 몸'이라 저보다 아기 낳기에 적합할 것 같거든요. 제가 비출산을 결심한 데는 건강에 대한 걱정도 있어서, 남편이 먼저 낳아보는 게 좋을 것 같아요.

들다 보니 점점, 괜찮은 아이디어라는 생각이 들었다. 나보다 체력과 인내력이 강하고 아이도 잘 돌보는 남편이 임신과 출산을 맡는다면, 나는 보조 양육자라는 위치로 자연스럽게 물러나 '우리'의 아이를 키우는 걸 '도울' 수 있지 않을까? 고생은 남편보다 덜 하면서 아이도 얻을 수 있다니 최소한 내 손해는 아닌 것 같은데? 막상 내가 육아를 하게 된다면 많은 아빠가 그러하듯 혼자서는 반나절도 아기를 못 돌볼 게 뻔한데도, 임신과 출산을 직접 하지 않는다는 상상만으로 마음이 편안해졌다.

SBS 예능 프로그램 〈미운 우리 새끼〉에서 토니의 어머니 이옥진 씨가 이렇게 말한 적이 있다.

"자식은 아빠 자식이 아니고 엄마 자식이라고 생각한다. 자식은 엄마가 열 달 동안 품은 분신과 같다. 애 생길 때부터 아빠가 한 게 뭐 있냐."

MC 신동엽이 웃으며 "왜 한 게 없어요? 서운하죠, 저희도"라고 받자, 이 씨는 다시 한번 쐐기를 박았다. "남자는 기분만 냈지 뭘!" 당시 이 발언은 노년 여성의 '70금 토크'라는 맥락에서 '재미있는 일침'처럼 소비되었지만, 나는 그의 말이 경험자의 중요한 진실을 담고 있다고 보았다.

그래서 우리는 잠시 이런 꿈을 꾸며 왜 세상의 많은 남자가 '결혼하면 애를 둘 이상 갖겠다'고 혼자 선언하는지, 왜 많은 남편이 첫 아이 키우느라 정신없는 부인에게 '둘째도 낳아달라'고 쉽게 졸라대는지 이해하게 되었다. "첫째가 외로우니 둘째가 있어야 한다"는 말에 대해, 수완이 물었다. "첫째가 정말 그렇게 말했나요? '나 동생이 없어서 외로워'라고?" 나의 몸에서 임신과 출산이 일어나지 않고, 나와 아이의 생이 하나로 이어져 있지 않다는 전제는 출산과 육아에 관한 수많은 책임을 무척이나 가볍게 느끼게 해주었다. 아, 이래서 그렇게 태연하게 요구하는 거구나! 꿈은 곧 끝났지만 좋은 깨달음이었다.

오 마이 조카!

내 주위에는 '조카 바보'가 몇 명 있다. 누군가의 이모이거나 고모인 이들의 인스타그램을 팔로우하면 조카의 얼굴, 이름, 생일, 좋아하는 색깔, 요즘 즐겨 부르는 노래 등 많은 정보를 알 수 있다. 이 훌륭한 이모 혹은 고모들은 크리스마스나 생일, 혹은 특별한 것 없는 날에도 조카에게 근사한 선물을 챙겨 주고 휴일을 함께 보내며 종종 같이 여행도 다닌다. 놀랍게도, 언제나 즐거워 보인다.

나에게도 어린이집에 다니는 조카들이 있다. 언니의 아이들로, 첫째는 자동차와 숫자를 좋아하고 둘째는 잘 웃고 잘 먹는다. 첫째의 생일은 초겨울이고 둘째의 생일은 늦봄이다. 그리고…… 아무튼 그렇다. 좋은 이모는커녕 만날 때마다 낯선 이모가 되는 나는 '조카 바보'들을 볼 때마다 왠지 죄책감을 느낀다. 자식보다 예쁜 게 조카라던데, 나에게 정말 뭔가 문제가 있나?

> **도윤**
> 엄마가 저한테 "조카 생기면 예뻐 죽을걸?"이라고 하셨거든요. 실제로 생겼을 때 기분은 이랬죠. "음, 아기구나. 음, 조카구나."

휴, 다행히 나만 이런 게 아니었다.

> **이선**
> 언니가 그러더라고요. "조카 보니까 아이 낳고 싶지?" 저는 정확히 반대로 생각했거든요. 제가 결혼하기 전에 언니가 아기 낳고 부모님 댁에 와서 잠시 머무른 적이 있어요. 그때 육아의 실체를 본 거죠. 이게 보통 일이 아니구나. 그 당시에 엄마도 너무 힘들어하셨거든요. "할머니라면 당연히 해야 하는 일인데 나는 왜 힘들까" 하는 죄책감까지 느끼셨는데, 언니는 엄마가 그렇게 도와주는 걸 당연하게 생각해서 속상했어요. 그런 상황을 못 봤으면 저 역시 낳았을 수도 있어요.

언니가 하나 있고 조카가 둘인 이선과 나는 이 주제에서 서로 매우 공감했다. 놀라운 얘기겠지만, 나는 조카가 태어나고 나서야 아기는 혼자서 잠들지도 못한다는 사실을 알게 되었다. 졸리면 그냥 눈을 감고 자면 되지 않나? 아니다. 인간의 아기는 젖을 먹이고 나면 등을 쓸어서 트림을 시켜줘야 토하지 않고, 한동안 안고 토닥여줘야 칭얼거림을 멈추고 잠이 든다. 이 대목을 쓰면서도 믿기지 않아 100일 된 둘째를 키우는 친구에게 자문을 구하자 이런 답변이 돌아왔다.

"안고 앉아 있으면 잠드는 건 어림도 없어. 아기가 발을 굴러서 엄마 허벅지를 밟아 일으키기 때문에 안은 채로 서서 왔다 갔다 해줘야 해. 이 과정에서 양육자의 손목, 어깨, 허리, 멘탈이 남아나지 않는다고."

아, 이토록 비효율적인 존재라니!

당연히 부모 둘만의 힘으로 아이 하나를 키우는 건 불가능에 가깝다. 정말로 최소한 세 명의 어른이 필요하고, 가능하면 네 명 이상이 있어야 한다. 내 조카들의 성장에는 언니네 집과 가까이 사시는 부모님의 무제한 돌봄 노동이 투입되었다. 역시 멀지 않은 곳에 사는 나도 비상시에 가끔 도움을 요청받긴 했지만, 기꺼이 간 적은 없고…… 늘 조금은 툴툴거렸다. 그러면서도 한편으로는 미안한 마음과 씁쓸한 감정이 들었다. 나와 달리 무슨 일이든 미리 하고 제때하고 성실하게 하는 언니가, 아이 문제가 아니라면 나에게 뭔가를 부탁할 일은 없을 거란 생각이 들어서였다. 물론 그렇다고 해서 다음 번 부름에 즐겁게 달려간 건 아니었지만.

❝❞
이선

사실 제가 싫은 게, 언니가 "이모~" 하면서 문자를 보내요. "이선아" 하는 게 아니라, 조카가 보내는 것처럼 "이모, 오늘 어디 가지 않을래요?" 하면 좀 짜증이 나죠. 사람이 치사하게…… 거절하기 어렵게 그러잖아요. 근데 그걸 알면서도 간다니까요. 웃음 며칠 전에는 같이 수영장에 갔어요. 언니 혼자 조카들을 데려가야 한다고 저를 불러서, 봉사하는 마음으로 갔는데 정말 힘들었거든요. 그리고 나서 집으로 혼자 돌아올 수 있다는 게, 끝이 있다는 게 너무 행복했어요. 이번에 수영장에 갔으니까 당분간 좀 안 해도 되지 않을까요? 수영장은 좀 세잖아요.

수영장이라니, 그 상황을 상상하는 것만으로도 이미 힘들어졌다. 하지만 이선은 곧이어 말했다. "그런데, 언니가 아기 낳아서 마음 편하지 않으세요?" 정말 그렇다. 엄마가 세 살짜리 조카를 마주 안은 채 '어린이 음악대' 노래를 불러주는 걸 본 적이 있다. "따따따따따 주먹 손으로, 따따따따따 나팔 붑니다." 엄마가 "따따따" 할 때마다 조카는 까르륵거리며 웃었고, 나는 조카를 바라보는 엄마의 행복한 얼굴을 바라보았다. 이제 내가 엄마에게 줄 수 없는 기쁨을 주는 존재가 있다는 게 무척 고맙게 느껴지는 순간이었다. 아마 내게 자식을 낳은 자매가 없었다면, 내가 지금처럼 아이를 낳지 않았을 때 마음이 훨씬 불편했을 것이다. 자신 혹은 배우자에게 조카가 있는 인터뷰 참여자 대부분이 이 '다행스러운 감정'에 대해 이야기했다. 무자녀 부부에게 조카는 육아의 현실을 구체적으로 깨닫게 해주고, 부모의 출산 압력을 줄여주는 존재다.

"어차피 나의 인생이고, 비출산은 내 선택인데, 형제가 아이를 낳았다는 사실에 우리는 왜 이렇게 안심할까요?"

이런 질문에 조금 다른 각도의 답을 내놓은 사람도 있었다.

소연 저는 가족 안에서 '문화의 이어짐'에 대한 생각을 많이 했어요. 자라면서 부모님 덕분에 좋은 경험을 많이 했거든요. 저는 그걸 가족 바깥의 사회로 내보내는 방식을 선택했는데, 가족 안에서 계승되는 부분도 있잖아요. 그게 사라진다면 좀 아까워서, 만약 동생이 아이들을 안 낳았으면 제가 하나 정도는 낳았을 수도 있을 것 같아요. 그랬다면 친정 부모님의 육아 지원이 저에게 왔을 테니 상황도 좀 달랐겠죠. 하지만 동생이 아이를 낳은 다음에 부모님과 동생은 전부 저에게 "너는 아이를 낳으면 확실히 행복도가 떨어질 종류의 사람이다"라고 했거든요. 웃음 사실, 동생이 아이를 낳아서 고마워요.

사실, 나도 언니가 아이를 낳아서 고맙다. 부모님에 대한 것 뿐만 아니라, 내 좁은 세계에서 알 수 없었던 세상과 나를 이어주었다는 면에서 그렇다. 들개이빨 작가의 만화 《족하》의 주인공 은남은 비혼주의자 여성이다. 계획에 없던 임신으로 황급히 결혼한 남동생 부부, 갓 태어난 조카가 부모님 집으로 들어오자 그는 '조카 바보'가 되는 한편 자신이 치열한 육아의 세계를 '강 건너 불구경 하는' 방관자임을 수시로 깨닫는다. "고모도 막 아기 갖고 싶어지죠?"라는 말에 웃으면서 속으로 '아뇨, 절대'라 다짐하지만, 한 인간의 평범하고도 험난한 성장을 간접적으로나마 경험한 그는 생각한다.

> 오며 가며 마주치는 아이들과 부모들을 향한 제 시선은 확연히 보드랍고 도톰해졌습니다. 뽀얗고 포동포동한 얼굴들과 수심과 피로와 짜증이 가득한 저 얼굴들 사이에 크고 작은 사건들이 얼마나 많이 얽혀 있을지.[16]

물론 은남의 가슴 가득 차오르던 인류애는 지하철 옆자리에서 자신을 자꾸 발로 차는 아이와 방관하는 양육자로 인해 곧 박살나지만, 나 역시 조카의 존재를 떠올리며 전보다 조금 더 관대한 어른이 되어야겠다고 생각했다. 그러니까 만약 언니와 조카들에게 내가 필요하다면 다음엔 툴툴대지 말아야지. 그리고 동시에 생각했다.

'그래도 수영장엔 같이 못 가줄 것 같아……'

고양이 키우는
며느리로 산다는 것

"언젠가 마당 있는 집에 살게 되면……."

나와 남편은 가끔 노후를 떠올리며 상상한다. 그리고 이 문장의 끝은 언제나 같다.

"강아지를 키우는 거야."

화분 하나 들일 수 없을 만큼 비좁고 낡은 아파트에서 주인이 집을 내놓으면 혹시 팔려서 이사해야 할까 봐 불안해하며 사는 지금, 반려동물과 함께하는 삶은 먼 미래의 꿈이다.

"포인핸드유기동물 입양과 실종동물 찾기 관련 서비스를 제공하는 애플리케이션 깔아놓고 보면서 강아지를 데려올까 계속 고민해요."

서울 도심에 사는 이선도 반려동물을 키우고 싶지만, 여건상 망설여진다고 말했다.

"매일 산책을 시켜야 한다든가, 그런 여러 가지를 생각하면 '말자' 싶고……."

사실은 나도 그게 걱정이었다. 나중에 마당 있는 집에 살게 된들 내가 과연 한 존재를 책임감 있게 평생 돌볼 수 있을까? 그리고 이선은 흥미로운 말을 덧붙였다.

"제가 동물을 키우고 예뻐하면, 왠지 사람들이 저를 보고 '외로워서 저런다'고 안쓰럽게 여길까 봐 주저하는 면도 있어요."

몇 년 전에 본 드라마에서, 자식 없는 부부가 강아지를 자식처럼 여기며 키우던 모습이 떠올랐다. 무자녀 부부에게 반려동물과 함께하는 삶은 어떤 의미일까?

"솔직히 한국에서 고양이 키우는 며느리로 살아남는 게 얼마나 힘든지 알아요?"

무자녀 부부의 이야기는 아니지만, 영화 〈B급 며느리〉에는 매우 중요한 대사가 등장한다. 이 다큐멘터리의 감독인 선호빈 씨의 부인 김진영 씨는, 연애 시절 선 씨의 어머니가 자신을 만나 고양이를 키운다는 사실을 알게 된 얼마 뒤 직장으로 전화를 걸어와 "고양이 있으면 결혼 못 한다"고 통보했던 것을 회상한다.

"고양이를 그렇게 보낼 생각이 있었으면 데려오지 않았다고 명확하게 의사를 여러 번 밝혔는데도 끝끝내 걔네를 보낸다고 결론 내리고, '내가 그럼 보낼 데 알아볼게' 그러고 끊으셨어. 나는 너무너무 놀랐어."

66
영지

어떤 시가 친척분이 "애 낳으면 고양이는 버릴 거지?" 그러시더라고요. 아니, 부모가 되면 생명을 사랑하는 마음이 더 생겨야지 무슨 말도 안 되는 소리죠. 그래서 "왜 버려요? 고양이 20년 사는데요?" 그랬더니, 고양이 키우면서 애를 키우는 건 말도 안 된다고 하더라고요. 저랑 나이 차이도 얼마 안 되는 분이었는데.

영지한테서 비슷한 이야기를 듣고, 나도 너무너무 놀랐다. 하지만 '고양이 키우는 며느리'는 시가 식구들의 간섭만 받는 존재가 아니었다. 그리고 물론 '고양이' 키우는 며느리만 겪는 일도 아니었다.

66
영지

학원에서 일할 때 상사분이 "이렇게 살지 마라"고 하시더라고요. 고양이 키우면서 애도 안 낳고 살면 안 된다고, 계속 고양이랑 연관 지어 얘기하는 사람이 가끔 있어요. 제가 고양이 입양했을 때 아이를 안 낳기로 한 게 아니고, 고양이를 키우면서도 아이 키울 수 있거든요. 전혀 상관없는데, 사람들은 아이 없이 반려동물 키우는 사람을 보면 인간한테 정이 없고 동물에게 극성맞다고 생각하더라고요.

> 66
> 민하
>
> 시부모님이 개를 별로 안 좋아하시는데 남편이 너무 키우고 싶어 해서 몰래 데려왔어요. 얼마 뒤에 들켰지만. 그런데 돌잔치 갔다가 남편 사촌 동생 부부를 만났어요. 그 집도 몰래 키운다고 해서 왜 그러냐고 했더니, 시부모님이 "개 키우면 애 안 생긴다"고 그러셨대요. 그분들이 결혼 3년 차인데 애가 없었거든요.

결혼의 가장 중요하고 궁극적인 목적이 출산이라 여기는 타인들에게, 무자녀 부부의 반려동물은 소중한 생명이자 가족이 아닌 출산의 방해 요소에 불과하다. 여성이, 자신이 낳은 자녀가 아닌 동물을 아끼며 사랑하는 모습은 이선이 걱정하듯 '결핍'으로 해석되거나, 영지의 지적처럼 '극성'으로 취급된다. 그러나 유자녀 부부에게 아이의 존재가 그렇듯, 무자녀 부부에게 반려동물 역시 삶의 여러 국면에 영향을 준다.

> 66
> 영지
>
> 결혼하고 이사 와서 저는 집에 계속 혼자 있고 남편은 새벽같이 나가 밤에도 일하느라 안 들어왔어요. 매일 울면서 '내가 이러려고 결혼했나? 다들 나한테 애 낳으라 하고 남편 밥 해주라 하고, 나는 뭐지?' 하고 생각했어요. 아파트 10층에

살았는데, 여기서 뛰어내리면 딱 끝나고 리셋되어서 새롭게 시작할 수 있을 것 같다는 생각이 자꾸 들더라고요. 그러다가 고양이를 키우면서 완충 지대가 생긴 거죠. 고양이는 이제 내 일부이자 정체성처럼 느껴지기도 하지만, 내가 이 존재들에게 엄청난 애정이 있는지는 잘 모르겠거든요. 그런데, 다 던지고 도망가고 싶을 때도 '얘들 키워야 해, 돈 벌어야 해' 하는 마음이 들게 해주는 장치 같아요. 돌볼 대상이 있다는 게, 나로서 똑바로 살아야겠다는 이유가 되는 거죠. 부모들 마음도 다르지 않을 것 같아요.

❝
도윤

몇 년 전, 고양이 한 마리가 아프다가 갑자기 죽었어요. 처음 겪는 펫 로스반려동물이 사망한 뒤에 겪는 상실감과 우울 증상였는데, 그 애가 없는 걸 못 견디겠더라고요. 자다가 새벽에 깼는데, 내가 우는 소리에 남편이 깰까 봐 구석방에 들어가 가슴이 찢어지게 울었거든요. 그런데 남편도 그랬어요. 스트레스 받으면 밥을 잘 못 먹잖아요. 그런데 같이 있을 땐 억지로 먹는 거예요. 내가 걱정할까 봐. 그때, 이 사람이 나를 위해 견디려고 노력한다는 사실에 위안받았어요. 너무 슬프면서도 그런 확신이 들더라고요. 이 사람과는 앞으로도 계속 괜찮겠다는. 그리고 어른들이 '아이를 키우며 성장한다, 배우는 게 많다'고 하잖아요. 아이하고 고양이는 다르지만, 저도 고양이를 키우면서 배운 게 많아요. 우리 다섯째는 길에서 오래 살던 아이라 사회성이 좀 떨어지거든요. 혼자 격리된 상태로 지냈고 인간과도 친해지기 힘들어했어요. 그런데 어느 날 밥 주러 그 애 방에 들어갔더니, 기둥에 막 부비부비하며 하악 질을 하더라고요. 사실은 제가 오니까 좋았던 거예요. 그래서 얘는 내가 싫은 게 아니라 겁이 많았던 거고, 겁이 많은 존재는 자기 속마음을 숨기고 일단 까칠하게 군다는 걸 배웠죠.

반려동물을 통해 삶의 바탕을 다지고, 공동의 상처를 극복하며 신뢰를 쌓고, 미숙한 존재를 돌보며 타자를 이해하게 된 그들의 이야기는 내가 막연히 상상했던 '즐거운 생활'보다 훨씬 다양한 결을 가지고 있었다. 그리고 이 개인적 경험이 타인과 세상을 바라보는 데 어떤 영향을 미치는지 생각하게 만든 것은 한나의 이야기였다. 순하고 사이좋은 두 고양이는 내가 인터뷰를 진행하는 동안 호기심 어린 발걸음으로 우리 주위를 오가고 있었다.

❝
한나

고양이를 둘 다 잃어버린 적이 있어요. 남편이랑 제주도 결혼식에 가느라 다른 곳에 맡겼는데, 문을 잠깐 열어놓은 사이에 나가버린 거예요. 연락받고 정신없이 올라와서 한 마리는 하루 만에 찾았어요. 그런데 다른 아이가 약도 먹어야 하고, 물을 못 먹으면 아프거든요. 전단을 수천 장 붙이고, 매일 열두 시간 넘게 고양이 이름을 부르면서 "맘마~ 캔~" 하고 소리치고 다녔어요. 결국 열하루째 되는 날 정말 멀리 가서 찾았는데, 그때가 세월호 참사 이후였거든요. 한번은 전단에 스카치테이프를 계속 붙이다가 허벅지를 칼로 확 그었는데도 아프질 않고 아무 느낌이 없었어요. "너 피 나!" 그래서 다리를 보니 피가 흥건하더라고요. '이런 감정이구나. 부모가 자식을 잃는다는 게 정말…….' 고양이를 잃어버리고도 이렇게 미치겠는데, 그분들은 찾으러 바다에 들어갈 수도 없잖아요. 그러니 아이를 잃은 마음이 얼마나 슬플까 싶더라고요.

세월호 참사 이후 시간이 흐르며 유족을 비난하는 말들에 상처받고, 그런 말을 하는 사람들 가운데 누군가의 부모가 있다는 사실을 이해하기가 힘들었던 나는 한나의 이야기를 들으며 사람이 타인의 아픔을 이해하는 데 꼭 '같은' 경험이 필요하지는 않다는 걸 알게 되었다. 중요한 것은 그 대상이 사람의 아이인지, 동물의 아이인지, 혹은 내 아이인지 남의 아이인지가 아니라 사랑 그 자체를 이해하는 마음이다. 그리고 내가 이 존재를 사랑하기에 다른 이가 사랑하는 또 다른 존재 역시 소중히 여길 수 있음을, 한나는 나에게 가르쳐주었다.

아이가 있든 없든
언제나 친구였으면

서른을 지나고 마흔을 향해 가는 동안 알게 된 것이 있다. 여자들의 친구 관계는 대개 결혼을 중심으로 한 번, 출산을 기점으로 다시 한번 재편된다. 삶의 형태, 사는 지역, 관심사, 친밀도, 시간적 여유, 금전적 여유, 자유와 책임의 문제까지 서로 달라지는 부분이 너무나 많기 때문이다.

아이를 낳기 전까지는 '친구 A' '친구 B'였던 관계가, 아이를 낳고 나면 '토요일 점심에만 만날 수 있는 친구 A' '집으로 찾아가야만 볼 수 있는 친구 B'가 되어버리는 일은 무척 흔하다. 엄마가 된 친구들과 그렇지 않은 친구들 사이에 생겨나는 미묘한 갈등도 있다. 아이를 돌보느라 혹은 임신 중이라 '경조사 품앗이'에 불참한다든가, 모임이나 여행에 아이를 데려온다든가, 배우자가 아이를 '봐줄' 타이밍을 잡지 못해 모임 일정이 표류한다든가……. 이런 상황에서 관계를 지속하려면 상대적으로 운신이 자유로운 쪽의 배려가 필요하다. 하지만 비슷한 상황이 반복될 경우, 결혼하지 않았거나 아이 없는 사람은 서운함을 느끼기 쉽다. 무리 안에서 자신이 다수에 속하는지 소수에 속하는지에 따라 분위기가 달라지고, 불편한 순간이 몇 차례 발생하다 보면 관계에는 균열이 발생한다. 게다가 아이를 원하지 않는 기혼 여성은, 결혼하지 않은 친구와 아이를 낳았거나 낳을 계획이 있는 친구 중 어느 쪽과도 완전히 공감대를 형성하기 어렵다.

"저는 결혼 안 한 쪽이 더 편하다고 생각하는데, 그쪽에선 그렇게 생각하지 않을 확률이 높은 것 같아요."

나와 동갑인 이선의 말에, 슬프지만 공감했다.

❝
이선

대학교 친구들은 저 빼고 다 아이가 있어요. 친구가 처음 아기를 낳았을 때는 만나면 어떻게 대처해야 할지 정말 몰라서 당황했지만 그런 일을 계속 겪으면서 익숙해졌고, 아이가 있으면 깊은 대화를 나누는 게 어렵다는 사실도 받아들이게 됐죠. 그런데 얼마 전 그중 다섯 명이 모인 자리에, 둘째 예정일이 2주 남은 친구와 아기를 처음 모임에 데려온 친구가 있었어요. 자리에 앉는 순간부터 헤어질 때까지 아이 얘기만 하니까 저는 아예 입을 뗄 수가 없더라고요. 아이가 있으면 아이로 인한 화제가 생기고, 서로 육아 정보도 나누고 싶을 테니까 이해는 됐지만, 너무 재미가 없어서 슬펐어요. '이선 이는 애가 없으니까 다른 얘기도 좀 하자'라는 배려의 느낌 조차 없었거든요. 그렇다고 제가 거기서 다른 얘기를 꺼내면 눈치 없는 사람이 되는 거잖아요. 그날은 굉장히 멀리 가서 오래 있다가 온 거라서 정말 지치더라고요.

뭐 그런 걸 가지고 그러느냐고 할지 모르지만, 모르는 소리 다. 나는 이 만남에서 얻을 수 있는 위안이나 즐거움이 없고, 이 친구들과의 관계를 유지하는 것만이 지금 자리를 지키고 있는 의미임을 깨닫는 순간 마음이 복잡해지는 것이다. 나 역 시 나를 제외하고 모두 아이가 있는 친구 모임에 나가면 거의 말을 하지 않는다. 듣는 것만으로 바쁘기 때문이다.

아이가 없는 성인의 일상은 대체로 평온하다. 사건 사고는 주로 일과 관련되어 일어나지만, 전혀 다른 일을 하는 친구에 게 구구절절 설명하기도 그렇고, 프리랜서는 함께 욕할 만한 상사도 없으니 출퇴근과 조직 생활로 스트레스받는 사람들 앞에서 괜히 배부른 투정을 하게 될까 봐 입을 다문다. 하지만 아이가 있는 친구들의 생활엔 늘 새로우면서도 보편적인 이슈가 있다. 아이가 1학년이 되고, 수영장에 다니기 시작하고, 대회에 나가 상을 받아오고, 친구와 싸워서 속을 썩이고……. 아이 주변의 인간관계는 엄마의 관계이기도 해서, 담임 선생님이나 친구 엄마에 관한 이야기도 듣게 된다. 친구의 아이들이 자라면서, 나는 내 일상에 존재하지 않는 이런 이야기들을 무척 흥미롭게 듣곤 한다. 하지만, 그 이야기에 섞이지 못하고 겉도는 나를 느낄 때마다 묘한 기분이 든다. 박수 치고 웃으며 듣고 있지만 대화에 끼어들 자격이 없는 방청객이 된 것처럼.

❝
자현

고등학교 동창들이랑, 처음 다녔던 회사의 동료들은 저 빼고 다 애가 둘씩 있어요. 걔들은 모임에 무조건 애를 다 데리고 와요. 미리 얘기도 안 해요. 친하니까, 당연히 데리고 오는 자리가 된 거죠. 가면 대화도 당연히 못 해요. 그런데 제가 평소에 맛집 자주 다니니까 장소는 항상 저한테 찾으라고 해요. 그럼 제가 아이들이 앉을 수 있게 준비된 식당을 찾아서 예약도 해야 하죠. 그리고 이게 되게 쪼잔해 보일 수 있지만, 애들도 요샌 많이 먹는데 계산을 성인 기준 n분의 1로 하는 거예요!

쪼잔해 보일 수 있지만, 쪼잔한 건 아니지! 스트레스를 심하게 받던 자현은 아이를 키우는 다른 친구에게 이 문제에 관해 털어놓았다. 모임에 아이를 데리고 나가게 되면 미리 양해를 구하곤 한다는 친구는, 자현이 친구들에게 솔직하게 얘기해 보면 어떻겠느냐고 조언했다. 아무튼, 자현은 조언을 따랐다. 만약 나였다면 그럴 수 있었을지 자신이 없다.

> **❝❝**
> 자현
>
> "아이가 있으면 나는 좀 불편하고 힘들어. 너희가 이번 모임 때 아이를 누구한테 맡기기 힘든 상황이면 나는 안 나가도 될까? 아니면 일정을 미루든가."
>
> 사실 그 말을 하기 좀 그랬던 게, 저의 세상에선 남편이 주말에 애를 안 보는 게 있을 수 없는 일이지만 그 친구들은 엄마 혼자 나오는 게 용납되지 않는 세상에서 살고 있는 거예요. 그러니까 자기들도 속상해하죠. 저한테 "너는 착한 남편 만나서 그렇지"라고 하면서요. 그러니 제가 "너 혼자 낳은 애도 아니고 두 사람 앤데, 남편한테 좀 맡기고 와"라고 말할 수는 없잖아요. 결국 친구들이 "그럼 다음으로 연기하자" 해서 그날이 됐는데, 또 갑자기 애를 못 맡기게 됐다고 데리고 나오더라고요.

사실은 여기에 가장 중요한 얘기가 있다. 여성의 친구 관계에 결혼과 출산이 중대한 균열을 일으키는 것은, 이 과정에서 여성이 점점 자유를 잃어가기 때문이다. 남편이 부인을 집에 가둬놓는다는 얘기가 아니다. 물론 그런 경우가 전혀 없다는 뜻도 아니다. 여성이 결혼과 함께 살던 지역을 떠나 배우자의 연고나 직장이 있는 지역으로 이주하는 경우는 그 반대에 비해 매우 흔하다. 그렇게 물리적 거리가 발생한다. 물론 아이를 낳은 여성에게 무엇보다 부족한 것은 시간이다.

〈워싱턴포스트〉 기자 브리짓 슐트가 현대인의 시간 강박에 관해 쓴 책 《타임 푸어》에서는 성 불평등한 관습이 여성의 삶에 끼치는 영향이 잘 설명되어 있다.

> 삶에 대한 기대와 현실의 불일치는 여자가 아이를 낳고 나서 가장 극명하게 드러난다. 시간 연구는 엄마들, 특히 집 밖에서 직장 생활을 하는 엄마들이야말로 지구상에서 시간이 가장 부족한 사람들임을 보여준다. 엄마들의 삶이 힘든 이유는 단순한 '역할 과부하' 때문만이 아니라, 사회학 용어로 노동밀도task density가 높기 때문이다. 즉 엄마들은 여러 가지 역할을 동시에 수행하는데, 각각의 역할에서 처리해야 하는 일의 가짓수가 너무 많고 책임은 무겁다.[17]

이 책에서는 뒤이어, 직장에 다니지 않는 전업주부들도 시간에 쫓기기는 마찬가지라고 말한다. '머릿속에서 24시간 내내 테이프가 돌아가는 것'처럼 해야 하는 일들이 한꺼번에 생각나는 현상에 대해 학자들은 '오염된 시간contaminated time'이라고 부른다.[18] 많은 여성은 아이와 떨어져 있어도 끊임없이 가사 노동과 육아 문제를 떠올리고모처럼 외출한 배우자에게 30분마다 전화해서 애 겉옷은 어디 있냐, 냉장고에서 뭘 데워 먹이면 되느냐 물어보는 남편들에게 저주 있으라! 서둘러 모임을 파하며 돌아가는 길에 저녁거리나 육아용품을 구매하는 노동을 수행한다.

> **재경**
> 아이가 둘 이상 있는 친구랑은 관계를 유지하기가 좀 힘들어요. 그 친구에게 절대적으로 시간이 없으니까, 아이들 초등학교 갈 때까지는 자주 못 만나려니 하죠. 저는 아이 있는 기혼 여성 사이에 혼자 끼는 자리는 잘 만들지 않아요. 일단 그 조합으로 시간 맞추기가 어려우니까 따로 한 명씩 만나요. 그래야 그나마 얘기에 집중할 수 있거든요. 아이 가진 친구들을 만날 땐 시간 여유 있는 제가 더 움직이는 게 너무 당연하다고 생각하고, 친구가 아이 얘기하면 그냥 '그렇구나' 하고 들어요. 그리고 살다 보면 자녀 여부보다 다른 상황이나 물리적 거리 때문에 멀어지는 경우도 많죠.

간편하게 일상과 근황을 공유할 수 있는 메신저나 SNS 등 기술의 발달 덕분에 물리적 거리는 어느 정도 좁힐 수 있다. 그런데 심리적 거리는 또 다른 문제다.

민하 세 명이 하는 단톡방이 있거든요. 다 결혼했는데 저랑 다른 한 명은 아이를 안 좋아하고, 한 달 전에 출산한 친구는 맨날 아기 사진을 올려요. 아우…… 귀엽긴 한데, 처음에 하나는 귀엽죠. 그런데 계속 보내면 '난 뭐라고 대답해야 되지?'라는 생각이 든단 말이에요. 그래서 대답을 점점 안 하게 되잖아요? 그럼 그 친구는 삐치는 거죠. [그러면 다른 두 사람도 마음이 상하지 않나요?] 그래도 적당히 넘어가니까 다시 분위기가 회복되고, 아니면 다른 얘기로 넘겨요.

한 인터뷰 참여자는 나와 인터뷰하는 사이 친구들 단톡방에 아이들 사진 수십 장과 영상이 올라왔다며 쓴웃음을 지었다. 그는 그 단톡방의 유일한 무자녀 여성이었다. 결혼하지 않은 한 친구가 남들의 아기 사진이나 영상을 보고 딱히 할 말이 없을 때 무난하게 쓸 수 있다며 알려준 리액션 노하우가 떠올랐다. 일단 크고 밝은 목소리로 눈에 보이는 장면을 그대로 읊으며 감탄사로 마무리하는 것이다. "와, 빨간 옷 입었네!" "아이고, 이제 걸어 다니네!" "어머, 웃는 것 좀 봐~" 또 다른 친구도 자신이 유용하게 사용하는 멘트를 알려주었다. "너랑 똑같이 생겼다!" 다만 이 멘트는 일회용이라 여러 번 쓸 수 없다. 하지만 영지의 얘기를 들으며, 어떤 말이 오가도 결국엔 벽에 부딪히는 순간이 올 수 있다는 것을 알게 되었다.

영지

> 저는 갓난아이에 대해서는 모르지만, 입시학원 강사였고 지금도 초중고 학생을 다 가르치잖아요. 그래서 아이 학교 보낼 때가 된 친구들이 이것저것 많이 물어와요. 원래 그런 얘기를 좋아하고, 엄마들이 어떤 생각을 하는지가 저한테도 중요한 팁이기 때문에 서로 잘 통하는 게 있죠. 그런데, 결국 마지막 순간에 저하고 의견이 대립하면 "넌 아이 안 낳아봐서 그래"라고 저를 규정하더라고요.

그러면 대체 우리는 어떻게 해야 할까. 이선은 "아이가 조금 크고 나서 만난다든가, 아니면 짧게 만나야 할 것 같다"고 말했다. 맞다. 아이가 초등학교 저학년만 지나도 상황은 훨씬 나아지니 우리에겐 기다릴 시간이 조금 필요한지도 모르겠다. 나는 '모두, 자주' 모일 필요는 없다는 얘기도 덧붙이고 싶다. 돈을 모아 함께 여행을 가거나 식사비를 내는 계 모임은 각자의 상황에 따라 틀어질 가능성이 크고 그 과정에서 갈등도 커지니 정산은 그냥 그때그때 하자. 그리고 재경은 이렇게 정리했다.

"아이 있는 친구와의 교류를 어떻게 할 것인가는 '어른의 교양' 영역이라고 생각해요. 그게 싫으면 그 사람은 사실 친구가 아닌 거겠죠."

너무 맞는 말이라 마음 한구석이 쿡쿡 찔려왔다.

다만 이런 생각도 한다. '친한 친구였지만 이제는 멀어질 수밖에 없는' 관계의 변화를 담담히 받아들이는 것도 어른의 삶 아닐까. 한번 맺은 인연이니 계속 유지해야 한다는 강박은 우정에서 얻을 수 있는 즐거움보다 스트레스를 더 키울 수 있고, 스트레스는 불만을 넘어 미움으로 이어지기도 한다. 중요한 것은 이 관계 안에서 최소한의 상호 존중을 기대할 수 있느냐다. 배려가 부족한 친구들에게 큰맘 먹고 자신의 입장을 털어놓았던 자현은 "그렇게 해서, 고등학교 친구들은 저 빼고 단톡방을 따로 만든 것 같아요"라고 말했다. 그리고 홀가분하게 덧붙였다.

> **❝**
> **자현**
>
> 하지만 저는 그래서 인간관계가 좁아진다고 생각하지는 않아요. 제 나름대로, 예전에는 그렇게 친하지 않았지만 지금 말 통하는 사람들을 만나서 얘기하거나 제 취미 생활을 하면서 그쪽 커뮤니티 사람들이랑 친해지거나 하니까요.

이처럼 여자들의 친구 관계에 균열이 생기는 걸 겪고 보고 듣는 내내 나는 남자들, 특히 '아빠가 된' 남자들도 이런 문제로 고민하고 하소연하고 서운해하고 친구와 멀어지는지 궁금했다. 그리고 대개 그렇지 않다는 걸 알게 되었다. 그들은 아이를 돌볼 사람이 없다는 이유로 경조사에 불참해야 할지 발을 동동거리며 고민하지 않고, 그냥 결혼식장과 장례식장에 간다. 친구들끼리 아이 얘기도 거의 하지 않지만, 아이 없는 친구에게 유세 부릴 때만큼은 예외다. "얼마나 귀여운데! 너네도 빨리 가져!" 물론 그 귀여운 아이를 친구 만날 때 데리고 나오지는 않는다. 대단히 중요한 얘기는 아니지만, 그들은 단톡방에 아이 사진도 거의 올리지 않는다고 한다. 무엇보다 남자들은 주말 혹은 어느 저녁, 배우자가 아이를 '봐줄지' 눈치 보거나 고민하지 않는다. 아이는 원래 엄마가 보는 것이기 때문이다. 그러니까 나는 '여자들의 우정'이 '남자들의 의리'에 비해 얄팍하고 하찮은 것처럼 말하는 사람들을 보면 묻고 싶다. 여자들이 계속 우정을 유지하기 어려운 것이 정말 '속 좁은' 여자들만의 특성 때문이며 단지 사적인 문제에 불과할까? 양심에 손을 얹고 생각해보자.

부모님 때문이냐고
묻지 마세요

비혼주의자인 20대 여성과 대화를 나누다 이런 얘기를 들은 적이 있다.

"제가 결혼을 안 하겠다고 엄마한테 얘기했더니 '혹시 나 때문이니?'라고 하시는 거예요. 어릴 때 부모님이 많이 싸우셨거든요. 그 영향 때문에 결혼을 부정적으로 생각하는 거 아니냐고, 미안하다고 하시는데 제가 비혼을 결심한 것과 부모님은 상관이 없거든요."

사실 나는 아이를 낳지 않기로 하며 비슷한 걱정을 했다. 혹시 부모님이 나의 비출산에 자신들의 책임이 있다고 느끼면 어떻게 하지? 부모님하고는 상관없는데? 하지만 한편으로, 인생에서의 많은 선택은 자신이 뿌리내리고 살아온 토양의 영향으로부터 완전히 벗어나기 어려운 것 같다고도 생각했다.

66
유림

예전에 제가 결혼 안 한다고 했을 때 엄마가 "네가 엄마 아빠 사는 걸 보고……" 그러셨는데, 아이를 안 갖는다고 할 때도 그런 얘길 하셔서 마음이 아팠어요. 그런데, 완전히 아닌 것 같지는 않아요. 좀 크고 나서부터 생각했거든요. 내가 보기에 우리 엄마는 참 잘난 사람인데, 결혼이 과연 엄마에게 플러스가 됐을까? 엄마는 아버지 보조하고 저희 키운 것에 대해 스스로 불행하다고 생각하진 않겠지만, 경제권 같은 게 아버지한테 있어서 뭔가 하려면 제한당하고 아버지에게 의존적일 수밖에 없었거든요. 그러니까 '엄마 때문에' 결혼을 안 하고 아이를 갖지 않겠다고 한 건 아니지만, 영향이 아예 없다고는 볼 수 없어요.

66
영지

부모님, 특히 엄마가 우리 때문에 모든 것을 내놓고 사는 걸 보면서, 여성으로서 나는 그러고 싶지 않다고 생각했어요. 엄마가 우리 자매를 키우면서 "너네는 남자한테 의존하지 말고 살아라, 경제적으로 독립해야 한다"라고 하셨거든요. 그런데 제가 애를 안 낳는다고 하니까 후회한다고 하시더라고요. 웃음 '좋은 남자 만나 잘 살아라' 하면서 키울 걸 그랬다고.

나 역시 가부장제 아래에서 결혼이란 제도의 불평등을 피부로 느낀 것은 부모님을 보면서였다. 교사였던 엄마는 9남매의 장남인 아버지와 결혼해 우리 자매를 낳았고, 아버지의 직장을 따라 지역을 옮기면서 학교를 그만두었다. 엄마의 결혼 생활 중 10년은 시부모님과 함께였고, 돌아가시기 전의 수발과 병간호도 며느리인 엄마 몫이었다. 교육열이 높은 편이었던 부모님은 우리에게 가능한 한 모든 지원을 다 해주셨는데, 거기에는 돈뿐만 아니라 엄청난 시간과 노동력이 들어갔다. 영지의 어머니가 그랬듯, 우리 집 역시 "여자도 공부를 열심히 해서 좋은 직장을 가져야 한다"며 딸들을 키웠다. 물론 두 딸이 30대 중반이 되도록 결혼하지 않자 매우 조바심을 내기도 했다. 나는 나와 거의 똑같은(자기중심적이라는 뜻이다) 성격을 가진 아버지가 의외로 무척 책임감 있는 양육자였다는 사실에 감사하지만, 엄마가 맏며느리이자 아내이자 엄마로서 끊임없이 보이지 않는 노동을 하며 살아온 시간에 대해서는 훨씬 복잡한 감정이 든다.

한편 어머니의 헌신과 다른 맥락에서 비출산에 영향을 준 요인으로, 아버지의 폭력에 관해 들려준 인터뷰 참여자들도 있었다.

❝❝
민하

제가 어릴 땐 아빠가 되게 폭력적이었어요. 술 마시면 엄마도 때리고 저도 때리고 했거든요. 그런데 옛날에는 당하고

만 있던 엄마가 막 소리 지르면서 같이 싸우게 되고, 저도 성인이 된 뒤부터는 덜해요. 지금은 솔직히 이빨 빠진 호랑이? 웃음 그런 게 '나는 애를 안 낳고 싶다'는 생각에 조금 영향을 미친 것 같아요. 그리고 술 먹으면 나도 모르게 폭력을 쓸까 봐, 약간 무서워요. [나에게 아빠 같은 면이 있을까 봐서요?] 그것도 있죠.

> 집이 어려워서 엄마는 항상 일하느라 고생을 많이 하셨고 아
한나 버지는 영화나 드라마에 나오는 것 같은, 술 마시면 사람이 아니게 되는 분이었어요. 부모님이 싸우면 집 안 유리가 다 깨지고 피바다가 될 만큼 심한 폭력 가정이었죠. 그때부터였던 것 같아요. 내가 아이를 키울 준비가 되어 있지 않으면 아이의 행복을 위해서 낳지 않는 게 낫다고 생각한 게.

인터뷰 참여자들에게 부모의 결혼 생활과 그들이 부모로서 보여준 모습은 각자 원하는 가정의 상을 그릴 때 반면교사로 작용한 경우가 적지 않았다. 보라는 "아버지가 평생 돈만 벌어 갖다주면 된다고 생각한 사람이라 가족을 너무 힘들게 했기 때문에, 제가 배우자의 조건으로 제일 중요하게 생각한 건 가정적이고 내 편이 되어주는 사람이어야 한다는 거였어요"라고 말했다. "막 싸우는 건 아닌데 서먹서먹하고 서로 잘 이해

하지 못하는" 부모님을 보며 자란 윤희는 "아이에게는 부부가
서로 사랑하는 마음이 전해져야 좋을 것 같아요"라고 말했다.

그러나 '부모님 때문에'라고 말하기에는, 비출산이라는 선
택을 둘러싼 많은 요인은 각자의 삶에 각기 다른 만큼의 비중
을 차지한다. 앞서 어머니의 삶에 관해 얘기한 영지 역시 그
것이 자신에게 결정적 영향을 주지는 않았다며 과대 해석을
경계했다.

❝ 아이를 갖지 않는 이유가 100이고 부모님의 영향은 10에 못
영지 미친다 해도, 사람들은 그런 얘기를 들으면 나머지 90을 보
지 않고 '역시 네가 불행하게 자라서 그러는구나…… 쯧쯧'
하는 식으로 받아들이더라고요.

나도 그렇게 생각한다. 부모님의 삶은 내가 원하는 부부의
모습과 달랐지만, 그분들의 자식으로 사는 것이 불행했다고
는 도저히 말할 수 없다.

무엇보다 나는 부모의 한결같은 애정과 믿음이 딸의 선택에
끼친 영향에 대해서도 들을 수 있었다. 내가 아이를 낳지 않기
로 했음에도, 자식에게 이만큼 신뢰받을 수 있는 부모로 살아
간다는 것은 정말 멋지고 위대한 일이라는 생각이 들었다.

승주 엄마는 선생님이라 바쁘시고, 아빠는 경찰이셔서 새벽에 출근하거나 집에 못 들어오는 날이 많았는데 집안일도 두 분이 같이하시고 시간을 쪼개 저희를 여기저기 많이 데리고 다니셨어요. 애가 셋이니까 경제적으로 아주 풍족하지는 않았지만 원하는 건 최대한 할 수 있게 해주셨고, '네가 노력하면 뭐든지 다 할 수 있다'고 정서적으로도 지지해주셨어요. 두 분은 지금도 행복하게 잘 지내고 계시고 저에게 아이 문제 포함 일절 간섭하지 않으세요. 그런 부모님 덕분에 자주적인 사람으로 자랄 수 있었다고 생각해요.

소연 제가 어떤 선택을 하든, 즉 아이를 낳든 낳지 않든 부모님의 나에 대한 사랑의 크기나 정도가 바뀌지 않을 거라는 확신이 있어요. 만약 낳는다면 기뻐하시긴 하겠지만 그건 이 새로운 존재가 생김으로써 나타나는 역동인 거고, 낳지 않는다고 해서 저를 덜 사랑하거나 저에게 실망하시지는 않을 거예요.

언젠가 아이를 낳지 않는 친구와 얘기한 적이 있다. "처음부터 아이를 낳아 키우는 건 힘드니까 어느 날 다섯 살이 된 아이가 생기면 좋겠어" "학교에 들어간 다음, 열두 살 정도가 낫지 않을까?" "사춘기 오면 너무 힘들 것 같지 않냐" "그다음엔 입시 지옥인데 더 힘들겠지?" 양심 없는 우리의 허튼소리는 "그럼 역시 내가 노인이 되었을 때 서른 살쯤 되고 직장에 다니는 자식이 나타나서 나를 돌봐주면 좋겠다!"로 끝났다. 물론 내가 서른 살 때 어떤 자식이었는지 생각하면 무엇도 기대해선 안 될 것 같긴 한데…… 사실 부모님은 어떻게 생각할지 모르지만, 나는 부모님에게 나 같은 딸이 있어 좋을 거라는 근거 없는 믿음을 가지고 있다. 그리고 아이 없는 지금이 행복하지만, 내가 부모님만큼 나이를 먹었을 때 나 같은 딸이 없을 거란 사실이 조금 아쉽긴 하다.

온갖 무례와 오지랖의 퍼레이드

인스타그램에 〈더블유의 소소생각〉이라는 일상툰을 그리는 박혜원 작가의 인터뷰[19]를 읽었다. 동갑내기 친구와 결혼해 10년을 맞은 그는 '우리나라에서 아기가 없는 부부로 살아간 다는 것'이라는 에피소드를 통해 자신들이 겪는 무례, 동정, 차별에 관해 이야기한 적이 있다. 박 작가는 인터뷰에서 이렇게 밝혔다.

"저희에게 '아이' 문제는 아직 고민 중인 부분이에요. 처음에는 '둘이 지내는 것이 편하다'라는 마음이었죠. 그런데 살아갈수록 아이를 낳고, 키우고, 책임져야 하는 것이 보통 일이 아니라는 중압감이 들었어요. 중략 어떤 선택을 하건 온전히 저희 두 사람의 행복을 위한 결정을 하고 함께 견뎌내며 살아가고 싶어요."

그런데 이 흠 잡을 것 하나 없는 답변에 300개가 훌쩍 넘는 댓글이 달렸다. 두 사람의 생각을 존중하고 응원하는 댓글도 많았지만, 굳이 재를 뿌리고 훈계하는 댓글들로 인해 논쟁이 벌어지면서…… 지옥도가 펼쳐졌다. 도대체 무자녀 부부의 무엇이 이들의 공격 버튼을 누르는 것일까 궁금해하며, 눈에 띄는 댓글을 몇 가지 유형으로 정리해보았다.

| 궁예형 |

• 자발적 딩크는 극소수죠. 불임이라는 걸 숨기고 싶은 도구예요.

  [한 사람이 같은 댓글을 계속 복사, 붙여넣기 하고 있었다.]

• 그냥 불임임…… 나는 딸 둘, 아들 하나 있음…… 부럽죠??

• 내 주위 딩크족 보면 양가 집안에서 화목하게 자란 사람이 많이 없더라.

| 저주형 |

• 아무리 짜장면이 좋아도 하루는 짬뽕을 먹어봐야 짬뽕의 맛도 알 수 있겠죠. 아기 둘 아빠 입장에서는 짜장면 포기할 수 없어서 평생 짬뽕 맛 모르고 사는 거랑 비슷하다 생각되네요.

  [이건 진짜 아기 둘 엄마 입장도 들어봐야 한다.]

• 지금이야 좋지. 나중에 늙으면 아기 없는 걸 후회할 듯.

| 애국형 |

• 온 지구인이 당신들처럼 맘먹으면 지구엔 인간이 존재하지 않겠네.

   [누군가 대댓글을 달기를 '지구촌 대통령 납셨네'였다.]

• 딩크족이 국가의 신혼부부 혜택을 받는 건 사기 아닌가요? 딩크족이랑 위장

   결혼이랑 뭐가 다른가요? 딩크족도 국가에서 결혼 무효 처리해야 합니다.

• 출산율 상승을 위해서 국가에서 이런 결혼은 인정 안 해줬으면 좋겠어요.

| 위선형 |

• 개인적으로 다 존중하는데 네이버 메인에 이런 게 올라와서 마치 이런 게

   쿨한 거 같은 느낌을 주는 게 불편하네요.

   [뭘 존중한다는 건지 알 수 없어서 심기가 불편하네요.]

• 저 또한 딩크족에게 애를 낳아라 말아라 할 권한이 있겠습니까. 다만 그런

   모습을 지양하고자 하는 거고 노출할 필요가 없다는 겁니다.

나는 그들의 말이 우습다고 생각하는 한편, 마음에 미세한
상처가 나는 걸 느꼈다. 그들의 말이 옳거나 의미 있어서가 아
니라, 타인이 선택한 삶의 방식에 이토록 적극적인 악의를 드
러내는 사람들의 존재를 확인해서였다. 자신이 '정상'이고 '평
범'하다는 자부심으로 가득 차서 남에게 상처 주는 데 앞장서
는 이들이 누군가의 부모라는 사실도 안타까웠다. 물론 그들 모
두가 아이를 낳거나 키우는 사람이라 생각하지 않는다. 여성이 출산하지 않을 수도 있

다는 의사만 내비쳐도 지구가 멸망할 것처럼 울분을 토하는 인셀('비자발적 독신주의자 involuntary celibate'의 약자로, 여성 혐오자라는 뜻으로도 사용된다)은 무척 흔하다. 온라인이어서 더 심한 표현이 쏟아진 것도 있지만, 인터뷰 참여자들이 내게 들려준 경험 역시 온갖 무례와 오지랖의 퍼레이드였다.

🎧 **주연**
처음에 "애는 안 낳을 건데요"라고 하니까, 어느 상사분이 "언제 이혼하려고?" 하시더라고요. "애가 없으면 금방 이혼한다, 애가 있어야 참고 오래 산다"면서요.

🎧 **보라**
저희가 은사님처럼 모시는 부부가 계시거든요. 찾아뵈러 가면 사모님이 저를 위아래로 훑어보시면서 "임신했나?" 하세요. 아는 교수님께서는 결혼하고 나서 뵐 때마다 "아직 소식 없냐?" 하시더니 신랑한테는 "임신시켰냐?"고 하셨대요. 나중에 제가 가서 "그런 말씀 하지 마세요"라고 했죠. 아이를 갖지 않는 사람들은 그런 질문을 안 하는데, 아이 있는 사람들은 아주 쉽게 말해요. 남편 고등학교 동창이 "너네 언제까지 그렇게 살 건데?"라고 물어봐서 남편이 "나는 지금이 너무 좋다"고 하니까 "제수씨는 무슨 죄고?"라고 했다는 거예요.

66
한나

행사에 가서 메이크업을 해드리다 보면 "몇 살이에요?" "결혼했어요?" 하고 물어보는 분들이 많아요. 결혼했다고 대답하면 99퍼센트 이상 애 얘기를 물어봐요. 그래서 "없어요, 고양이랑 같이 살아요" 하면 어떤 분들은 대놓고 "아, 그 털 날리는 걸 왜 키워요? 왜 아직 애를 안 낳았어요?" 그래요.

66
영지

돌아가며 자기소개하는 자리가 있었는데 아이가 있느냐고 묻길래 "결혼했고 고양이 키우는데 아이 키울 생각은 지금 없습니다"라고 했어요. 그랬더니 좀 나이 지긋한 분이 버럭 화를 내면서 "당신, 너무 말을 함부로 한다. 만약 이 자리에 아이를 갖고 싶은데 갖지 못하는 여성이 있으면 어쩌려고 그런 말을 하냐"고 무안을 주는 거예요. 그게 나하고 무슨 상관인데! 웃음 그리고 그 자리에 그런 사람 없었거든요. 되게 억울하더라고요. 아이를 가질 계획이 없다고 하면 '잘난 척하냐? 그럼 우린 바보라서 애 낳냐?' 이런 느낌으로 받아들이는 것 같아요. 그럼 묻지를 말든가.

영지의 말을 듣고 보니 한국 사회에서 '너만 잘났냐?'라는 정서는 그리 낯설지 않다는 생각이 들었다. 단적인 예로, 나는 채식주의자가 아니지만 채식주의자를 향한 비채식주의자들의 불같은 분노에 종종 어리둥절해지곤 한다. 타인의 삶을 침해하지 않음에도, 다수가 택하지 않은 삶의 방식을 택한 사람들은 쉽게 미움의 표적이 되고 그들의 선택은 끊임없이 의심과 간섭을 받으며 그 선택의 가치는 폄하된다. 여성에게 '기가 세다'는 프레임을 씌워 남성을 피해자 취급하는 것은 무자녀 부부를 깎아내리는 흔한 방식이다.

❝❝
자현

저는 회사에서 누가 성차별적인 말을 하면 벌떡 일어나서 "지금 누가 이상한 소리 한 것 같은데?" "누가 요새 그런 말을 해요, 상무님!" 그러는 캐릭터였어요. 신랑이랑 사내 커플로 결혼했는데, 사람들이 애 안 낳느냐고 해서 "한 번도 낳겠다고 생각해본 적이 없다"고 했더니 다들 '저 기센 여자 때문에 우리 착한 ○○이가 다 맞춰주고 사는구나'라고 생각하는 분위기더라고요.

❝❝
도윤

제가 말을 좀 똑 부러지게 하는 성격이니까, 주위에서 계속 그러는 거예요. "남자라면 누구나 아이를 원한다. 남편은 순한데 네가 너무 세서, 못돼서 남편이 너 따라가느라 욕구를 포기한 거다. 아이를 원하지 않는 남자가 있을 리 없다." 그래서 남편한테 물어보니까 "내가 그렇게 보여?"라고 하더라고요. 웃음 그리고 "아이를 왜 안 낳느냐"고 해서 "저희는 그렇게 합의했어요"라고 하면 꼭 "남편도 그걸 원해요?"라고 또 물어봐요. 이때 "남편이 더 원해요"라고 해야 대화가 끝나요. 그게 쉬운 방법이긴 하지만 좀 억울하죠.

아이를 낳지 않는 여자는 '못됐고', 아이를 낳지 않기로 합의한 남자는 '착하다'고 평가되는 것은 '애도 안 낳아주는 여자랑 살아주는 남자는 참 관대하다'는 인식에서 나온다. 하지만 남자라면 누구나 아이를 갖고 싶어 한다는 말에 담긴 진실은, 남자들이 아이라는 존재 자체를 갈망해서라기보다 자기 몸 하나 상하지 않고 자기 성까지 따르는 아이를 편하게 얻을 수 있으니 쉽게 아이를 바란다는 쪽에 가까울 것이다. 그리고 아이가 있어야 가족이 완성되고 그런 가정이어야만 유지할 가치가 있다고 믿는 사람들은, 진심으로 아이를 원하지 않는 부부가 있다는 사실과 그들이 행복하게 가정을 유지할 수 있다는 가능성을 믿지 않는다.

내 부모도, 형제자매도, 친구도, 하다못해 시부모도 아닌 생판 남들의 간섭에 지친 무자녀 여성들은 점점 자기 입장을 감추는 전략을 택하기도 한다. 몇몇 인터뷰 참여자는 '어떨 땐 그냥 아이가 안 생기는 척한다, 그러면 안쓰러워하며 더 묻지 않는다'고 말했다. '세상에 자발적인 딩크는 없다, 아이를 못 낳는 것뿐이다'라고 굳게 믿는 사람들에게 "여러분은 지금 약삭빠른 딩크족에게 속고 있습니다"라고 귀띔해주고 싶다. 주연의 경우는 굳이 거짓말을 하지도 않지만, 일부러

정면 돌파하지도 않고 에너지 소모를 최소화하는 전략을 택했다.

> **66**
> **주연**
>
> 애가 없으면 금방 이혼한다고 한 분 말고, 저를 오랫동안 보신 다른 상사분은 애를 낳아야 하니 마니 그런 얘길 안 하셨어요. "주연 씨를 닮으면 아이가 예쁠 텐데……"라고만 하셨죠. 직장에서 저를 잘 모르는 분들이 아이 얘길 물어보면 '이 사람들은 나랑 얘기할 거리가 필요하구나' 정도로 생각해요. 결혼하고 시간이 오래 지나니까 지금은 적당히 좋은 게, "왜 안 낳느냐"고 하면 "때를 놓쳐서"라고 할 수 있더라고요. 웃음 [굳이 아이를 원하지 않는다고 얘기하시지는 않는 거네요?] 네, 안 낳을 거라고 하지만 "저는 아이를 절대 안 낳기로 결심했습니다"라고 말하지는 않아요. 실제로 친한 사람들과는 '이래서 애 안 낳을 거고 지금이 좋다'고 얘기하지만, 가깝지 않은 사람들까지 일일이 상대하려면 끝도 없고 말이 확대 재생산되니까요.

그러니까, 무자녀 부부에게 간섭하고 훈수 두는 사람들은 이쯤에서 좀 눈치채주길 바란다. 상대에게 당신은 속내를 나눌 만큼 가까운 사람이 아니고, 당신의 의견에는 별다른 가치가 없으며, 상대 역시 당신을 보며 하고 싶은 말이 많지만 참고 있다는 것을 말이다. 그래도 이러니저러니 하고 싶다면, 유튜버 '밀라논나'로 유명한 패션 컨설턴트 장명숙 씨의 인터뷰라도 먼저 읽어보길 권한다. 아이를 둘이나 낳아 기른 사람의 말이니 이건 좀 듣겠지!

> 결혼하면 애를 낳아라, 하나 낳으면 하나 더 낳아라, 내가 아들을 둘 낳았더니 이제 딸을 낳아라……. 그땐 정말 싸우고 싶더라고요. 그래서 저는 그랬어요. "그래, 내가 딸을 낳으면 네가 키워줄래?" 제가 둘째 낳고 그랬어요. "나한테 둘째 낳으라고 했던 사람들, 다 줄 서서 하루에 한 번씩 와서 우리 애들 봐줘야 한다"고. 봐줄 것도 아니면서 왜 그렇게 남의 인생에 간섭하는 걸까요.[20]

결혼은 왜 했느냐는 질문에
답하는 법

"아이를 안 낳을 거면 왜 결혼을 했어요?"

그렇게 놀라운 일은 아니지만, 한국 사람들만 무자녀 부부에게 이런 질문을 하는 것은 아닌 모양이다. 캐나다 출신으로 미국에서 생활하는 작가 로라 스콧의 《둘이면 충분해》의 '시작하는 글'은 막 아빠가 된 친구의 남편이 던진 질문으로부터 시작한다. 갑작스러운 질문에 당황한 저자는 짧게 불쑥 내뱉는다.

"글쎄요⋯⋯ 사랑, 동료애⋯⋯ 때문이랄까?"[21]

66
윤희
결혼의 제일 중요한 이유는 '사랑하는 사람과 같이 있고 싶다'인 것 같아요. 본질적으로 이게 제일 중요하지, 그 외적인 게 이유가 된다는 게 이상해요.

윤희의 생각도 로라 스콧과 비슷했고 나 역시 그랬다.

도윤

이쪽결혼이 편하니까 하자, 별 의심 없었어요. 제도 안에서 서로에게 보장된 관계로 같이 미래의 뭔가를 꾸려나가려면. 그리고 원 가족에게서 벗어나고 싶은 마음도 있었어요. 저는 대학교 때부터 집을 나와 살았는데도, 부모님이 '자식은 내 소유'라는 의식이 강한 분들이라 힘들었거든요. 사소하게는 '이거 하고 다니지 마라' '밤늦게 다니지 마라' 하는 것들. 그런데 결혼은 부모가 더 이상 '애는 내 거'가 아니라는 걸 받아들이게 하는 가장 쉬운 방법이었어요. 그래서 저는 결혼 후의 삶이 훨씬 자유로워요.

도윤이 그랬듯, 나도 결혼을 통해 부모님으로부터 자연스럽게 독립할 수 있었다. 내가 집을 떠난 계기가 결혼이 아니었다면 부모님과 나 사이에는 훨씬 격렬하고 복잡한 갈등이 발생했을 것이다. 동거라는 선택지를 고려해본 적 없는 이유는 부모님과 함께 사는 집, 대학, 직장이 계속 같은 지역이어서이기도 했지만, 결혼하지 않은 상대와 같이 사는 것에 대한 부담감이 나의 무의식에 없었으리라 생각하지는 않는다. 결혼 후, 결혼이라는 제도가 내 생각처럼 단순하게만 작동하는 것은 절대 아니라는 사실을 깨달으면서도 나는 이 제도 안에서 개인적인 편안함을 느낀다. 그리고 이 편안함에 일종의 가책도 느낀다. 누군가를 사랑해서 같이 살고 싶을 때 '당연하게' 결혼이라는 형식을 선택하고 혼인 신고를 통해 법적인 관계로 보장받을 수 있는 것은 내가 이성애자이기에 누릴 수 있는 특권 중 하나이기 때문이다.

> **보라**
> 시동생이 "아이를 안 낳을 거면 결혼은 왜 했냐"고 물은 적이 있어요. 너무 당황스럽더라고요. 저는 "그런 삶도 있다"라고만 했고, 남편은 "우리가 그냥 이렇게 같이 살려고 하면 이 나라에선 주변 시선이 너무 따갑잖아"라고 했죠. 예를 들어, 결혼한 사이인 우리가 계속 붙어 다니고 같이 일하는 것에 대해서는 주변에서도 건전하고 바람직한 관계라는 식으로 얘기하거든요. 그런데 사실혼 관계인 커플이 그렇게 하면 뒤에서 안 좋게 말하더라고요. 사실혼도 결혼 생활인데 이상하죠. 그런데 그런 시선을 우리가 굳이 견딜 만큼…… 결혼하지 않을 만한 이유가 없었어요.

아직 생활동반자법이 제정되지 않은 한국에서, 결혼하고 싶고 결혼할 수 있다면 결혼하지 않을 이유는 별로 없다. 특히 혼인 신고를 통한 법적 관계 보장은 결혼의 중요한 계기가 되기도 했다. 몇몇 인터뷰 참여자는 사고로 입원했을 때, 부모님

동의 없이 학자금 대출을 받아야 할 때, 외국에서 체류증을 갱신해야 할 때 결혼혼인 신고 여부의 중요성을 실감했다고 말했다. 그러나 이 일련의 의식을 치르고 제도 안에 들어오더라도 아이 없는 부부에게는 보라 시동생의 말처럼 '왜'라는 질문이 계속 책망처럼 따라붙는다. 아이를 낳지 않을 거면 왜 결혼했느냐니, 이상하지 않나. 이 질문은 마치 결혼의 유일한 목적이 출산이라 여기는 것처럼 들리기도 하고, 질문자에게 결혼의 의미는 오로지 아이뿐이라는 것처럼 보이기도 한다.

❝❝
재경

['아이를 안 낳을 거면 왜 결혼했느냐'는 질문에 대해 어떻게 생각하세요?] 결혼 생활에 대해 피상적으로 이해하는 말 같아요. 직장에 다니다 보면 저보다 연배 높은 분들이 결혼이나 인생에 대해 가르쳐주려는 '호의'를 자주 베풀거든요. 하지만 저는 이 남자랑 9년을 살았고, 인생의 3분의 1 이상을 알고 지냈으니까 결혼 생활에 대해 누가 저한테 가르쳐줄 입장은 아니라 생각해요. 제일 웃겼던 말은 "애가 있어야지 오래 살아~"였는데, 그분은 저보다 나이가 많을 뿐 결혼한 지 2년 남짓밖에 안 됐거든요. 물론 경력이 길다고 더 얘기할 자격이 되는 것도 아니고 짧다고 그런 얘기를 할 필요도 없지만요. 무엇보다 두 명의 역동이랑 세 명의 역동은 달라요. 팀워크를 해도 사공이 한 명 더 있으면 더 힘들어지지, 쉬워지지 않거든

요. 그러니까 그런 얘긴 비논리적, 비과학적이라고 생각해요.

아이가 있으면 정말로 결혼이 '오래' 갈까. 9년간 1,000여 건의 이혼 소송을 진행한 최유나 변호사는 자신의 경험과 소회를 바탕으로 한 웹툰 〈메리지 레드〉를 인스타그램에 연재하는데, 2020년 6월 현재 구독자 수는 18만여 명에 달한다. 그는한 인터뷰에서 자신이 만난 80년대생 부부의 이혼 사유 90퍼센트 이상이 육아라고 말했다.

> 표면상의 이유는 가정 폭력이나 외도라고 해도 잘 들여다보면 육아로 인한 스트레스가 변질한 사례죠. 애 하나 키우는 게 너무 어려운 시대 같아요. 집값은 오르고 취업도 어렵고, 인식 변화로 집안의 기대치도 달라졌죠.[22]

나와 재경을 포함해 인터뷰에 참여한 무자녀 여성 가운데 열세 명이 80년대생이었다.

게다가 '오래' 가는 것만이 결혼의 가장 중요한 목적이자 의미일까. 내가 만난 인터뷰 참여자들은 결혼이 그 자체로 영속성을 갖는다고 생각하지 않았다. 다만 이들은 현재의 생활에 충분한 행복을 느꼈고, 아이를 갖지 않는 것은 이 행복을 유지하기 위한 선택 중 하나였다.

자현

사람들이 아이를 낳아서 얻었다고 하는 행복을, 저는 결혼으로 이미 가졌다고 생각해요. 저는 원래 힘들게 사는 게 인생이라 생각했어요. 뭘 크게 이루어야 한다, 지지 않아야 한다고. 그런데 남편은 저에게 마음 편히 사는 법을 알려줬어요. 저는 노는 것에 대한 죄책감이 큰 사람인데, 회사를 그만두고 1년 쉬면서 제가 너무 스트레스를 받으니까 남편이 "그건 안식년이야"라고 말해주더라고요. 얼마 전 친구 엄마가 친구한테 "자현이는 왜 애를 안 낳는다니?" 하고 물어보셔서 "걔 그냥 행복하게 잘 산대"라고 답했더니 "지금은 신혼이니까 그렇지"라고 하셨다는데, 벌써 7년이나 지났잖아요. 언제까지 기다려야 사이가 안 좋아질는지 잘 모르겠어요. 웃음 그리고 혹시 나중에 안 좋아지더라도 7년 동안 행복하게 살았으니까, 그걸 상쇄하고 남을 만큼의 행복은 이미 가졌다는 생각도 들어요. 한 해가 지날수록 더 행복한데, 애가 없다고 갑자기 불행해질까요?

한나

[결혼을 통해 무엇을 얻었다고 생각하세요?] 저는 섬유근육통증후군을 앓으면서부터 삶 자체가 생사고生死苦라는 말을 항상 떨어뜨리지 못하고 살고 있었어요. 일찍부터 장기, 시신 기증을 서약했고, 40대 후반이나 50대 초반까지 내가 하고 싶은 일을 하다가 더는 못하게 되면 오래 살고 싶지 않다고 생

각했어요. 결혼하고 나서 가장 크게 변한 건, 살고 싶어졌다는 거예요. 그리고 신랑과 만나지 않았으면 고양이들을 입양하지 않았을 거예요. 예전에 키우던 고양이가 심장병으로 가고 나서는 입양하고 싶어도 혼자 책임질 수 있을지 몰라서 선뜻 데려올 수가 없었거든요. 그런데 이 사람과 결혼하고 고양이들까지 데려와 지금의 가족을 이루면서, 솔직히 말하면 이런 게 '가족'이라는 걸 처음으로 느끼며 살고 있어요.

봄부터 여름, 가을을 지나 겨울의 초입까지 나는 결혼, 가족, 일, 사랑, 사회에 관해 서로 다른 경험과 생각을 가진 여성들한테서 아주 많은 이야기를 들을 수 있었다. 그리고 인터뷰가 막바지에 다다랐을 때 만난 주연은 아주 간결하게, 무자녀 부부에게 결혼이 어떤 의미인지 들려주었다. "아이를 안 낳을 거면 왜 결혼했느냐"는 우문에 대해, 이 이상의 답은 필요하지 않다고 생각한다.

❝❝
주연

저는 결혼으로 남편이라는 동반자를 얻었다고 생각해요. 한 명이지만 또 다른 제 가족이죠. 꼭 자녀가 있어야 가족이 완성되는 건 아니잖아요.

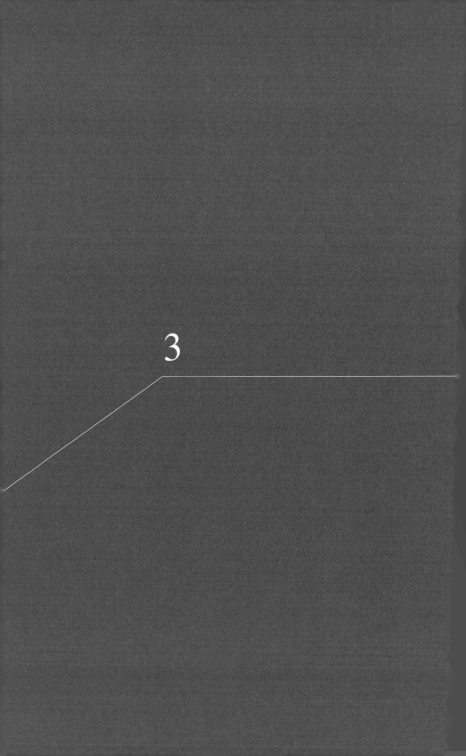

3

한국에서
엄마가 되어도 괜찮을까?

**무자녀 여성의
커리어, 구직, 사회 구조에 대한 토크**

아이 없는 부부의
집안일 나누기

나는 2015년 봄에 결혼했고, 2017년 봄까지 직장에 다녔다. 버스로 30분, 통근 거리가 짧은 편이었는데도 퇴근하면 밥을 하긴커녕 숟가락을 들 기운도 없어서 일단 누워 숨만 쉬며 두 시간씩 기력을 회복했다. 12년 넘게 밤샘을 밥 먹듯 하며 운동과는 담을 쌓아 체력이 바닥이었던 그 시절, 나는 종종 오래된 배터리처럼 충전이 안 되는 상태로 늘어져 걱정했다.

'회사 일 말고 아무것도 안 하는데 이렇게 피곤하다니, 아이가 있으면 도대체 어떻게 살지?'

퇴사 후 3년이 지난 지금도 아이가 있는 채로 살아보지 않아서 잘 모르겠다. 그렇다면 아이 없이 사는 성인 두 명은 어떻게 가사 노동을 꾸려가고 있을까.

66
이선

결혼 초기에는 제가 요리를 의욕적으로 했어요. 잘하는 사람이 하는 게 낫다고 생각해서 남편은 설거지를 맡았는데, 시간이 지나다 보니 요리에 시간이 훨씬 많이 걸린다는 걸 깨달았어요. 그래서 지금은 한 달씩 나눠서 해요. 어떤 음식을 하든, 사 먹든 끼니에 대한 아이디어를 책임지는 거죠. 둘 다 음식에 크게 관심 있는 편이 아니라 꼭 맛있는 걸 할 필요는 없어요. 그리고 청소는 같이해요.

66
자현

둘 다 자취 생활을 했어서 지금도 그냥 두 명의 자취생이 한 집에 사는 기분이에요. 배고픈 사람이 계란프라이를 하면 "하나만 더 해줘" 해서 먹고, 요리는 신랑이 해요. 대신 저는 어질러진 걸 싫어해서 빨래 정리나 옷 정리를 하죠. 청소는 거의 안 해요. 물걸레질도 거의 안 하고, 전세 들어올 때 입주 청소한 거로 2년을 버티자는 마음…… 엄마가 "니네 집은 바퀴벌레가 더럽다고 도망갈 거다"라고 하시던데요? 웃음

우리 집의 경우 남편이 요리를 하고 나는 때때로 쓰레기 버리기, 공과금 납부, 생필품 주문 등을 챙긴다. 설거지와 빨래는 같이 하고, 청소는…… 안 할 수 있는 한 안 한다. 나는 더러움을 견디는 정도가 비슷한 것이 같이 사는 사람 사이의 갈등을 줄일 수 있는 중요한 요인이라고 보고 있다. 가끔 물티슈로

먼지투성이 바닥을 대충 닦을 때마다, 우리 집에 기어 다니는 아기라도 있다면 결코 이렇게 살 수는 없었을 거라 생각하며 안도했던 나는 자현의 이야기를 들으며 깊은 동질감을 느꼈다. 생각해보니 걸어 다니는 아기가 있어도 이러면 안 될 것 같긴 하다.

❝❞
재경

저는 결혼 전부터 남편과 동거했고, 가족 구성원들과 왕래가 잦아서 다들 룸메이트 같은 느낌이에요. 큰 테이블에 노트북을 두고 각자 일하고 각자 밥 차려 먹고 해서, 우리끼리 "집인데 공유 오피스"라고 농담처럼 얘기해요. 가족들이 청소와 빨래 당번 정하자는 얘기를 한 적이 있는데 업무 패턴 때문에 지키지 못할 것 같았어요. 상황에 따라 빨랫감이 쌓이면 그때 시간 있는 사람이, 청소도 못 견디는 사람이 해요. 식재료 구입은 남편이 70퍼센트, 제가 30퍼센트 정도로 하고, 주말에 같이 장 볼 때도 있어요.

❝❞
승주

둘 다 회사 다닐 때는 거의 비슷하거나, 남편이 더 많이 했어요. 지금은 제가 시간 여유가 더 있으니까 주중에 요리와 청소를 하죠. 음식을 만들어서 냉장고에 넣어두면 남편이 꺼내 먹고 출근하고, 주말에는 남편이 요리와 설거지를 해요. [가사 노동 분담이 잘 안 됐으면 어땠을까요?] 맨날 싸웠겠죠. 전 남자친구랑 결혼했으면 엄청나게 싸웠을 거예요. 웃음 그런데

남자들이 가사 노동을 정말 안 하더라고요. "내가 밖에서 일
도 하는데 가사 노동까지 해야 해? 애는 어린이집 가니까 와
이프는 낮에 쉴 거 아니야." 이런 식으로 말하는 게 최악이
었어요. 회사 다닐 때, 일이 일찍 끝나도 집에 얼른 들어가
애 보겠다는 유부남을 본 적이 없어요. 무조건 술 마시러 가
더라고요.

　　업무 형태, 건강 상태, 동거 여부 등 각각의 상황에 따라 가
사 노동의 양이나 분담 방식이 달랐다. 재택근무 형태로 일하
거나 프리랜서인 인터뷰 참여자들은 대개 자신이 가사 노동
을 좀 더 많이 한다고 했지만, 한나의 경우 아침에 컨디션이
가장 나쁘기 때문에 배우자가 아침 식사를 포함한 요리와 가
사 노동의 70퍼센트가량을 맡고 있다고 말했다. 다른 지역에
서 근무하는 남편과 주말에만 함께 지내는 주연은 각자 자기
생활을 꾸리고 있기 때문에 "지금은 분담할 가사 노동이 없다"
고 말했다.

　　한편, 여성이 실질적 가장으로 경제 활동을 하는 경우에는
남성이 가사를 전담하기도 했다. 통영 지역의 조선업이 침체
되면서, 조선소에 근무하는 영지의 배우자는 3개월 단위로 근
무와 휴직을 반복하다가 인터뷰 당시 1년의 장기휴직 기간을

보내는 중이었다. 그전까지 60퍼센트가량 지급되던 월급도 나오지 않게 된 상태였다. 글쓰기 수업, 독서 모임 등 매일 촘촘한 일정을 소화하는 영지는 직장에 나가지 않는 남편이 자신의 생활을 보살피는 것이 일상이 됐다고 말했다.

> **❝**
> 영지
>
> 결혼 초반 3년은 제가 다 했어요. 그때 남편이 새벽 6시 반에 나가서 밤 9시에 퇴근했거든요. 그런데 점점 남편 일이 줄고 제 일이 늘어나면서 반반 정도로 균형이 맞게 됐어요. [외부 환경 변화로 가사 노동 분담의 형태도 바뀌었는데, 적응하는 데 어려움은 없었나요?] 각자 '견딜 수 있는 일'을 하는 게 중요하더라고요. 저는 요리를 정말 싫어하는데, 남편은 자기가 한 요리를 제가 맛있어하면 재미나 보람을 느낀다고 해요. 화분은 남편이, 고양이는 제가 돌보고 남편이 싫어하는 화장실 청소를 저는 좋아해요. 그렇게 나눠서 했는데, 지금은 제 일이 폭발적으로 늘어나다 보니 집안일은 거의 다 남편이 하고 있어요.

소연의 배우자는 3년 전, 다니던 직장의 대규모 구조조정으로 퇴직했다. 그는 법률사무소를 운영하는 소연의 의식주와 이동을 거의 모두 책임진다.

> **소연**
>
> 제가 로스쿨, 남편이 회사 다닐 때는 제가 더 많이 했어요.
> 남편은 정리를 정말 못하는 사람이었는데 살면서 점점 나아
> 졌고, 회사를 그만둔 뒤부터는 가사를 거의 다 해요. 세탁과
> 기본적인 청소는 일주일에 두 번 오시는 도우미님이 해주시
> 니까, 남편은 밥 차리고 설거지하고 쓰레기 분리수거하고 고
> 양이 화장실 치우고 스타일러랑 로봇 청소기를 돌리죠. 그리
> 고 재판 일정에 맞춰 아침에 저를 깨우고 밥을 차리고 차로
> 법원에 데려다주고 끝나면 사무실까지 데려다줘요. 반대로
> 제가 뭘 하는지 생각해보면 아무것도 안 하고 있어요.

　노동 시간이 길어지는 만큼 수입이 늘어나는 일을 하고 있
는 영지와 소연이, 일에 충분히 집중하면서도 삶의 질을 일정
이상 유지하기 위해서는 다른 사람의 돌봄이 필수다. 결혼 초
기부터 현재에 이르는 동안 여성의 경제 활동이 활발해지고
남성의 고용 상황이 위태로워지면서 가사 노동의 무게가 자
연스럽게 이동해왔다는 점이 흥미로웠다. 그러나 가부장제
규범은 경제력과 무관하게 여성을 옭아매기도 한다. 부부 두
사람 다 일정한 수입이 없는 예술 노동자이면서, 남편보다 좀
더 많은 경제 활동을 하고 있는 보라의 이야기는 가사 노동에
서의 평등을 추구하는 것조차 여성의 과제라는 면에서 많은
생각을 하게 만들었다.

보라

저는 제가 결혼하면 되게 잘할 거로 생각했어요. 균형적이고 평등한 삶, 책에서 많이 봤으니까. 그런데 결혼해보니 가사 노동을 포함해 모든 게 너무 힘든 거예요. 엄마는 그런 게 '여자의 삶'이라 하고, 남편은 잘 돕는 사람이었지만, 집안일을 어떻게 할지 전혀 모르는 사람이었어요. 여러 과정을 거쳐서 이제 가사 노동은 비슷한 양으로 나눠서 해요. 하지만 그래도 무게 중심은 저한테 더 있는 것 같아요. 저는 집안일을 나눠서 할 때 무의식중에 미안하다거나 고맙다는 말을 많이 하거든요. 남편은 그런 말을 하지 않죠. 제가 언제 뜨악했느냐면, 집에 찬밥이 있고 갓 지은 밥이 있는데, 남편한테만 뜨거운 밥을 퍼주고 저만 찬밥을 먹고 있었던 거예요. 내가 엄마랑 똑같이 하고 있다는 걸 깨닫고는 찬밥을 갖다 놓고 따뜻한 밥을 먹었죠. 웃음 보고 자란 것과 책으로 배운 것 사이에서 막 혼동이 된 거예요. 그 뒤로는 밥이 없으면 그냥 안 해요. 햇반 사다 놓은 걸 먹지.

그나마 여기까지는 전적으로 돌보아야 할 대상이 없는 상황에서, 비교적 동등한 관계인 두 성인이 살아가는 데 필요한 최소한의 노동을, 이런저런 시행착오 끝에 그럭저럭 나누어서 하며 살게 된 이야기다. 그런데 아이와 함께 산다면 어떨까.

어느 날 대국민 온라인 상담소 네이트판에서 무척 흥미로운 글[23]을 읽었다. 자신을 "둘째 안 낳는다고 선언한 워킹맘"이라고 소개한 여성은 "맞벌이는 필수에 아이는 하나 이상 꼭 낳아야겠다는 생각"으로 "출산 휴가 혹은 육아 휴직 몇 개월만 쓰고 어린이집 보내면 된다"고 하는 십중팔구의 미혼 남성들을 위해 체크리스트를 만들었다며 강조했다. "오직 육아, 육아만 만들었습니다." 여기에는 일부만 소개하지만 이 리스트는 37번까지 이어졌고, 그는 말했다.

"자⋯⋯ 맞벌이 원하시는 남자분들 세어보세요. 전부 다 본인이 감당할 수 있으면 아이를 낳아도 괜찮습니다."

물론 그럼에도 출산은 여성이 결정해야 하는 문제지만, 나는 일단 이 리스트를 중고등학교 교과서 '출산과 양육' 파트에 실어야 한다고 생각한다.

□ 두 시간에 한 번씩 깨서 우유 주고 젖병 씻고 유축을 도와주는 행위를 밤새 하고도 출근이 가능한가

□ 최소 3킬로그램~10킬로그램 이상의 발버둥 치고 눈을 찌르고 침을 좔좔 흘려대는 아이를 안고 몇 시간씩 버틸 수 있는가

□ 기저귀, 물티슈, 치약, 칫솔, 여벌 바지 등등 어린이집에서 문자가 오는 족족 챙겨 보낼 수 있는가

□ 저녁마다 아이의 식기류를 세척 및 소독할 수 있는가

☐ 아이의 생일파티에 먹을 음식과 답례품을 준비 및 포장할 수 있는가

☐ 소풍 도시락을 싸고, 선생님의 지시대로 물, 음료, 과자, 과일을 상세히 포장할 수 있는가

☐ 매달 어린이집 비용을 늦지 않게 지불하고 소득공제 영수증을 챙길 수 있는가

☐ 중요 어린이집 및 유치원 입소 추첨을 위해 몇 날 며칠 연차 내고 뛰어다닐 수 있는가

☐ 선생님이 내주는 숙제를 저녁마다 시키고 채점할 수 있는가

☐ 여름 방학은 3주 정도, 겨울 방학은 두 달인데 집에 돌볼 사람이 있는가, 혹은 본인이 두 달 휴직을 낼 수 있는가

'대한민국 양육비 계산기'
돌려봤더니

인터넷에 '2019 대한민국 양육비 계산기'[24]라는 링크가 돌아
다니기에 클릭해보았다. 한 언론사에서 만든, 통계 등 빅데이
터를 바탕으로 '요람에서 대학까지, 각 단계별로 부모 선택에
따라 양육비가 총 얼마 드는지' 계산해주는 사이트였다. 상상
이라도 한 번 해볼까? 시작하자마자 뒷걸음치고 싶어졌다.

태교 여행이니 성장 앨범이니 하는 것을 적당히 생략했는
데도 임신부터 출생까지 들어갈 돈이 10,248,000원, 중간에
0 하나가 잘못 끼어든 거 아닐까? 일단 다음, 출생부터 첫돌
까지, 필요한 육아용품과 옷은 언니에게 다 물려받을 셈 쳐
도 8,508,000원. 그 뒤로는 숫자가 가파르게 치솟았다. 어린
이집에서 유치원까지 79,748,000원, 최고급 코스를 밟은 것

도 아닌데? 초등학교부터 대학까지는 또 한 자리가 더해져 242,688,000원…… 그러니까, 아이 하나를 낳는다면 3억 원은 훌쩍 넘게 쓸 각오를 하라는 얘기였다. 아니, 우리 전 재산을 다 털어도……! 경악하는 순간 가장 무서운 문장이 등장했다.

"물론, 이 명세표에는 집값이 제외됐습니다."

아무한테나 아이 낳기를 종용하는 이들이 흔히 하는 말이 있다. '애들은 자기 먹을 거 다 가지고 태어난다.' 덕담이라고 하는 얘기겠지만, 아이를 먹이고 입히고 키우는 비용은 그냥 하늘에서 떨어지지 않는다. 출산과 육아로 인해 잃는 기회비용, 아이가 있으면 더 절실할 주거 안정성 확보를 위한 목돈, 아이의 건강 상태나 재능에 따라 도대체 얼마가 들어갈지 모르는 교육비까지, 인간, 아니 생명 하나를 키워내는 데는 계속 돈이 든다. 그러니까 혹시 나한테 그런 말을 할 사람이 있다면 일단 3억 4,119만 2,000원 정도 주고 시작하길 바란다. 이것도 평균[25]보다 좀 깎은 액수다. 대한민국 양육비 계산기 사이트에서 모든 소득 구간의 평균에 해당하는 한 가구가 아이 한 명을 낳아 대학을 졸업시킬 때까지 필요한 돈은 약 3억 8,198만 원으로 집계됐다.

나는 인터뷰 참여자들의 비출산 결정에 경제적 요인도 작용했는지 궁금했다. 이들 중 생계에 큰 어려움을 겪을 정도의 상황에 놓여 있는 사람은 없었지만, 상당수는 아이를 낳지 않

는 데 '돈 문제'를 고려한다고 말했다. 정원은 결혼 후 1년쯤
지났을 때 서울에서 충북의 소도시인 B 군으로 이사했다. 그
는 외주 원고를 쓰거나 간간이 독서 수업, 글쓰기 수업 등으로
돈을 번다. 정원의 배우자는 서울에서 IT 기획자로 회사에 다
니다 재택근무를 했고, 직장을 그만둔 뒤에는 한동안 주식 투
자로 생활비를 벌었는데 정원이 나를 만나기 얼마 전 다시 회
사에 들어갔다.

> 💬 **정원**
>
> [배우자의 회사 생활은 어떤가요?] 남편은 직장 생활이 체질은
> 아니었는데, 물론 직장 생활이 체질에 맞는 사람이 있는가
> 싶지만요. 웃음 2~3년 동안 집에서 지냈으니까 지금은 회사
> 다니는 것도 나쁘지 않다고 해요. 입사할 때도 5년 정도만
> 다닐 거라 말해놓고 들어가서 예전만큼 스트레스받는 것 같
> 지는 않아요. 여기는 시골이라 그런지 칼퇴근이거든요. '워
> 라밸'일과 삶의 균형을 뜻하는 신조어이 맞으니까 괜찮은 것 같아요.
> 사실, 벌이가 시원치 않아지면 저랑 남편은 한 달 동안 라면
> 만 먹고 살 수도 있어요. 하지만 아이는 그럴 수 없으니까,
> 둘 중 하나는 지속적으로 돈을 벌어야 한다는 게 저희한테
> 는 너무 큰 문제인 거죠. 한 직장에서 30년 넘게 일하신 저
> 희 아빠 같은 분은 저희를 이해 못 하세요. 그런데 저희는 한
> 곳에서 60세까지 일한다고 생각하면 인생에서 너무 많은 걸

잃는다고 생각해요.

나 역시 30년 이상 한 직장에 다닌 아버지 밑에서 자랐기에, 안정된 수입이 없는 삶에 대한 막연한 공포가 있었고 지금도 그렇다. 하지만 살다 보니 직장을 그만두게 되는 순간이 왔고, 남편도 나와 비슷한 시기에 직장을 그만두면서 우리는 만 3년째 프리랜서로 살고 있다. 그러나 만약 우리에게 아이가 있었다면 적어도 한 명은 어떻게든 월급 받는 일을 찾아 직장에 들어갔을 것이다. 정원을 비롯해 반려동물과 함께 사는 인터뷰 참여자 대부분은 "개 또는 고양이가 아플 때 치료비로 급하게 쓸 현금 300만 원 정도는 항상 통장에 준비해두려 한다"라고 말했다. 하물며 사람을 키운다면 어떻겠나.

> **민하** 남편 월급 받아서 집 대출금 갚고 저희 카드값 내면 저금 하나도 못 하거든요. 그런데 애를 낳으면 돈이 엄청 많이 들잖아요. 카 시트, 유모차 이런 것도 100만 원이 넘는다더라고요. 임신한 친구가 "이거는 얼마다"라고 알려줄 때마다 "나는 못 낳겠다" 그래요. 산후조리원도 몇 백만 원 들더라고요. [아이를 낳게 되면 돈 문제를 어떻게 할지 배우자와 얘기해본 적 있나요?] 아뇨, 그냥 지금 저희 사는 데 드는 돈에 관해 얘기해요. '마이너스 통장 얼마 됐다.' 웃음 지금은 저희 사고 싶

은 거 다 사고 있고 마이너스 액수도 얼마 안 되니까 천천히 갚아야지 하는데, 애가 있다면 마음이 급할 것 같아요.

그런데 확실히, 아이를 낳겠다는 계획이 없으면 사람은 느긋해진다. 지난번 전세 계약 연장을 수월히 넘겼다는 이유만으로 이렇게 대책 없이 살아도 될까 가끔 불안할 정도다. 반년 지나면 또 전세 재계약해야 하는데.

내가 살아 있는 내내 듣게 될 것 같은 문구인 '세계 경제 위기' 속에서 개인의 삶은 예상치 못한 방향으로 요동치기도 한다. 배우자가 무급장기휴직 중인 영지에게 미래에 대한 불안을 느끼지 않느냐고 묻자 그는 "앞으로는 어떨지 모르지만, 지금은 우리 둘만 건사하면 되니 크게 나쁘지 않다"고 말했다.

❝
영지

작년에 남편에게 소개 들어온 일자리가 파주에 있었어요. 만약 남편이 거기에 가면 한 달에 한 번 정도나 만날 수 있겠더라고요. 둘 다 '그건 아닌 것 같다'고 생각했어요. 차라리 제가 일을 좀 더 많이 하고 남편이 가사 노동을 더 하는 게 낫지. [만약 아이가 있었다면 그 자리에 가셨을까요?] 애가 있으면 갔겠죠. 삶을 판단하는 기준 자체가 달라지는 거예요. 저는 그래도 지금 하는 일을 좋아하지만, 남편이 조선소에서 일할 땐 근무 시간도 너무 길고 많이 힘들어했거든요. 하지만 아이가 있으면 힘들어도 직장을 그만둘 수는 없겠죠. 애들도 '선생님, 저희 키우는 데 2억 든대요' '3억 든대요' 그런 말을 막 해요.

영지와 배우자는 수입을 늘리는 대신, 서로 덜 힘든 상태로 함께 지내는 쪽을 선택했다. 벌 수 있을 때 최대한 벌어둬야 미래가 덜 불안한 세상이지만, 나는 그들의 선택을 이해할 수 있었다. 내가 게으른 사람이라 그런지 몰라도, 나는 결혼 후 우리가 같이 사는 과정이 어떤 과제를 계속 공동 수행하는 것이 아니라 그냥 두 사람이 사이좋게 지내며 나이 드는 것이면 좋겠다고 생각하게 되었다. 남편과 내가 서로에게 최대한의 자유를 줄 수 있으면 좋겠고, 거기에는 상대가 '더' 혹은 '많은' 돈을 벌길 기대하지 않는 것도 포함된다. 적어도, 굳이 하고 싶지 않은 일을 돈 때문에 하지는 않아도 된다고 말해주는 파트너이고 싶다. 다만 이것은 내가 물질적 욕망이 없는 사람이라서가 아니라, 매일 매달 매년 새로운 지출을 발생시킬 아이가 없기 때문이라는 것을 안다.

❝
선우
아버지가 형제 많은 집 장남이시고 할아버지가 일찍 돌아가셔서 20대 초반에 가장이 되셨거든요. 아빠의 월급에 엄마가 계속 부업하신 거로 삼촌들 대학까지 다 보내셨어요. 그러다 보니 경제적 여유가 없어서 저도 하고 싶은 걸 포기한 적이 있었어요. 예를 들어, 반에서 휴대폰 없는 애들이 다섯 명 미만이 되어야 저도 폰을 살 수 있다든지, 뭘 배우고 싶어도 선뜻 말을 못 한다든지. 그런데 저도 아이가 뭔가 '하고 싶다' 했을 때 뒷바라지해줄 수 있을지 가늠이 안 되는 거예요. 분명 우리 때보다 훨씬 돈이 많이 들 텐데, 원하는 걸 못 해주면 너무 힘들 것 같아요. 예전에 친구랑 얘기한 적이 있어요. 부부가 둘 다 공기업을 다니거나, 공무원 한 명에 은행원 한 명 정도 되면 아이를 키울 수 있을 것 같다고. 돌봄 서비스나 교육 서비스를 어느 정도 돈으로 해결할 수 있느냐가 중요한 거죠.

자식을 키우는 이에게 '충분한' 돈이라는 게 있을까? 아이의 유치원을 고르는 문제로 골머리를 앓던 후배가 한 말이 떠올랐다. "애한테는 가성비를 따질 수 없어요. 애한테 뭐가 잘 맞는지 모르니까. 내 애지만 어떤 애인지 나도 아직 잘 모르겠고……."

친정 부모님에게 자본금을 빌려 카페 창업을 준비 중인 윤희는 아이를 '절대 낳고 싶지 않다'는 입장은 아니다. 그는 '경제적으로 안정되어 아이를 키울 환경이 된다면 낳고 싶다'고 했고, 좋은 엄마가 될 수 있을 것 같다고도 말했다. 그와 배우자는 짧은 기간 외에는 정규직으로 일한 적이 없고 대개 과외를 비롯한 아르바이트로 생계를 꾸려왔지만, 평생 안정된 직장에 다녔던 윤희의 부모님은 비교적 여유로운 연금 생활자에 속한다. 만약 윤희가 아이를 낳아 창업을 미루느라 부부 둘 다 수입이 없더라도 부모님 도움을 받으면 생계를 걱정하지 않아도 된다. 그러나 윤희는 욕망과 현실을 냉정하게 구분했다.

❝
윤희

그런데 그렇게 할 수는 없잖아요. 두 분에겐 두 분의 생활이 있고, 부모님이 영원히 사시는 것도 아니고, 아이가 10년 있다가 없어지는 존재가 아닌 계속 살아가는 존재니까요. [아이를 갖고 싶다면 '부모님 지원을 받더라도 더 나이 들기 전에 일단 낳자'고 할 수도 있는데, 그렇게 하지 않는 이유는 뭔가요?] 생각이 그렇게 갈 뻔하다 돌아오는 것 같아요. '그냥 낳을까' 하다가도 아이를 낳은 다음을 생각하면요. 제가 지금 카페를 열려고 하는데, 그건 제가 없으면 안 되는 일이고 몇 년씩 임대 계약을 하는 사업이잖아요. 그런데 임신하면 못 하고, 출산 후에도 몇 년 쉬어야겠죠. 그러니까 경제적으로도, 저의 성취라는 측면에서도 저희 둘이 충분히 잘 사는 상태를 전망할 수 있어야 아이를 낳을 수 있는 게 아닌가 싶어요. 하지만 그 정도로 시간이 지나고 나면 제 건강이 받쳐주지 않을 테니까 아무래도 어렵겠죠.

부부가 둘 다 회사원이라 비교적 안정된 수입이 있는 호정 역시 아이로 인한 경제적 부담을 걱정했다. 그의 두려움은 먼 미래로까지 이어졌다.

❝
호정
회사 일이 힘들 때마다 항상 '지금 그만두면 몇 년 먹고살 돈이 있지?' 생각해요. 아이를 낳아 키우면 그만큼 노후 자금이 줄어드는데, 아무리 생각해도 몇 년이 될지도 모르는 노년에 먹고살 돈도 모자란다는 생각이 들거든요. 그리고 또 하나, 아이 인생을 어디까지 어떻게 책임질 수 있을지 부담돼요. 요즘 우리 회사에 입사한 친구들을 보면 다 부잣집 자제들이에요. 해외 대학 출신도 많고 실제로 부유하게 생활해 온 것도 알 수 있죠. 그런 부모의 지원이 없으면 평범한 직장에 취직하는 것도 너무 힘든 세상인데, 저 같은 사람이 아무리 애쓴들 제 아이가 평범한 직장에라도 다닐 수 있을까 걱정되더라고요. 저는 서울에 집을 가진 것도 아니고 경기도에 사는 직장인인데, 아이가 천재가 아니고서야 돈 때문에 고통받지 않고 살아갈 가능성이 적은 것 같아요. '태어나면 너도 힘들고 나도 힘들겠구나' 생각하죠.

자, 그래서 '대한민국 양육비 계산기'의 마지막 질문은 다음과 같다. "당신의 선택은 무엇입니까?"

여태까지 그래왔고 앞으로도 계속······ '아이, 꼭 낳지 않아도 된다'를 선택하자 이런 문구가 떴다.

미혼 남성의 28.9퍼센트, 미혼 여성의 48.0퍼센트도 이렇게 생각하고 있습니다. 2018 한국보건사회연구원 설문 이들은 '아이가 행복하게 살기 힘든 사회여서' '경제적으로 여유롭게 생활하려고' '부부만의 생활을 즐기려고' '자녀가 있으면 자유롭지 못할 것'이라는 이유를 듭니다. 스스로에게 집중하는 삶, 응원합니다!

기혼자들에게도 '선택'의 여지가 있다는 사실을 알아주면 좋겠다고 생각하며, 만약 "그래도 아이는 기쁨, 낳겠다"를 누르면 뭐라고 뜰지 궁금했지만, 사실 아주 많이 궁금하지는 않았다.

비출산과 커리어의 상관관계

브리짓 슐트의 《타임 푸어》는 현대인의 시간 강박과 현명한 시간 활용법에 관한 책이지만 이 책에서 특히 인상적인 관점은 '여성과 시간'의 관계다. 기자이자 두 아이의 엄마인 저자의 일상은 '조각조각 나뉘고, 여기저기 흩어져 있고, 피로가 가득한 생활'이다. 그는 하루 네다섯 시간밖에 못 자고 한 번에 두 가지 이상의 일을 처리하면서도 항상 늦거나 뒤처진다. 아이들이 있기 때문이다. 브리짓 슐트는 여성이 육아와 직업적 성취 중 반드시 하나만을 선택해야 하느냐는 질문과 함께 에피소드 하나를 소개한다. 육아 휴직이나 단축 근무를 얻어내기 위해 싸우는, 또는 집에 머무르며 주 양육자 역할을 맡으려는 남성들과 전화 인터뷰를 진행 중이던 그에게 옆에서 듣고 있던 84세의 아버지가 충고한다.

"브리짓, 네가 이해를 잘 못하는 것 같구나. 남자들의 인생
에는 결단이 필요한 순간이 있단다. '나는 누구인가? 나는
무엇이 되고 싶은가? 의사가 될까? 변호사가 될까? 내 인
생의 목표는 무엇인가?' 같은 것들을 결정해야 해."
"그러면 아빠, 여자들에게는 그런 순간이 없다고 생각하
세요?"[26]

당연히, 여자들의 인생에도 결단이 필요한 순간이 있다. 나
는 무엇이 되고 싶으냐면…… 엄마가 되지 않고도 무엇이 되고
싶다. 그리고 세상에는 엄마가 되지 않아야만 될 수 있는 무엇
도 있다. 인생에서 커리어를 굉장히 중요하게 여기는 승주는
특히 그렇게 생각한다.

승주

일에서 크게 성공하고 싶은데, 애를 키운다면 불가능하다고
생각해요. [어머님은 일하면서 삼남매를 키우셨다면서요.] 엄마
도 선생님이라는 직업이라 가능했던 거지, 저같이 불규칙한
일을 하면 절대 불가능했을 거예요. [직장에 다닐 때 어떤 일을
하셨나요?] 외국 제품을 떼다 한국 고객사에 팔았는데, 그사
이 발생하는 모든 이슈를 다 정리하는 일이었어요. 납기 문

제가 터지거나 품질 불량이 나거나, 새로 개발한 아이템이 있으니까 급하게 미팅을 하자거나…… 어떤 것에든 다 대응해야 해요. 갑자기 전화가 오면 지방까지 운전해서 가거나 바로 해외로 날아가요. 돌아오면 힘드니까 같이 일한 사람들이랑 한잔하고 늦게 들어오죠. 남편도 같은 직종, 똑같은 환경에서 일하니까, 이런 상황에서 애를 키운다는 건 말도 안 된다고 봤죠.

일이 치열하다 못해 살벌하게 돌아가는 순간에조차 성취감에 매혹되었던 승주는 배우자가 해외로 발령받은 뒤 함께 떠나느라 직장을 그만뒀을 때 무척 괴로웠다고 말했다. 현지에서 잠시 재취업을 하기도 했고, 지금은 경영대학원에 다니며 미래를 준비 중인 그의 목표는 '여자가 드문 업계에서 끝까지 올라가 성차별적인 문화를 바꾸고 더 많은 여자 후배들이 일할 수 있게 하는' 것이다. 나는 그가 꼭 성공하면 좋겠다고 생각했고, 왠지 그럴 수 있을 거란 기대가 생겼다.

66
재경

저는 약간 워커홀릭인 구석이 있어요. 내 돈 벌어서 내가 쓰는 게 너무 좋고, 그걸 멈춰서 경력이 단절되는 게 너무 싫어요. 사실, 육아 휴직 제도가 정말 잘되어 있는 회사에 다닌 적도 있어요. 부담 없이 2년 휴직할 수 있고 그사이 기본급도 나오고 성과급도 나오고 복지카드도 줘요. 그런 환경이 갖춰지니까 사람들이 아이 낳는 선택을 더 많이 하긴 하더라고요. 그런데 그 회사에서 퇴직할 때 제출하는 서류가 있거든요. 퇴사 사유에 객관식으로 10여 개 정도 선택지가 있는데 맨 위에 있는 것이 1) 결혼 2) 출산이었어요. 그걸 보면, 이 문서가 얼마나 오래전에 만들어졌고 인식의 업데이트가 멈춰 있는지 확인하게 되는 거죠. 안정성이 좋으니 여성 직원이 많긴 한데 과장 이상 승진은 어렵고 차장급은 드물고, 같은 조건이면 '가족을 부양해야 하는' 남자가 먼저 승진하는 암묵적인 규칙이 있다고 의심하게 되는 조직이었어요. 저는 다니면서 그런 부분을 힘들어했던 거고요. 그래도 제가 퇴사할 때, 아이를 키우며 직장 생활을 오래 하신 상사분이 '그래도 혹시 아이 키울 생각 있으면 돌아오라'라고 말씀하셨어요. 처음 그 얘기 들었을 땐 '이 사람은 나를 잘 모르는구나' 하고 생각했는데, 다시 생각하면 그분이 나에게 해줄 수 있는 가장 다정한 말이었던 것 같아요. 최근에도, 결혼과 동시에 회사를 관두는 것을 고려하거나 업무 시간이 짧은 직장을 선택하는 젊은 여성 직원들을 목도하고 있거든요.

한국에서 '여자가 일하기 좋은 직장'이란 정시 퇴근이 어느 정도 보장되고 출산이나 육아 휴직에 따른 불이익이 적어 유자녀 여성이 일과 육아를 병행하기에 상대적으로 '나은' 직장을 의미한다. 이는 물론 그렇지 않은 조직보다 좋은 조직이고, 그나마 눈에 보이는 성차별이 덜한 조직 문화를 가지고 있을 수도 있다. 그러나 '여자가 아이 키우며 일하기 좋은 직장'이 모든 여성에게 좋은 직장일까? 아이 없는 여성이 '여자'에게 제시된 선 이상의 성취를 원할 때 그곳은 여전히 '좋은 직장'일 수 있을까? 아니, '여자가 일하기 좋은 직장'이란 게 있고 그 기준조차 너무 낮다는 것 자체가 여자는 살기 힘든 사회란 걸 증명하는 것 아닐까?

❝❝
재경
출산과 육아로 2년 쉰다면 수입이 없어진다는 문제도 있지만, 그 시간 동안 일하면서 배우고 성장할 기회를 그것과 맞바꿀 가치가 있는지, 제가 한국 사회로부터 설득당하지 못했어요.

❝❝
호정
이번 주에 바빠서 사흘을 집에 못 갔어요. 두 번은 아침 7시, 한 번은 아침 9시에 들어가 씻고 다시 출근했죠. 이 얘기를 한 건, 결혼은 제 생활의 패턴을 바꾸는 데 별로 영향을 끼치지 않았기 때문이에요. 그런데 아이가 있는 사람이 사흘 동안 집에 못 들어가면 가정이 유지될까 하는 생각이 들어요. [심적 부담도 크고, 그동안 배우자 혼자 아이를 돌보거나 누군가 돌봐줄 사람을 찾아야 하고, 그에 대한 사례나 고마움과 미안함의 표현 등 여러 부가적 고민이 생겨나겠죠.] 우리 팀에 아이 있는 남자 직원이 둘 있는데 배우자들도 직장에 다녀요. 한 분은 부모님이 가까이 사셔서 아이 봐주실 여력이 있는데, 부모님이 멀리 사셔서 봐줄 사람이 없으면 어쩔 수 없이 회사를 그만두는 상황이 생기겠구나 싶더라고요. [그분들도 밤샘을 하시나요?] 아뇨, 밤샘은 제 성격 때문이고 제 선택이니까요. 다들 야근이나 주말 출근은 하는데 애 있는 사람한테 밤을 새게 하는 건 좀 그래요. 사실 저희는 급하게 해외 출장이 잡힐 때도 있고, 기간이 예상보다 길어질 때도 있어요. 제가 결혼하고 나서 혼자 반년 넘게 외국에서 근무한 적도 있는데, 아이가 없으니까 가능했던 거죠. 그런데 갑자기 출장이 잡히면 아이 있는 분들한테는 "갈 수 있겠어?"라고 물어보게 돼요. 만약 제가 남자면 안 그랬을 것 같은데, 여자니까 오히려 그런 문제를 신경 쓰게 되는 것 같아요.

일주일 중 사흘이나 회사에서 밤을 샌 호정은 의외로 승주나 재경처럼 성취 지향적인 성격이 아니다. 호정은 아마도 무척 성실한 직장인이겠지만, 그의 목표는 임원 승진처럼 높은 곳이 아니라 일할 수 있을 때까지 일해서 노후 자금을 확보한다는 지극히 현실적인 지점에 있다.

66
호정

어떤 때는 일이 재미있고 어떤 때는 '내일 그만둘 거야'라고 할 정도로 힘들어요. 그런데 일단 돈을 번다는 것, 그리고 애가 없는데 일도 그만두면 뭘 하지? 일 안 하고 24시간을 채울 방법은 없더라고요. 뭐가 먼저인지 모르겠지만, 애가 없어서 이렇게 사는 것도 있고 이렇게 살기 위해 안 낳은 것도 있어요.

호정의 마지막 말에 나는 살짝 덧붙였다.

"그리고 내가 이 생활이 괜찮다고 생각한다는 거죠."

회사에 다니는 여성들이 출산으로 인한 고용 단절, 업무와 육아 병행의 어려움에 관해 고민한다면 전문직 여성은 어떨까. 아무래도 전문직이니 상황이 좀 낫지 않을까…….

"변호사는 아이를 낳고 나면 경력이 다 날아가고 회복이 안 돼요." 소연이 말했다.

뭐라고요? 기사를 찾아보았다.

여성 변호사 A 씨는 1년간 다니던 법무법인에 임신 사실을 알리자, 대표 변호사로부터 향후 3개월까지만 근무하고 퇴사를 해달라는 이야기를 들었다. A 씨는 퇴사 후 아이를 낳고 재취업을 준비 중이지만, 7개월이 넘도록 취업이 되

지 않았다.[27]

2017년 한국여성변호사회에서 회원을 대상으로 실시한 설문 조사에서는 육아 휴직 사용을 주저하는 이유로 '육아 휴직 사용을 꺼리는 회사 분위기31.6퍼센트' '고용 불안정성22.8퍼센트' '인사상의 불이익19.9퍼센트' 등의 답변이 나왔다.[28]

❝❝
소연

변호사 업무 자체가 소송에 1년, 이런 단위로 진행돼서 3개월 쉬고 다시 진입하는 게 생각보다 애매해요. 전에는 암묵적으로, 변호사가 아이를 낳으면 육아 휴직을 쓰는 대신 로펌을 그만뒀어요. 그게 가능했던 건 돌아오면 받아줬기 때문이죠. 그런데 시장이 어려워지고 공급이 늘어나면서 출산 후 돌아올 곳이 없어진 거예요. 그래서 변호사를 뽑는 지방직 경쟁률이 엄청나게 높아졌죠. 변호사라는 직업을 갖고 아이를 낳을 때의 장점은 돈을 '하나도' 못 벌 걱정은 안 해도 된다는 거예요. 찾아보면 갈 데는 있어요. 연봉이 후려쳐질 뿐이지, 거꾸로 말하면 아이를 낳지 않고 일을 계속했을 때의 기대 소득도 굉장히 높다는 거예요. 그런데 아이 낳고 복귀하면 리셋이 돼버려요. 예를 들어 내가 4년 차 변호사라 해도, 출산하고 돌아오면 신입 연봉을 받아요. 아이 키우느라 지출은 늘어나는데 연봉은 2,000만 원 이상 낮아지는 거죠.

그리고 변호사 업무는 굉장히 불규칙해서 가사도우미, 베이비시터가 거의 풀타임으로 필요해요. 그래서 제 주변에는 그렇게 해보다가 그만두는 분들이 정말 많아요. 제가 졸업한 로스쿨 동기 100명 중 절반이 여성이었는데 판검사들은 분명 계속 일을 하지만 여성 변호사는 열 명 정도 될까? 그것도 경찰 등 행정부에서 공직을 맡은 경우가 대부분이지, 개업하거나 로펌에 있는 변호사는 손에 꼽아요.

직종을 떠나, 경력을 쌓고 유지하려는 여성에게 출산은 현실적으로 불리한 선택이다. 시간과 돈 중 하나는 반드시 포기할 수밖에 없고, 건강을 비롯한 삶의 다양한 영역에 예측 불가능한 변수가 생긴다.

❝
이선
[좋아하는 일을 잘할 수 있을 때까지 열심히 하고 싶다는 목표와 아이를 갖지 않는 것 사이에 상관관계가 있나요?] 있지만, 그게 첫 번째는 아니에요. 첫 번째는 낳고 싶은 생각이 없다는 거고, 두 번째는 일에 확실히 시간적 지장을 줄 것 같다는 거죠. 아무래도 창의적인 일에는 수명이 있으니까, 사람들에게 공감받는 작업이 가능한 건 넉넉잡아 앞으로 10년 정도일 거예요. 할 수 있는 작업의 수가 정해져 있는 거죠. 그런데 남편이 저에게 전적으로 결정을 맡기면서도 아이가 있으면

좋겠다고 해서 "아이를 낳으면 나는 적어도 1~2년 정도는 일을 못할 텐데 만약 너라면 받아들일 수 있겠느냐"고 했더니 그럴 수 없을 것 같다고 하더라고요. 저도 마찬가지니까 그런 말 하지 말라고 했어요. 남편도 일에 대한 욕심이 커서 이해하더라고요.

일러스트레이터인 이선이 담담한 어조로 정론을 이야기하는 동안 나는 신선한 충격을 받았다. 하고 싶은 일이 있고, 그것이 꼭 돈이나 큰 성취를 보장하는 일이 아님에도 온전히 시간을 들이고 싶다는 뜻을 분명히 밝히며 배우자에게 역지사지를 요구했다는 그리고 배우자가 이를 순순히 받아들였다는 점이 인상적이었다. 우리 사회에서는 여성이 아이를 낳음으로써 인생에서 무엇을 잃게 되는지 스스로 말하지 않으면 누구도 알려 하지 않는다. 오히려 '네가 원해서결정해서 낳은 거잖아'라는 말로 상실에 대한 책임을 돌리고, 여성이 아이를 사랑하며 헌신적으로 돌볼수록 '새로운 행복을 얻었으니 감사하라'며 그의 삶에 생겨난 손실을 함께 복구하려 하지 않는다. 이 문제의 공동 책임자여야 할 남성이 책임을 간과하거나 회피하는 경우는 수없이 많다. 그러나 여성의 인생 목표에 아이는 기본값이 아니다. 여성은 무엇이 되든 '무엇보다도 엄마'여야 완성되거나 더 가치가 높아지는 존재가 아니다. 부부 중 여자만 아이를 가질 수 있다는 것은, 그러니까 여자가 아이를 가져야만 한다는 의미가 아니다. 다시 말하자면, 여자들의 인생에야말로 훨씬 무거운 결단이 필요한 순간이 있다. 나는 무엇이 되고 싶은가? 나는 어떻게 살고 싶은가? 내 인생의 우선순위는 무엇인가? 이런 것들 말이다.

나는 늘 작은 조직에서 일했다. 우리 회사가 큰 회사로 인수된 적도 있고, 다시 다른 회사에 팔린 적도 있지만, '우리 팀'이라 할 수 있는 사람의 수는 언제나 열다섯 명을 넘지 않았다. 내가 다닌 매체는 직원 대부분이 여성이었고, 편집장을 제외하면 모두 나보다 젊었으며 재직 중 결혼한 사람은 세 손가락에 꼽을 만큼 적었다. 그 가운데 회사에 다니는 동안 아이를 낳은 여성은 없었다. 그래서 나는 동료의 출산 휴가 백업이나 육아 휴직으로 인한 업무 공백 문제를 고민해본 적이 없다.

이런 문제에 관해 처음 알게 된 것은, 내가 알고 있는 비혼 여성들이 조직 안에서 출산한 여성 동료들을 계속 백업하게 되는 데 대한 스트레스를 토로하면서부터였다. 휴직자의 후

임이나 대체 인력을 구해 업무를 가르쳐야 할 뿐 아니라 그가 적응하는 동안 넘쳐나는 업무를 떠맡는 일이 반복된다는 것이었다. 몇 년 전, 한 병원에서 간호사들에게 '임신 순번제'를 암묵적으로 강요해왔다는 사실이 보도되었던 것처럼, 이런 갈등은 여성이 다수이면서 업무량이 많은 직군에서 발생하기 쉽다. 승주의 첫 직장이 그런 곳이었다.

> **❝**
> **승주**
> 팀원 30명 중 20명 이상이 여자였는데, 몇 달 간격으로 출산이랑 육아 휴직이 돌아오더라고요. 진짜 일이 많은 부서라서, 결혼을 하지 않고 아이 없는 직원들이 매일 자정까지 야근하고 주말 출근하면서 메꿨죠. [조직에서 이 문제를 해결하려면 어떻게 해야 할까요?] 사람을 미리미리 뽑아야 해요. 누군가 휴직을 해서 업무가 붕 뜨는 시점에 새 사람이 오더라도, 원래 있던 사람이 하던 몫만큼 일하게 되려면 시간이 걸리거든요. 처음엔 그 사람이 0.5인분도 하기 힘드니까, 남아 있던 사람들이 죽어나는 거예요. 심지어 사람을 제때 구해주지 않는 회사도 있어요. 그러니까 출산 예정일을 봐서, 그 사람이 10월에 빠지게 되면 9월이나 8월부터 미리 인수인계할 사람이 와서 업무 능력을 끌어올려놔야죠.

여성이 다수가 아니어도 업무 강도가 높거나 업무량이 과도한 환경에서는 한 사람의 공백이 나머지 사람에게 미치는 영향이 너무 크기 때문에 불만이 생길 수밖에 없다. 의사인 유림도 그런 상황을 겪었다.

❝
유림

제가 결혼하지 않았을 때, 후배가 출산 휴가를 쓰게 되면서 그 후배의 일까지 커버해야 하는 게 좀 짜증 났어요. 임신한 후배한테 화가 나는 게 아니라, 나를 이렇게 땜빵시키는 상사한테 짜증이 난 거죠. 우리 직군 익명 게시판에서도, 동기가 임신했다고 막 욕을 써놓은 걸 봤거든요. 회사 다니는 싱글 친구도 여러 번 비슷한 상황을 겪었는데, 자기가 힘들다 보니 출산 휴가 쓰는 사람들을 미워하더라고요. 너무 일이 많고 힘드니까 화는 나겠지만, 조직에서 인력을 보완하면 해결되는 문제인데 그렇게 되기까지는 요원한 것 같아요.

초등교사는 간호사와 더불어 대표적으로 여성이 다수를 차지하는 직업이지만 출산과 육아 관련 제도는 훨씬 합리적인 편이다. 인력 충원이 수월하게 이루어지다 보니 자리를 비워야 하는 사람의 스트레스도 적고, 남아 있는 사람인 도윤 역시 "아이를 낳지 않아서 불이익을 받는다고 느낄 정도는 아니다"라고 말했다.

도윤 학교 업무를 배정할 때, 출산 예정이거나 아이가 여럿 있는 사람에겐 비교적 수월한 일을 맡도록 배려해줘요. 서류 작업이 몰리는 행정 업무나, 물건을 많이 사야 하는 일 같은 건 잘 맡기지 않죠. 그래서 덩어리가 좀 큰 일은 아이가 없거나 상황이 좀 나은 사람에게 가지만, 그런 건 경력이 쌓이면 해야 하는 일이라고 생각해서 억울하지는 않아요. 누가 휴가나 휴직을 써도 다른 사람으로 채워지기 때문에 제가 남의 일까지 떠맡아야 할 정도는 아니거든요.

결국, 조직이 어떻게 운영되느냐에 따라 여성 직원의 출산을 둘러싼 갈등은 증폭될 수도, 해소될 수도 있다. 아이를 낳지 않는 여성들도 출산 휴가, 육아 휴직 제도의 필요성과 타당성에 매우 동의하며 업무 공백으로 인한 갈등을 출산 당사자의 책임으로 돌리고 싶어 하지 않기 때문이다.

호정 직장인은 누구나 회사에 가기 싫잖아요. 그래서 회사를 그만두지 않으면서 안 나갈 수 있는 단 하나의 방법은 육아 휴직밖에 없는데 나는 그 기회를 날리는구나, 싶을 때는 있죠. 웃음 하지만 아이를 낳고 나면 그만큼 시간이 필요하니까 그런 제도가 있는 거잖아요. 게다가 저희 팀에서 아이를 키우는 남직원들도 다 말하길, "애 키울래? 일할래?" 하면 일한다고 하거든요. 육아 휴직이라는 게 전혀 즐겁고 편한 일은 아니라고 생각하기 때문에, 제가 아이를 낳지 않는 선택을 해서 그 제도를 쓰지 못하는 게 억울하지는 않아요.

❝
재경
여성 직원이 많은 곳에서는 업무 공백을 우려하여 "너네, 줄서서 임신해라" 같은 말까지 나온다더라고요. 저는 남자가 많은 직종에서 일해와서 그런 문제를 우려한 적이 거의 없었지만, 동료가 예기치 않게 육아 휴직에 들어간 일이 있었어요. 그 동료분은 임신 및 육아 휴직의 계획을 저에게 제일 먼저 알리고 업무 공백을 줄이는 준비를 미리 다 하셨죠. 그분은 자신이 야근하지 않는 것만큼이나 제가 야근하지 않는 것도 중요하게 생각하면서 일을 처리했기 때문에 저도 손해 본다는 느낌은 들지 않았어요.

브리짓 슐트는 《타임 푸어》에서 전통적인 직장 문화에서 요구하는 노동자상을 '이상적인 노동자'라고 표현했는데, 이를테면 이런 것이다.

'이상적인 노동자'는 아이가 태어나도 출산 휴가를 쓰지 않는다. 탄력 근무제, 시간제 근무, 재택근무 따위의 '가족 친화적' 정책도 필요하지 않다. '이상적인 노동자'는 집안

일과 육아에서 자유롭기 때문에 직장에 완전히 헌신할 수 있다. 그는 아침에 맨 먼저 출근하고 저녁에는 가장 늦게 퇴근한다. 몸이 아프거나 사적으로 여행을 떠나는 일은 거의 없다. '이상적인 노동자'의 자아상은 일에 밀착돼 있다. 그래서 그는 건강이나 가정 생활에 지장이 생겨도 끝없이 일만 한다.[29]

한국의 직장 문화에서 요구하는 노동자상과 흡사하다.

일자리는 부족하다는데 왜 한국의 직장인들은 과로와 야근을 숙명으로 여기며 살까? 최소 인력만으로 조직을 운영하며 한 사람에게 1.2인분의 일을 시키다가, 누군가 빠지면 나머지가 1.5인분 이상의 일을 해야 하는 환경 자체가 문제 아닐까? 이처럼 쉼 없이 인력을 갈아 넣어야 돌아가는 조직에서, 출산과 육아를 병행하는 여성은 절대적으로 불리한 위치에 놓일 수밖에 없다. 물론 출산과 육아를 떠나서도 이미 불리하지만 그리고 출산과 육아를 '여성'만의 문제로 다루는 데서 벗어나 남성을 비롯한 사회 전체가 책임을 분담하고 제도를 개선하지 않는 한, 출산하지 않는 여성이 상대적으로 겪는 조직 내 불이익이나 스트레스도 해소되지 않을 것이다. 즉, 우리가 동료를 미워하지 않을 수 있으려면, '이상적인 노동자' 상부터 사라져야 한다.

무자녀 여성의 구직이
힘든 이유

내가 만난 인터뷰 참여자 대부분은 '딩크' 여성이었지만, 나는 '싱크'Single Income No Kids의 앞 글자를 따서 만든 말로, 의도적으로 아이를 갖지 않는 외벌이 부부를 의미한다 여성 또한 꼭 만나고 싶었다. 한국에서 결혼한 여성이, '애도 안 낳고 일도 안 하는' 채로 살면 어떤 경험을 하게 되는지 궁금했기 때문이다. 내가 인스타그램에 올린 인터뷰 참여자 모집 글을 보고 연락해온 민하는 처음으로, 그리고 유일하게 자신이 '무직'이라고 밝힌 여성이었다. 스물다섯 살인 그는 비출산을 원하고 지금 자녀 계획이 없지만 '확실히 안 가지기로 배우자와 합의된 건 아니어서' 자신이 인터뷰에 참여해도 괜찮은지 내게 재차 물었다. 잠시 고민하던 나는 그래도 그를 만나보고 싶다는 생각이 들었다. 대도시가 아닌 지역에서, 직업이 없고, 아이를 원하지 않는 젊은 기혼 여성이 어떻게 출산 압력을 견디고 있는지 꼭 듣고 싶었다.

인터뷰 참여 여부를 최종적으로 결정하기 전 참고할 수 있도록 보낸 질문지를 통해 그 힌트를 알 수 있었다. 민하는 몇 가지 주제에 간단히 답을 적어 보냈는데, '일과 커리어' 항목에 관한 답변이 눈길을 끌었다.

"결혼하면서 일을 그만두었다. 어쩌면 도피였을지 모른다. 솔직히 일을 그만둔 게 제일 후회가 됐다. 기혼 여성의 취업은 너무 어렵고 힘들기 때문이다. 그래서 뭐라도 해야겠다는 생각에 현재 공인중개사 자격증을 따려고 공부하고 있다."

우리는 그의 자격증 시험이 끝난 뒤 만나기로 했다.

경북의 A 시에서 나고 자란 민하는 같은 지역에서 대학을 졸업하고 회계 사무실에 취업했다가, 너무 많은 야근에 지쳐 중소기업으로 이직해 1년 정도 다닌 뒤 스물셋에 결혼하면서 직장을 그만두었다. 그렇게 일찍 결혼할 생각은 없었지만, 정년퇴직을 앞두고 있던 남자친구의 아버지가 "어차피 할 거면 좀 빨리 하라"며 아들의 결혼을 서둘렀기 때문이었다. 민하에게 '어차피 할 거라도' 언제쯤이 좋았을 것 같은지 묻자 "한 스물일곱 살 정도 생각했어요"라고 말했다.

❝
민하

[결혼하면 바로 회사를 그만둬야 하는 이유가 있었나요?] 그런 건 아니었어요. 회사 다니는 게 너무 힘들었는데, 다닌 지 얼마 안 돼서 결혼한다는 말을 못 하겠더라고요. 제가 막내라 눈치도 보이고, 여기 중소기업은 면접 볼 때 "결혼 언제 할 거냐"고 물어보거든요. 애를 가지면 회사를 나가야 하니까. 그래서, 입사 1년 만에 결혼할 거란 말이 안 나오는 거예요. 그냥 다른 공부할 거라면서 퇴사했고, 회사 사람들은 결혼식에도 안 불렀어요. [회사에 다른 여성 직원은 없었나요?] 사무실이랑 현장 합쳐서 60명 정도 있는 회사였는데 여자 직원은 저 말고 한 명, 그분은 50대였어요. 결혼하고 애 다 키워서 초등학교 보낸 다음 들어왔다고 했어요.

민하의 말대로, 퇴사는 도피였을지 모른다. 나도 그랬지만 사회생활 초반의 선택들은 대개 어리둥절한 상태에서 될 대로 되라는 식으로 이루어진다. 그러나 결혼 후 오래 지나지 않아 재취업을 시도한 민하는 예상치 못한 벽에 부딪혔다. 그는 자기도 모르는 사이 '괜찮은 노동자'의 기준에서 탈락해 '머지 않아 아이를 낳을 여자'로 분류되어 있었다.

❝
민하

결혼하고 나서 너무 시댁에 많이 불려가니까 '아, 이제 야근 하는 직업을 찾아야겠다' 싶더라고요. [야근이 싫어서 그만뒀는데도요?] 네, '야근해야겠다. 주말에도 일해야겠다.' 웃음 그래서 다시 취업을 하려는데, 원래 이력서를 내면 열 군데 중 아홉 군데는 면접 보러 오라고 했거든요? 그런데 이력서에 '기혼'이라는 걸 적기 시작하니까 열 군데 중 한 군데 정도 연락이 와요. [이력서에 꼭 기혼이라고 적어야 하나요?] 적어도 되고 안 적어도 되는데 그냥 적었어요. 기혼인 거 알고도 뽑는 곳이면, 나중에 알고 뭐라 하는 곳보다 나을 것 같아서요. 그런데 면접 오라고 했던 한 군데도 '기혼'이란 걸 못 보고 부른 거예요. "결혼 안 하셨죠?"라고 해서 "기혼이라고 적었는데요?" 했더니 "아······" 그러더라고요. "결혼 언제 하신 거예요?"라고 물어서 "작년에 했어요" 그랬더니 "그러면 애는 언제 가질 생각이에요?"라고 해서 "애 가질 생각 없어요"라고 말씀드렸죠. 면접관들이 "암만 그래도 시댁에서 뭐라고 할 텐데?" 그러더라고요. 너무 취업이 안 되니까 '좀 더 자리 잡고 늦게 결혼할걸' 싶더라고요.

민하가 결혼 전 다니던 회사에 입사할 수 있었던 것은 30대 기혼 여성이던 전임자가 임신 준비를 위해 퇴사했기 때문이었다. 민하는 만약 자신이 회사에 결혼 소식을 알렸다면 계속 일할 수 있었을 거라고 말했다.

"사장님도 애 생긴 거 아니면 그냥 다니라고 하셨을 거예요."

그러나 나는 출산을 계획하는 여성이 휴직을 선택하기보다 '자연스럽게' 퇴사하게 되는 조직, 지역, 사회의 환경 속에서 여성이 무엇을 '선택'할 수 있는지 혼란스러워졌다. 어떤 여성은 아이를 낳기 위해 일을 그만둬야 하고, 아이가 없는 여성은 '아이를 낳을지도 모르기 때문에' 일을 시작하지 못한다. 여기서 민하가 아이를 낳고 싶어 하지 않는다는 사실 역시 '자연스럽게' 삭제된다. 다행히, 민하는 아이가 없어도 취업할 수 없기는 마찬가지인 현실을 깨닫고 자격증을 따는 것으로 목표를 변경했다.

❝ [아이 문제에서 벗어나고 싶어서 시험 준비를 하게 된 건가요?] 맞
민하 아요. '뭐하고 있냐'고 물으면 '공부하고 있다'고 해야 그런 얘기가 덜 나올 것 같아서요. [아무것도 안 하는 사람처럼 보일까 봐서요?] 네, 저희 엄마도 계속 일하고 계신 분이라, 저한테도 애는 늦게 낳고 일을 하라고 하시거든요. 아빠도 '여자도 일을 해야 한다'고 하시고요. 그리고 그냥, 저 스스로도 그런 생각이 들어요. 아무것도 안 하고 가만히 있으면 불안하니까 뭐라도 해야 할 것 같고, 어디서 '나 무슨 일 한다'고 말을 못 하면 당당하지 못한 느낌이었어요. [합격해서 돈을 벌면 남편에게도 좀 더 당당할 수 있을까요?] 맞아요. 지금은 카톡으로 '오빠, 나 카드값……' 하는데 약간 눈치가 보이거든요. 웃음

그러나 민하처럼 자격증을 취득해 개인사업자가 되는 일부 직종을 제외하면 양질의 일자리, 특히 여성이 진입할 수 있는 직종의 일자리가 적은 지역일수록 무자녀 여성의 재취업은 쉽지 않다. 수도권의 한 대안학교에서 특수교사로 일하다 건강 문제로 일을 그만두었던 선우는 결혼과 함께 배우자의 직장이 있는 지역이자 고향인 강릉으로 돌아왔다. 그는 서울에서도 상위권에 속하는 대학을 졸업했지만, 보수적인 동시에 학벌주의가 강한 강릉 지역에서는 '여자가 학력이 높은 게' 취업에 오히려 부담으로 작용했다. 2년 가까이 구직을 위해 노력했던 그는 말했다.

> 면접 때 일어나는 일은 보통 두 가지예요. 출산 계획을 묻거나, 비출산이라고 하면 훈계하거나. "혹시 출산하실 계획 있냐" "없다" "왜 없냐" "아이를 원하지 않는다" "그래도 혹시 출산하게 되면⋯⋯" "아니, 출산할 계획이 없다고요!" 웃음 [훈계는 어떤 식으로 하나요?] "왜 애를 안 낳느냐"고 하죠. [애를 낳을 거라고 하면 안 뽑을 거잖아요?] 그러니까요! 제가 아이를 안 낳고 계속 일하는 게 자기들한테는 좋은 거잖아요. "왜 안 낳느냐"고 해서 "저희 부부는 낳을 마음이 없다"고 했더니 "이런 사람들 때문에 인구가 줄어든다"라고 잔소리를 하더라고요. 차라리 "그래도 혹시 낳는다면?" 같은 질문이

낫겠다 싶을 정도로⋯⋯. 심지어 제가 면접 본 곳은 대부분 공기업 아니면 복지기관, 국가 예산 따서 일하는 곳이었는데 그런 질문을 안 하는 데가 없었어요. 공기업은 특히 그러면 안 되잖아요. 그런데 면접 때 출산에 관한 질문은 제가 받고, 아이가 있는 옆자리 여성분은 "애가 아플 때 어떻게 할 거냐"는 질문을 받았죠. 폰을 못 들고 들어가서 녹음하지 못한 게 천추의 한이었어요.

그런 과정을 수차례 겪은 한편, 기존 경력과 무관한 분야의 국비 지원 취업성공 패키지 교육을 받던 선우가 마침내 취업할 수 있었던 것은 정부가 주 52시간 근로시간제를 도입하며 지역 시민단체들도 인력을 충원하게 되었기 때문이었다. 구직을 준비하던 시기에 서울의 여성단체에서 진행한 여성 폭력 관련 상담원 교육을 받은 적 있는 그는 지금 강릉의 한 여성단체에서 상담활동가로 일한다. 배우자를 비롯해 친밀한 관계의 남성으로부터 폭력 피해를 입은 여성들을 지원하는 것이 그의 주요 업무다. 나는 그에게 일하는 과정에서 무자녀 여성이라는 자신의 정체성에 관해서도 다시 돌아보게 될 때가 있는지 물었다.

❝
선우

가정에서 폭력 상황이 발생하면 분리가 최선의 답일 때가 있어요. 그런데 아이 때문에 갈등하시는 분들을 많이 보게 돼요. 내가 아이가 없고 경제적으로 자립할 수 있는 상황에서 남편과의 분리는 상대적으로 훨씬 쉬운 일인데, 아이가 있는 상황은 너무 어렵겠더라고요. 하다못해 그 사람이 아이 아빠라는 사실은 변함이 없으니까. 그리고 이 지역에, 아이를 가진 여성이 자립해서 돈을 벌며 살 수 있을 만큼의 일자리가 거의 없어요. 요양보호사, 사회복지사 정도가 아니면요. 그런데 그 일을 하더라도 내가 일하는 동안 누군가 아이를 돌봐줘야 하잖아요. 제가 2년 동안 겪었듯 양질의 일자리는 없고, 하다못해 최저 임금만이라도 주는 자리가 많지 않아요. 그게 제가 일하며 느끼는 어려움 중 하나예요.

아이가 없는 여성을 향해 끊임없이 출산을 종용하는 사회에서, 아이를 낳아 기르느라 고용이 단절된 여성은 경제력을 회복할 기회를 얻기가 더욱 힘들다. 도대체 어쩌라는 걸까? 여자는 결혼해서 당연히 아이를 낳아야 하는데, 아이를 아직 낳지 않은 여자는 당연히 낳을 거니까 일을 안 맡길 거고, 아이를 낳으면 일을 그만두는 것도 당연하고, 아이 딸린 여성이 재취업하기 어려운 것도 당연한 거니까, 배우자가 '착한 남편'이기만 바라며 그냥 살라고? 선우는 내게 어떤 '착한 남편'에 관한 이야기를 들려주었다.

선우

비혼인 친구가 해준 얘기인데, 동료가 육아 때문에 결국 회사를 그만두게 되었대요. '땡땡 씨'라고 할게요. 그분이 퇴사하는 날 남편이 회사로 보낸 꽃바구니에 "하하! 이제 땡땡이는 내 거야!"라고, 아기 이름으로 적혀 있었다는 거예요. 저는 듣자마자 욕이 막 튀어나오더라고요. 사실 제 친구는 그걸 보고 '잠깐만 퇴사를 멈춰봐요'라고 얘기하고 싶었대요. 그런데 다른 기혼 여직원들이 "너무 부럽다" "남편 진짜 센스 있고 자상하다"라고 하는 걸 보고 혼란스러워서, 결혼한 저희한테 어떻게 생각하는지 물어본 거였어요. 하지만, 내 의지로 그만두게 되었더라도 퇴사가 얼마나 힘들고 큰 결정인데…… 아기 있는 다른 친구는, 만약 자기가 퇴사를 선택했다 해도 남편이 그런 걸 보냈다면 꽃바구니로 머리를 내려칠 것 같다고 했어요.

선우의 이야기를 들으며, 나는 또 다른 '착한 남편'이 떠올랐다.

"애 좀 크면 잠깐씩 도우미도 부르고, 어린이집도 보내자. 너는 그동안 공부도 하고, 다른 일도 알아보고 그래. 이번 기회에 새로운 일을 시작할 수도 있는 거잖아. 내가 많이 도울게."[30]

조남주 작가의 《82년생 김지영》에서 출산을 앞두고 퇴사하게 된 김지영 씨의 남편, 정대현 씨는 착한 말투로 제법 자상한 듯 말했지만 사실 그가 입을 열 때마다 김지영 씨는 불쑥 화가 났고, 내 입에서도 욕이 막 튀어나왔으며, 많은 여성 독자들이 이를 갈았다. 물론 그런 정대현 씨조차도 한국의 척박한 현실을 기준으로 하면 드물게 좋은 남편감으로 평가되었다는 사실이 가장 슬픈 지점이다.

> "그놈의 돕는다 소리 좀 그만할 수 없어? 살림도 돕겠다,
> 애 키우는 것도 돕겠다, 내가 일하는 것도 돕겠다. 이 집
> 오빠 집 아니야? 오빠 살림 아니야? 애는 오빠 애 아니야?
> 그리고 내가 일하면, 그 돈은 나만 써? 왜 남의 일에 선심
> 쓰는 것처럼 그렇게 말해?"[31]

'착한 남편'보다 5만 배쯤 착해 빠진 김지영 씨는 이 중요한 진실을 말한 뒤 하필 정대현 씨에게 먼저 미안하다고 말해버렸지만, 나는 여성들이 제발 미안해하지 않았으면 좋겠다. 여성이 자기 커리어를 포기하고 육아를 선택하는 것이 깊은 고통이나 상실감 없이, 마음속의 부대낌 없이 그저 기껍고 행복하기만 할 거라 여기는 사람들, 특히 가사 노동과 육아의 공동 책임자인 남편에게 화를 내면 좋겠다. 직장에 다니느라 아이와 함께 보내는 시간이 적다는 사실에 죄책감을 느끼는 부인

에게 '그럼 회사 그만두고 당신이 원하는 대로 애랑 같이 지내면 되겠네, 난 괜찮으니까 당신이 선택해' 따위의 말을 관대한 양 내뱉는 입을 꽃바구니로 딱 한 대만…… 어휴.

지방에서 무자녀로 산다는 것

서울은 한국에서 아이를 낳지 않고 살기에 그나마 가장 나은 곳이다. 통계청에 따르면 2018년 기준 여성의 평균 초혼 연령이 31.3세, 첫 아이를 출산하는 나이는 평균 32.81세로 전국에서 가장 높고 합계 출생률한 여성이 15~49세 사이의 가임 기간 동안 낳을 것으로 기대되는 평균 출생아 수은 전국 평균 0.98명을 기준으로 가장 낮다 0.76명. 결혼을 늦게 하고, 아이를 늦게 낳거나 아이를 낳지 않는 사람들이 가장 많다는 얘기다. 통계를 잠시 뒤로하고 본다면, 내 주위에는 의도적인 무자녀 여성이 네댓 명 있고, 프리랜서인 데다 옆집 사람 얼굴도 잘 모르는 나에겐 무자녀 문제에 관한 간섭이 거의 없다. 누군가는 그리워할지 모르는 '이웃 간의 정'이 사라지고 익명성이 보장되는 대도시에서, 조직에 속해 있지 않고 친인척과 적절한 거리를 유지할 수 있으며, 새로운 사적 친교를 쌓지 않은 채 사는 덕분이다.

　오랜만에 한국에 돌아와 부모님 댁에 머물고 있다는 수완을 인터뷰하기 위해 청주에 갔을 때, 나는 '온실' 같던 서울에서 벗어났다는 사실을 금세 깨달았다. 시외버스 터미널에서 택시를 타고 약속 장소의 주소를 말하자 기사는 즉시 호구 조사를 시작했다. 평일 낮에, 외지에서 온 여자가 왜 혼자 좋은 카페에 가는지 호기심이 발동했던 모양이다. 어디서 왔는지, 누구를 만나는지, 그 친구는 청주 사람인지, 얼마 만에 만나는지……. 서울의 택시 기사들도 여성 승객에게 무례한 질문을 던지거나 훈계를 늘어놓는 경우가 많지만, 내가 30대 중반에 접어든 이후 그런 일은 거의 없어졌고 즉 젊은 여자한테 유독 말을 더 붙인다는 얘기다 이렇게까지 시시콜콜 캐묻는 경우는 드물어서 점점 짜증이 치밀던 차에 기사가 "손님처럼 이렇게 돌아다니려면 뭐가 있어야 되는지 아세요?"라고 물었다. 순간 인내심의 한계에 도달한 나는 그가 기대했을 "뭔데요?"라는 물음 대신 불쑥 내뱉었다. "애가 없어야죠." 차 안 공기는 갑자기 썰렁해졌고 기사는 어색하게 다시 입을 열었다. "아, 그러면 결혼은 하셨고?" "네" "그런데 그렇게 합의를……" "했죠" "하하, 각자 사는 모양이 다른 거긴 하지만……" 더 이상 대답하지 않자 그는 너무너무 묻고 싶은 게 많다는 투로 덧붙였다. "그러면, 더 묻지 않겠습니다……." 몇 분 뒤 카페에 도착하기까지 나는 불쾌감과 자책을 동시에 느끼며 콘솔 박스에 붙은, 기사의 손주로 추정되는 아기 사진만 노려보았다. 아, 이런 것일까.

이 책을 준비하며 내가 가장 궁금했던 것은, 서울 및 수도권이 아닌 지역, 그중에서도 지방 소도시에 사는 무자녀 여성들의 삶이었다. 그래서 나는 선우를 만나러 강릉으로 갔다.

> **❝❝** 택시를 타면 아저씨들이 흔하게 '결혼은 했냐'부터 시작해
> 선우 서 '남편이 얼마나 고생하는지 아느냐'로 넘어가요. '저보다
> 저희 신랑을 잘 아시나 봐요, 고생하는지 제가 제일 잘 아는
> 데……' 그러죠.

강원도에서 나고 자라 대학에 입학하며 서울로 떠났던 그는 10여 년 만에 고향에 돌아와 한동안 일상이 힘들었다고 말했다.

> **❝❝** 아이 얘기가 일종의 통성명 같은 거라고 보면 돼요. 이름 물
> 선우 어보고, "결혼은 했고 아이는 있니?"라는 질문이 차례대로
> 따라오는 거예요. 모든 관계에서요. 예를 들어, 제가 우리

지역 전통문화를 배우러 다니거든요. 어르신이 대부분인 곳이라. 제가 갔더니 젊은이가 온 게 너무 기쁘셨던 거예요. "어떻게 왔냐" "일은 안 하냐" 하셔서 좀 쉬려고 한다 했더니 "이제 아기 가져야겠네" 그러시는 거예요. 문득 제가 아이 안 갖고 싶다고 하면 안 될 분위기 같아서 그냥 "신랑이 갖고 싶지 않대요" 했더니 너무 크게 놀라고 마치 제 결혼의 위기처럼 받아들이시면서 "애가 없으면 안 된다"고……. 사실 처음에는 솔직하게 얘기했는데, 이제 좀 숨겨야겠다고 느낀 계기가, 저한테 이를테면 '스텔싱'성관계 도중 상대방 모르게 콘돔 등 피임기구를 제거하거나 훼손하는 행위을 하라고 하시는 거예요. "남편을 속여서라도 가져야 한다"고. 그래서 그 뒤로는 그냥 "왜 아직도 애가 없어?" 하시면 "그러게요" 하고 넘겨요.

나 역시 조금 충격받았지만, 선우에게 '스텔싱'을 귀띔한 사람들이 대개 나이 든 여성들이었다는 사실을 듣자 그들이 그렇게 말한 까닭을 짐작할 수 있었다. 1960년대까지 한국 여성운동의 주요 과제 중 하나는 '축첩제 폐지'였다. 오랫동안 '두 집 살림'을 해온 남성은 주말 드라마에만 있는 게 아니라 어느 집 가족사에서나 상당히 흔한 존재다. 아이를, 특히 아들을 낳지 못하는 여성은 최근까지, 실은 지금도 가부장제 안에서 매우 취약한 위치에 놓여 있으며 이를 핑계 삼아 외도를 '정당

화'했던 남성들은 또 얼마나 많은가. 여성의 교육 기회가 적고, 여성이 독립된 경제력을 갖기 어려웠던 농촌 지역에서 어떤 일들이 벌어졌는지 그 여성들은 직접 봐왔을 것이다. 결국, 그들은 자신이 겪어온 세상의 질서를 기준으로, '세상에 믿을 건 자식뿐이고, 아이를 낳아야 본처 자리를 지킬 수 있으니 이 착한 새댁이 장차 소박맞지 않으려면 무슨 수를 써서라도 아이를 가져야 한다'는 결론을 내렸던 것이다.

66
선우

시부모님이 지금 집에서만 30년 가까이 사셨어요. 신랑이 초등학교 들어갈 때쯤부터. 그러니까 주변이 다 이웃사촌이고, 저희 부부가 가면 동물원 원숭이처럼 이웃분들이 우르르 보러 오시는 거예요. 그런 건 제가 감당할 수 있는데, 하루는 이런 일이 있었어요. 술을 좋아하는 맞은편 집 아저씨께서…… [항상 그런 분들이 문제죠.] "아유, 임신했나 보자!" 하면서 제 배를……. 웃음 그때 제가 표정 관리를 못 하고 완전히 정색했어요. 표정이 썩은 거죠. 시부모님이랑 그분 부인도 너무 당황해서, 남편을 구타에 가깝게 때려가면서 끌고 나가셨어요. 집에 가는 내내 퍽퍽 소리가 나더라고요. 전에 어떤 이웃사촌이 "애가 안 생기면 좋은 한의원 소개해주겠다"는 얘기도 하셨다던데 그 일 이후로는 출산 얘기를 잘 안 하세요. 어른들이 생각하는 무례함의 도를 넘는 일이 생기니까 안 건드리시더라고요. 저는 그런 일이, 여기였기 때문에 일어났다고 생각해요. 지방에서 비출산으로 사는 거 정말 쉽지 않다는 생각을 했어요.

이웃사촌이라니, 누군가에겐 가족 같을지 몰라도 누군가에겐 상상조차 불가능한 관계다. 타인과 적당한 거리를 유지하며 살기를 원하는 사람에게, 그 거리가 지나치게 가깝거나 거의 없다시피 한 지역에서의 생활은 수시로 사적 영역을 침범당하는 것과 같다. 역시 지방에서 고등학교를 졸업하고 대학에 입학한 뒤로 서울에 쭉 살고 있는 재경은 무자녀에 대한 시각도 도농 차이가 크다며 "어느 지역이든 '결혼하면 그래도 애를 낳아야지'라는 정서이긴 하지만, 그나마 서울 쪽이 좀 더 '안 낳을 수도 있지'라고 생각하는 편인 것 같다"고 덧붙였다.

66
선우

그런데, 애를 낳아도 안 끝나요. 여기가 시골이라 그런지 다들 오지랖이 넓으세요. 조카가 여덟 살 때 저희 신랑이랑 언니랑 조카랑 밥을 먹으러 갔는데 식당 주인이 "애가 하나예요?" 그래서 "네" 그랬더니 "하나 더 낳지? 엄마도 젊은데?"라고 했대요. 영고영원히 끝나지 않는 고통예요. 애 낳으라는 얘기가 언제 끝나는지 모르겠으니까 개쌍 마이웨이로 살아야 해요. 웃음 선우를 만나고 두 달 뒤, 나는 영지를 만나러 처음으로 통영에 방문했다. 부산에서 나고 자란 영지는 남편이 통영의 조선소에 취직한 뒤 결혼하며 생활의 근거지를 옮겼다. '가까운' 경남권 아닐까 생각하는 나 같은 멍청이가 또 있을까 해서 시외버스 시간표를 찾아보았다. 편도 두 시간 반 거리였다. 무엇보다 도시의 규모가 엄청나게 달라서, 부산의 인구는 약 341만 명, 통영은 13만여 명이다2020년 4월 기준. 결혼 전 입시학원 강사로 일했던 영지는 통영으로 이주하고 나서야 부산과 같은 '학원가'가 형성되어 있지 않은 것을 알게 되었다고 했다. 지역 언론사나 시민단체 등 새로운 직장을 알아보다가 6개월 정도 생협에서 일하기도 했던 영지는 지금 글쓰기 교습소와 서점을 운영하고 있다.

❝
영지

결혼해서 처음 살던 곳은 조선소 바로 앞에 있는 아파트였는데, 거기 사는 여자들은 다 아이를 키우는 30~40대였어요. 다른 지역에 살다가 결혼해서 통영이나 거제로 오는 여성들은 거의 남편이 조선소에서 일하거든요. 조선소 다니는 남편, 전업주부인 부인 조합이 되게 많죠. 그 당시 통영은 세 자녀인 집이 흔할 정도였고, 종종 아이가 다섯인 분들도 있었어요. 그런 분위기 속에선 아이를 가질 계획조차 없는 나는 좀 이상한 사람인 거예요.

지역 경제의 중심이 하나의 산업, 때로는 한 기업에 있다는 것은 외지인에겐 선뜻 와닿지 않는 감각이다. 다만 나는 영지의 이야기를 들으며 2004년 출간된 《현대 가족 이야기》를 떠올렸다. 저자인 조주은 씨는 현대자동차 생산직 노동자와 결혼해 5년간 울산에 살았던 자신의 경험과 노동자 부인인 여성들의 인터뷰를 바탕으로 이 책을 썼다.

　　……생산직 노동자 가족에서 두 자녀 출산 비율이 더 높은 것은 노동자들의 집단주의와도 관련이 있다. '현대자동차' 사 노동자 가족들은 대부분 집단적으로 밀집해 거주하고 있으며, 그에 따라 동질화된 가족 문화를 형성하고 있다. 남편이 모두 같은 직장을 다니고 비슷한 수준의 봉급을 받는 집단거주지의 동질화된 문화에 여성들은 최대한 적응하며 어울려 살아가려 한다. 그래서 이웃 여성들의 삶에서 크게 벗어나지 않으려 하기에 소비나 일상생활의 패턴만이 아니라 출산과 양육에서의 태도도 비슷하게 하려한다. 집단거주지 문화 속에서 '두 자녀 갖기'가 어느 정도 보편화되어 있으면, 새로 그 집단에 들어오는 여성들 역시 자녀 출산과 양육이 본인에게 가져다줄 만족을 생각하며 자연스레 '두 자녀 갖기'를 선호하게 된다.[32]

지역이 다르고 시차가 있지만, '아이를 가질 계획조차 없는' 영지가 '나는 좀 이상한 사람'이라 느낀 것 역시 이처럼 동질화된 가족 문화의 틀에서 벗어난 여성으로서의 소외감이나 불안 때문이었을 것이다. 당장 자신에게 직업이 없고, 배우자는 비교적 안정된 직장에 다니고, 양가 부모가 아이를 강력히 원하며, 주변 여성 모두가 아이를 낳아 키우는 상황이라면 여성은 출산을 '하지 않을' 이유를 찾기 어렵다. 나는 영지가 '그럼에도 불구하고' 왜 출산하지 않았는지, 그리고 그가 어떻게 자신의 삶을 지켰는지 궁금했다.

> **영지**
>
> 결혼 초반 시댁과도 너무 부대끼고 남편과의 관계도 좋지 않았어요. 누가 막 나를 괴롭힌 건 아닌데, 이상하게 힘들더라고요. 가족이 늘어나고 나의 관계들이 확장되는 게 기뻐야 하는데, 남들은 다 기쁜 일이라고 하는데. [아니, 무슨 말도 안 되는 소리죠. 거짓말!] 저는 되게 부담스럽고 좋지 않았어요. 그 상황에서 내가 아이를 낳으면, 그 순간 양가 가족 관계의 연결망이 나를 중심으로 착 퍼지겠더라고요. 게다가 그때 남편 친척들은 계속 저한테 시어머니를 모시고 살라고 했어요. 아버님이 일찍 돌아가셨거든요. "어머님 혼자 외롭게 오래 사시지 않았냐, 넌 어차피 집에 있고……." 내 나이가 서른인데, 몇 번 본 적도 없는 친척이 불러서 "피임하냐, 그런 거

하면 안 된다"고 하는 거예요. 그런데 내가 아이를 낳으면 이런 관계가 더 공고해지면 공고해졌지, 덜해지진 않겠더라 고요. 그러면서 '가족이란 무엇인가'에 대한 생각을 많이 했어요. 지금은 안 그러시지만, 3년 정도 그런 기간이 있었죠. 그래서 그동안 저와 가깝고 저를 인정해주는 사람들을 계속 만나며 내가 아이를 낳아 키우면 어떨 것 같은지 계속 물었어요. 열이면 열, 너는 지금처럼 사는 게 어울리고 아이를 낳으면 굉장히 불행해질 스타일이라 하더라고요. 오랫동안 생각한 결과, 결론은 이거였어요. 나를 별로 알지 못하는 사람들은 애를 낳으라 하는데, 나를 잘 아는 사람들은 낳지 말라고 한다는 거.

여성은 결혼하면서 피 한 방울 섞이지 않은 타인들과 '가족'이라는 이름으로 묶인다. 이는 남성도 마찬가지지만, 며느리와 사위가 지는 무게는 차원이 다르다는 얘기를 새삼 길게 할 필요는 없을 것이다. 가부장제 안에서 아이를 낳은 여성은 개인 이전에 '누구 엄마'로 존재하는데, 돌봄 노동에 대한 도움과 사적 영역에 대한 침범은 종종 동시에 일어나며 분리가 거의 불가능하다. 아이를 낳고 싶지 않은 101가지 이유가 있다면 그중 하나로 '가족'과의 적정 거리 유지를 꼽는 나는 영지가 했던 고민에 몹시 공감했다. 그리고 치열한 탐색의 기간을

거친 그가 통영이란 지역에서 자신의 세계를 새롭게 만들어
온 과정이 놀라웠다.

> 🎵 **영지** 아이를 안 낳겠다고 하면 불쾌하게 여기는 사람들이 있어요.
> 그런 사람들 말고, 내가 이런 얘길 해도 되는 공간을 만들고
> 싶다는 생각에 몇 년 전부터 독서 모임을 했어요. 저와 비슷
> 한 성향이거나 외지에서 온 분들이 주로 모이기 때문에 이제
> 제 주위에는 공격적으로 말하는 사람들이 별로 없어요. 하지
> 만 학부모나, 특히 아이들은 반응이 솔직하거든요. "결혼한
> 지 10년이 다 됐는데 어떻게 아이가 없느냐"고, 초중고생이
> 다 물어봐요. 3년째 계속 물어보는 아이도 있어요. 자기들에
> 게는 너무 이상한 일이고 한 번도 본 적 없는 가정의 형태인
> 거죠. 그리고 통영에서나 거제에서나, 엄마가 직장에 안 다
> 니고 가사 노동을 하면 애들이 "우리 엄마는 집에서 노는데
> 요"라고 말해요. 제가 가사 노동 분담이나 성평등에 관한 책
> 을 읽혀도 이해를 잘 못해요. 실생활에서 본 적이 없으니까.
> 그래서 나는 더 확고하게, 남편이 가사 노동을 하고 내가 돈
> 을 버는 삶의 형태에 대해 아이들에게 얘기해줘요. 그게 이
> 상한 모습이 아니라는 의미로.

나는 영지의 독서 모임이 단지 무자녀 문제에 관해서만 이

해받을 수 있는 곳이 아니라 집단주의적 지역 문화에서 벗어나, 보다 '개인'으로 살아가고자 하는 이들이 모이는 커뮤니티임을 짐작할 수 있었다. '가족'과 거리 두기를 원하되 타인과 새로운 공동체를 일구어나가는 그의 에너지가 부러웠다. 그리고 자신을 이질적으로 여기는 아이들을 향해 삶의 '다른' 형태를 보여주고 상상할 수 있게 하려는 그의 노력이 멋지다고 생각했다.

이처럼 나와 다른 사람들을 차단하지 않고 자신이 선 자리에서 주변을 바꾸어가는 사람의 에너지는 선우를 만났을 때도 느낀 것이었다.

> **선우**
>
> 가까운 사람들이 아이 얘기를 하는 건 어느 정도 들어 넘길 수 있게 됐어요. 걱정하시는 지점을 알거든요. 하지만 제3자가 그러는 건 못 견디게 돼서, 이제 팍 쳐내버리죠. "에헤이~ 누가 요즘 그런 소리를 해요. 어? 꼰대되려고 그러신다. 그런 말씀 하시면 안 돼요. 며느리가 도망간다!" 웃음 전통문화 배우는 곳에서도, 이제 제 연차가 좀 쌓이니까 좀 불평등한 발언이 나오면 "어휴, 큰일 날 소리 하신다~" 하는 스킬이 점점 늘고 있죠.

말이 잘 통하지 않을 것 같은 사람들 앞에서는 대개 입을 다 물어버리는 나와 달리, 사람들과 자연스럽게 마음을 터놓는 성격의 선우라면 어떻게 분위기를 바꾸어나가고 있을지 눈에 선했다. 사실, 고향에 돌아와 온갖 무례와 오지랖을 경험하며 선우는 다시 강릉을 떠나고 싶었다고 말했다. 그러나 그가 '여기에 살아야겠다'라고 결심한 계기는 서울을 오가며 들은 여성주의 교육이었다. 이제 여성단체 활동가가 된 그는 페미니스트로서, 그리고 강릉을 잘 알고 사랑하는 청년으로서 지역이 달라지는 것을 보고 싶다고 했다.

66
선우

이 지역에 애증을 가지고 있는 게, 저는 강릉의 경관을 정말 좋아해요. 정말 아름다운 곳이고, 제반 환경은 나쁘지 않거든요. 그런데 지역 문화가 이대로라면 젊은 사람들은 정말 유입이 안 될 것 같아서 걱정이에요. 지역 사회에서 청년들에 대한 이해도가 낮고 이해를 하지 않으니까 당연히 정책이 없죠. 하지만 어떤 때는 조금씩 달라지고 있다는 생각이 들기도 하고, 그렇게 바꾸는 걸 내가 하고 싶다는 생각도 해요.

선우는 하나의 예로, 강원도에서 2017년부터 실시해온 신혼부부 주거 비용 지원 사업에 관해 들려주었다. 전세 대출 이자와 월세 등의 명목으로 소득에 따라 월 5만~12만 원을 3년 동안 지원받을 수 있는 이 제도에는 이상한 조건이 있다. 남성의 나이는 상관없지만, 여성의 나이가 만 44세 이하여야 한다는 것이다. 인구가 계속 줄어드는 강원도 지역의 저출산 문제를 해결하기 위해 내놓은 고육지책인 탓이겠지만, 여성을 인구 재생산의 도구로만 여기는 시각을 그대로 보여주는 정책이 과연 이 지역을 '살고 싶은 곳' '아이를 낳아 키우고 싶은 곳'으로 만들 수 있을지 의문이 들었다. 3년째 이어진 여성단체의 지적과 제도 개선 요구에도 달라진 것은 아직 없다. 신혼부부로 주거 비용을 지원받고 있는 선우 역시 "저는 그 혜택을 톡톡히 보면서 애를 낳지 않겠다고 하고 있죠"라며 웃었다. 그러나 나는 그가 받은 '혜택' 이상의 것을 지역 사회에 이미 돌려주고 있다고 생각했다.

육아 예능으로
육아 배우지 맙시다

온라인 커뮤니티에서, KBS의 예능 프로그램 〈슈퍼맨이 돌아왔다〉이하 〈슈돌〉의 한 에피소드를 캡처한 게시물에 "'○○는 천사야?'라는 말이 절로 나오는 오늘 자 출산 바이럴"이라는 제목이 달린 것을 보았다. 연예인이나 유명 스포츠 선수 등 '아빠'들이 아이를 돌보고 놀아주는 모습을 관찰하는 콘셉트의 〈슈돌〉은 2013년부터 2020년 현재까지 꾸준히 인기를 끌고 있는 예능 프로그램이다. 내가 본 장면은 심부름으로 혼자 빵을 사러 간 일곱 살 어린이가 빵집에 있는 '사랑의 모금함'을 보고 자신이 가지고 있던 군고구마를 줘도 되느냐고 묻는 내용이었다. 그야말로 어린아이만이 할 수 있을 순수한 발상과 따뜻한 마음에 미소 지으면서도 마음이 찜찜했다. '출산 바이럴'이라는 표현은 어느 정도 농담이겠지만, 예쁘고 착하고 민폐 끼치지 않는 'TV 속' 아동을 향한 열광이 지속되는 동안 현실의 아동에 대한 혐오가 심해지는 것을 어떻게 봐야 할까.

　어린이는 천사가 아니다. 어른의 말을 꽤 잘 듣는 아이라 해도 그렇다. 이제 어린이가 아니게 된 사람들이 자기의 어린 시절만 돌이켜봐도 알 수 있을 텐데, 다들 과거는 빨리 잊는 모양이다. 하지만 가까이서 어린이를 보면 다시 깨닫게 된다. 어리다고 해서 욕망이 없는 것이 아니고, 오히려 어리기 때문에 욕망을 조절하거나 표현하는 데 서투르다는 사실을 말이다. 어린이가 어른을 불편하게 만드는 것은 어쩌면 당연한 일이다. 네다섯 살 때의 나는 엄마 손 잡고 할머니 집에 가는 버스 안에서 다리가 아프다고 칭얼대거나 멀미로 토하는 아이였다. 내가 특별히 속 썩이는 아이라서 그랬던 건 아니다. 나는 종종 놀라울 만큼 예쁜 말과 행동으로 어른들을 감동시켰지만, 또 한편으로는 미운 짓을 하고 욕심내고 심술부리는 아이였다. 솔직히, 마흔 살이 된 내 앞에 일곱 살 때의 나를 데려다놓는다면 얄미워하지 않을 자신이 없다. 하지만 육아 예능 속의 어린이는 어른이 호감을 잃지 않을 정도로만 사랑스럽게 편집된 존재다. '출산 바이럴'이라는 말이 100퍼센트 농담으로만 받아들여지길 바라는 이유다.

"그런 거 보고 아이를 가져야겠다고 생각하는 사람이 정말 있나요?"

결혼 전 〈슈돌〉에 나오는 '삼둥이네' 이야기를 무척 재미있게 봤다는 유림이 놀라워하며 물었다.

유림 저는 그 당시 가까이서 아이를 접하거나 육아 과정을 볼 일이 없어서 판타지처럼 봤어요. '만세'가 귀엽고, 애들이 TV에서만 나오니까 제가 챙겨줘야 하는 것도 아니라서요. 그런데 한편으론 그걸 보고 있으면 약간 소외감이랄까, 나도 저런 세계로 들어가야 할 것 같다는 느낌을 받았던 것 같아요.

결혼 후 시조카들을 통해 현실 육아의 세계를 확인한 유림은 이제 TV 예능으로 보는 육아와 실제 사이에 얼마나 큰 차이가 있는지 잘 안다.

그리고 오랜만에 한국에 돌아와 부모님 댁에서 지내던 수완은 〈슈돌〉을 보고 있던 어머니에게 아이를 낳지 않겠다고 했다가 한바탕 난리를 겪었다.

수완 저는 가볍게 말을 꺼냈는데, 엄마가 "애를 안 낳긴 왜 안 낳아?"라고 정색하는 바람에 얘기가 길어져서 TV를 끄고, 엄마는 울고……. 저는 건강, 인간으로서 나의 성숙도, 환경 문제, 경제적 부담 등 현실적인 이유가 있는데 엄마는 밑도 끝도 없이 "네가 이기적이다. 낳아봐라, 얼마나 예쁜지" 하시는 거예요. 하지만 낳아서 예쁜 건 결과지 아이를 낳을 이유가 될 수는 없잖아요. 그래서 반박했더니 "남들은 다 손주 갖는데 나는 손주가 없다"고 하시는 거예요. 엄마가 이렇게 말도 안 되게 유치한 고집을 부린다는 데 너무 충격받았어요. 그런데 사실, 아기를 낳지 않겠다고 결심하고 나서 안타까운 부분이 그거예요. 부모님이 생전 알지도 못하는 〈슈돌〉 아이들을 보면서 너무 좋아하시고 "어구어구, 넘어진다! 아이구!" 그러시는 걸 보면, 내 애를 낳아 데려왔으면 난리가 났겠다 싶은 거죠. 더구나 한국 사람들이 좋아하는 '혼혈 아기'잖아요. 웃음

수완이 '혼혈 아기'에 대해 언급한 이유는 지금의 남편과 연애를 시작했을 때로 거슬러 올라간다.

"남자친구가 외국인이니까, 주위에서 계속 '너네는 애 낳으면 예쁘겠다'는 거예요. 이유 모를 거부감이 들더라고요. 있지도 않은 아기에 대해 외모 얘기부터 하고 예쁨을 따진다는 게."

물론 이런 '덕담'조차 상대가 백인이 아니면 들을 수 없다. 2020년 6월 현재 인스타그램에 '혼혈아기'를 치면 뜨는 게시물은 19만, 연관 태그는 '혼혈아기모델'이며 당연하게도 대부

분의 게시물 속 아기들은 흰 피부에 구슬처럼 동그란 눈을 가지고 있다. 〈슈돌〉에서도 지난 3년간 가장 인기를 끈 출연자는 한국인 여성과 결혼한 호주 출신 방송인 샘 해밍턴의 두 아들, 그리고 스위스인 여성과 결혼한 축구선수 박주호의 딸과 아들이다. 아이의 모든 순간이 '귀여워~'라는 반응을 이끌어내기 위해 존재하는 듯한 육아 예능에서는 아이의 흰 피부와 '서구적'인 이목구비를 향해 집착적으로 "예쁘다"며 찬사를 보낸다. 이런 게 공영 방송이, 아니 일단 어른이 할 짓인가 생각하면 아닌 것 같은데 아무튼 이번 주에도 〈슈돌〉은 동시간대 시청률 1위를 기록했으니 나는 좀 할 말이 없다.

사실 '예쁜 아이'의 이미지는 TV에서만 팔리는 것이 아니다. 2019년 7월에는 여섯 살 난 쌍둥이 딸에게 10킬로그램짜리 대왕문어를 통으로 주고 '먹방'을 찍어 구독자 65만 명이 넘는 유튜브 채널에 올린 아버지[33]가 있었다. 그는 아동 학대라는 비판이 일자 영상을 삭제하고 사과문을 올렸는데, 내가 더 놀란 것은 이 아이들을 너무 예뻐하는 '팬'이라고 밝힌 다수의 성인이 그의 편을 들며 "영상의 문제점을 지적한 불편러들이 문제"라고 분개하는 광경을 보고서였다. 특정한 아이의 귀여움을 모니터를 통해 소비하는 어른이 그 아이, 혹은 세상의 아이들에게 정말 좋은 어른일 수 있을까?

불특정 다수에게 아동의 일상과 신원을 노출하는 것은 위험한 일이다. 악성 댓글은 물론, 오프라인에서 발생할 수 있는 범죄를 비롯한 여러 문제에 관해 아이들은 인지조차 하지 못한다. 아동의 초상권 역시 점점 첨예한 쟁점으로 떠오르고 있다. 2015년, 미국 드라마 〈굿 와이프〉에서는 자신의 어릴 적 모습을 찍은 사진 시리즈로 명성을 얻은 어머니와, 그 사진을 소유하고 전시 중인 미술관을 상대로 소송을 벌인 남자의 에피소드가 방영된 적이 있다. 그는 자신의 동의 없이 찍힌 나체 사진들이 널리 알려지며 아동 성범죄자들의 타깃이 되어 고통스러운 성장기를 보냈고 사생활을 침해당해왔으니 사진을 내려달라고 주장한다. 2019년 기사[34]에 따르면, 프랑스에서는 동의 없이 타인의 사진을 배포하거나 SNS에 올리는 경우 4만 5,000유로약 5,700만 원의 벌금과 1년 징역형에 처해질 수 있는데 이는 부모가 자식들의 유아 시절 사진을 올리는 것에도 적용된다.

그런데 '동의'를 논할 겨를도 없이 자신의 목욕이나 배변 훈련을 포함해 지극히 사적인 모습이 수백만 시청자에게 공개되고, 동영상과 캡처로 영원히 박제된 '국민 손주'들은 어떨까? 그들이 자라 사춘기를 맞이하고 성인이 되는 동안 그로 인해 어떤 영향을 받게 될지 신경 쓰는 어른이 얼마나 있을지

나는 종종 궁금해진다. 내 아이가 아니어도, 내가 그 아이들의 팬이 아니어도 걱정이 된다.

나와 비슷한 생각을 가지고, 이 문제를 걱정하는 영지를 만났을 땐 그래서 무척 반가웠다.

66
영지

저는 일단 출연 의사를 정확히 표현하기 어려운 아이를 방송에 전시하는 것 자체가 불편해요. 가르치는 애들한테도, 너 어릴 때 아빠 엄마가 찍은 사진 중에 보여주기 싫은 게 있으면 어디 올리지 말고 지워달라 하라고 해요. 나중에 소송까지 가지 말고 지금 삭제하자고. 웃음

깊이 동의한다.

노키즈존에 가지 않는 이유

무자녀 여성들을 만나 인터뷰하려면 어디서부터 시작해야 할까 고민하다가 온라인 딩크 커뮤니티에 가입한 적이 있다. '어떤 사람을 찾으면 좋을까? 얼굴 한 번 본 적 없는 사람이 불쑥 인터뷰를 요청하면 너무 이상해 보이겠지? 일단 활동을 활발하게 해야 하나?' 고민하며 둘러보다가 '노키즈존 추천'이라는 게시판 이름을 보는 순간 조금 놀랐다. 추천된 장소는 대개 카페였고, 펜션이나 캠핑장도 있었다.

이상하게 들리겠지만, 나는 그전까지 아이가 없는 사람들이라 해서 당연히 아이가 없는 공간을 선호할 거라 생각해본적이 없었다. 나는 내 집을 아이 없는 공간으로 유지하고 싶지만, 집 바깥까지 내가 원하는 대로 구성하는 것은 불가능하다고 생각했기 때문이다. 조용한 곳에서 혼자 있는 걸 좋아하는 내게 아이란 대개 '견뎌야' 하는 존재다. 그런데 내가 견디며 살고 있는 존재는 아이만이 아니다. 여기저기에 온갖 무례한 타인들이 있고, 가끔은 나도 그중 하나일 것이다. 그러니 세상으로 나가는 순간 나의 반경이 아이와 겹치는 건 어쩔 수 없고, 아주 특별한 경우가 아니라면 그것을 막을 수 없으며 막아서도 안 된다고 생각한다. 노키즈존임을 명시한 카페나 식당 등을 가능한 이용하지 않는 것도 그 때문이다.

그러나 만약 몇 년 전의 나라면 어땠을까. 30대 초반까지만 해도 나는 막연히, 그리고 노골적으로 아이를 싫어하는 사람이었다. 지하철이나 식당 같은 곳에서 아이가 크게 떠들거나 울면 얼굴을 찡그리며 누구냐는 듯 고개를 돌려 쳐다봤고, 동행에게 불편한 감정을 토로하기도 했다. 특별히 악의가 있었던 건 아니지만, 당시 나는 나에게 아이를 '싫어할' 권리가 있다고 생각했던 것 같다. 여자라면 당연히 아이를 예뻐해야 하고 낳아 키울 것을 기대하는 사람들에게 "저는 아이를 싫어하는데요"라고 말할 때는 일종의 해방감마저 느꼈기 때문이었다. '가임기 여성 지도'[35]까지 만들어가며 나를 '잠재적 엄마'로 대하는 사회에선 남의 아이까지 이해하고 배려할 마음이 생기려다가도 쏙 들어갔다.

그런데 점점 시간이 지나고 친구들과 언니가 아이를 낳아 키우는 걸 보면서 나는 아이가 얼마나 통제되지 않는 존재인지 실감하게 되었다. 나보다 훨씬 경우 바르고 상식적이던 사람들도 아이를 데리고 나오면 당황스러운 행동을 했다. 왜 여기서 기저귀를 갈지? 왜 소리 나는 장난감을 빼앗지 않지? 그 답을 얻으려면 그들의 입장에서 생각해봐야 했다. 기저귀를 갈 만한 장소가 달리 없었고, 장난감을 빼앗으면 아이는 더 크게 칭얼댔을 것이다. 그러니까 내가 알고 있던 그 '성숙한' 어른은 그가 개인으로서 존재할 때만 유지할 수 있는 정체성일 뿐, 아이의 보호자라는 역할을 갖게 되는 순간 자신도 어찌할 수 없는 너무 많은 변수들이 생기는 것이었다.

그리고 다른 한 가지 변화는, 내가 결혼 후 서서히 아이를 낳지 않는 쪽으로 마음을 굳힌 것이었다. 아이를 돌보고 키우는 일이 내 인생의 상수가 되는 것이 아니라 내가 원하지 않으면 선택하지 않아도 된다는 결론은, 아이라는 존재를 둘러싼 스트레스를 확연히 줄여주었다. 시끄럽거나 정신없게 구는 아이가 있는 곳에서도, 양육자들이 장기간 져야 하는 의무와 달리 나의 불편은 일시적인 것일 뿐이라고 생각하면 소음과 기분을 분리할 수 있었다. 결국 나는 그 딩크 커뮤니티에 다시 들어가지 않았다. 하지만 내가 만난 무자녀 여성들과 노키즈존에 관해 많은 이야기를 나누었다.

> 66
> 이선
>
> 노키즈존에 대해 처음 들었을 땐, 저도 가고 싶다고 생각했어요. 분리하면 서로 좋을 것 같았거든요. 그런데 그게 누군가에겐 금지되고 거부당하는 경험이란 걸 알게 됐고, 언니도 그런 일을 겪었다는 얘기를 듣고 다시 생각했어요. 저는 정말 카페에 자주 가는데 아이들 때문에 불편했던 적이 없거든요. 아이 때문에 문제되는 일이 그렇게 많이 일어나고 있는지 좀 의아하기도 해요.

사실 나도, 카페나 레스토랑에서 아이로 인해 불편했던 기억이 딱히 떠오르지 않는다. 그런 일이 전혀 없지는 않았겠지만, 스타벅스에서 여기 주문 받으러 오라고 소리 지르던 아저씨보다 강렬한 기억은 없다. 오히려 나는 네이트판 같은 곳에서 시작되어 온라인 커뮤니티에 주기적으로 올라와 확산되는 '무개념 애××와 진상부모 썰' 같은 게시물이 이런 일을 직접 보거나 겪지 않은 사람들에게까지 '겪은 것처럼' 느끼게 만드는 게 아닐까 의심할 때도 있다. 혼자라면 사소하게 불쾌한 해프닝으로 털어버리고 지나갔을 일도 온라인에 기록하면 불특정 다수에게 간접 경험이 된다. 아동과 양육자 대개 엄마인 여성에 대해 부정적 선입견을 가질 계기가 한두 번 쌓이다 보면 혐오로 치닫는 것은 금방이다. 《선량한 차별주의자》를 쓴 김지혜 교수는 이렇게 말한다.

> 사람들은 자신의 고정관념에 부합하는 사실에 더 집중하고 그것을 더 잘 기억한다. 결과적으로 그 고정관념을 점점 더 확신하는 사이클이 만들어진다. 반면 고정관념에 부합하지 않는 사실에는 별로 주의를 기울이지 않는다.[36]

❝
소연
노키즈존이 왜 생기는지는 알겠어요. 없으면 편하잖아요. 아이를 노인으로 바꾸어 생각해봐도 그렇겠죠. 하지만 '쾌적하다'는 이유로, 어떤 존재가 없는 공간을 만드는 것이 사회적으로 용인되는 순간 문명인으로서 넘어버리게 되는 지점이 있잖아요. 그걸 넘지 않고 버텨야 한다고 생각해요. 특히 노키즈존 같은 경우는 차별받는 대상인 아동에게 발언권이 없으니까 너무 쉽게 만들어진다는 게 보이잖아요. 그래서 공적 교육이 더 섬세하게 이루어질 필요가 있어요.

소연의 말처럼, 불편하다고 느끼는 존재가 없으면 편하다. 장애인 이동권 투쟁을 향한 다수 비장애인의 눈총이 그렇고, 하다못해 패스트푸드점 키오스크 사용이 서툰 노인 뒤에 선 젊은이의 한숨이 그렇다. 나 역시 매일 마음속 혐오와 싸우고

자주 지는 사람으로서 고백하자면, 혐오는 쉽다. 어려운 것은
이해다. 나와 다른 존재에 대한 이해는 한순간에 이루어지지
않고, 한 번 '이해'했다고 해서 마냥 지속되는 것도 아니다. 쉽
게 일어나는 분노를 가라앉혀야 하고, 이 사회 안에서 내가 가
진 권력은 무엇인지 돌아보며 어떤 지점을 넘지 않기 위해 계
속 버티는 수밖에 없다.

강릉에도 점점 노키즈존이 늘고 있다고 걱정한 선우는 "내
가 아닌 사람은 다 싫은, '아我'와 '비아非我'의 투쟁인가 싶다"
며 쓴웃음을 지었다. 장애 분야를 거쳐 여성 분야에서 일하는
그의 말이 가슴 깊이 박혔다.

"이 사회에서 결국 배제당하지 않고 살아남는 건 젊고 건강
한 남성뿐인가 생각될 때가 있어요."

그러니까, 내가 노키즈존을 반대하는 건 아이를 좋아해서
가 아니다. 내가 아이 없는 공간을 편안해하는 사람이라는 것
과, 세상이 아이를 거부해도 괜찮다는 건 전혀 다른 문제다.
나는 지금도 아이와 한 공간에 있는 게 힘들지만, 이제는 "아
이가 싫다"고 말하지 않으려 노력한다. 공공장소에서 아이가
큰 소리로 말하거나 울 때는 일부러라도 그쪽을 쳐다보지 않
는다. 대부분의 양육자는 아이를 조용히 시키려 노력하겠지
만, 아이와의 소통은 어른의 마음 같지 않다는 것을 알게 되었

기 때문이다. 다만 나도 공공장소에서 시끄럽게 굴거나 위험하게 뛰어다니는 아이를 직접 불러다 그러면 안 된다고 가르친다는 영지와 보라만큼 적극적으로 노력하는 건 아니다. "아이 하나를 키우는 데는 온 마을이 필요하다는 얘기는 잘하면서, 왜 그 아이를 키우는 일은 모른 척하는지 모르겠어요"라는 영지의 말을 들었을 땐 양심의 가책도 조금 느꼈다.

다양한 경험과 관점이 담겨 있는 무자녀 여성들의 이야기는 늘 흥미로웠다. 다만 윤희가 노키즈존에 대해 "이렇게 말하기는 좀 민망하지만…… 좋은 것 같아요"라고 말했을 때는 의외였다. 윤희는 나와 달리 아이들을 불편해하지 않고 잘 지내는 사람이기 때문이었다. 나를 만났을 때 윤희는 바리스타 수업과 카페 아르바이트를 거쳐 카페 창업을 준비하고 있었다. 즉, 그는 카페라는 공간에 대한 경험이 무척 다양한 사람이었다.

❝❝
윤희

제가 혼자 카페에 갔는데 애들이 너무 시끄럽게 하면 싫더라고요. 그래서 노키즈존이 나쁘다고 생각하진 않아요. 아이가 있는 사람은 싫어할 수도 있지만, 생각해보면 그런 걸 만든 사람의 마음도 이해할 수 있지 않을까요? 노키즈존을 만드는 자영업자도 자기가 아이를 싫어해서 그런 경우는 별로 없을 거예요. 손님들이 싫어해서 그런 거겠죠.

윤희의 입장은 '나는 아이를 싫어하지 않지만 노키즈존은 자영업자의 합리적인 선택'이라 주장하는 많은 사람과 비슷해 보였다. 사실, 나는 생각이 다른 사람을 만나도 굳이 설득하려 들지 않는 게으른 쪽보다. 게다가 윤희와는 토론을 하기 위해 만난 것도 아니었으니 굳이 반박해야겠다는 생각이 들지는 않았다. 하지만 그의 생각이 좀 더 듣고 싶었다. 나는 윤희에게 2017년 국가인권위원회가 제주시의 한 이탈리안 레스토랑에 "13세 이하 아동을 일률적으로 배제하지 말 것"이라 권고했던 일에 대해 이야기했다. 이 결정문에서는 아동과 아동의 보호자에 대한 전면적인 배제보다는 안전사고 방지를 위한 주의사항과 영업에 방해가 되는 구체적인 행위를 제시하되 이를 위반할 시 이용 제한 또는 퇴장 요구 등이 가능함을 미리 고지하는 방법을 권하고 있다.

❝
윤희

[구체적인 행동을 제한하는 게 아니라 존재를 미리 차단하는 공간이 보편화될수록 '아이는 민폐 끼치는 존재'라고 당연하게 생각하는 사람들이 늘어나는 것도 좀 걱정이 돼요.] 아, 저는 노키즈존을 '1인 1음료 주문' 원칙과 비슷하게 생각했어요. 진짜로 다섯 명이 와서 에스프레소 두 잔 시키고 뜨거운 물 달라고 해

서 나눠 마시는 분들이 있거든요. 웃음 일반적인 손님들은 안 그런데, 그런 소수 때문에 '1인 1음료'라고 써놓게 되는 거죠. 사실, 아기를 데리고 오신 손님이 있으면 어려움이 있긴 해요. 성인 한 명이니까 한 잔을 파는 건데 아이가 있으면 쓰레기가 많이 나온다거나, 주인 입장에서 싫어할 만한 상황도 생기거든요. 물론 어떤 분은 다 치우고 가기도 하고, 일부러 두 잔 시켜서 한 잔 포장해가는 분도 있지만 아닌 사람도 있으니까 어려운 문제죠. 그런데 듣고 보니까, 존재 자체를 막는 건 좀 그러네요. [진상 고객의 유형은 다양한데, 존재 자체로 특정되는 게 '아이하고 대부분 엄마'밖에 없는 셈이니까요. 이를테면 아저씨 진상도 많지만…….] 맞아요! 그렇다고 "소주를 먹은 어떤 사람들은 오지 마세요"라고 할 수는 없거든요. 웃음

SNS에서, 서울 한 카페의 테이블마다 비치된 안내문을 본 적이 있다. '1인 1음료 주문' 같은 보편적인 권고와 함께, "아이를 동반한 고객께서는 아이들이 뛰어다니거나 가게 물건을 망가뜨리지 않도록 신경 써주세요"라고 적혀 있었다. 인상적이었던 것은 그다음, 아이를 동반하지 않은 손님들을 향한 당부였다. "아이들이 울거나 보채더라도 눈치를 주거나 쳐다보지 않도록 신경 써주세요. 귀엽더라도 쓰다듬거나, 장난으로라도 혼내지 말아주세요. 혹여나 큰 불편함을 느끼신다면 직

원에게 조용히 말씀해주시면 좋겠습니다." 문명인으로서 어느 선을 넘지 않도록 버티게 만드는 힘은 아마도 이런 곳에서 나오는 게 아닐까. 나는 카페 일에 전념하기 위해 비출산을 선택했지만 아이를 갖고 싶은 마음이 0은 아닌 윤희에게 마지막으로 궁금한 것을 물어보았다.

" 윤희

[만약 언젠가 아이를 낳아서 같이 카페에 갔는데 노키즈존이라는 걸 알면 어떨 것 같으세요?] 음…… 그 입장이 되면 좋지는 않을 것 같아요. 굳이 들어가서 왜 안 되냐고 할 수는 없고, 그러고 싶지도 않을 것 같고. 그러고 나면 나중에 애랑 같이 있지 않을 때도 가고 싶지 않을 것 같긴 하네요. 잠시 생각 지금 그 얘기 듣고 생각이 바뀌었어요. 존재 자체를 막는 건 좀 아닌 것 같아요. 예를 들면, 여기 우리가 있는 카페는 계단이 너무 가파르잖아요. 그러니까 '노키즈존' 말고, '2층은 위험하니까 아이들 데리고 올라가지 마세요'라고 풀어서 설명해주는 정도로 하는 게 좋겠네요.

윤희는 기차 시간이 가까워져 자리에서 일어난 나를 역까지 차로 태워다 주었다. 가는 동안 우리는 이런저런 얘기를 나누었는데, 윤희가 불쑥 "오늘 얘기하면서 그…… 노키즈존에 대해서 다시 생각하게 돼서 좋았어요, 그렇게 생각해보지 않았는데 정말 누군가에게 차별이 될 수 있을 것 같아요"라고 말했을 때는 다시 한번 놀랐다. 사람의 생각이 이토록 유연하게 바뀔 수 있다는 사실에 놀랐고, 대화를 통해 타인이 바뀔 거라고 기대하지 않았던 내 자신이 조금 부끄러웠다.

내가 인터뷰를 진행한 뒤 여러 달의 시간이 흐른 지금, 윤희는 아주 멋지고 따뜻한 분위기의 카페를 운영하고 있다. 그의 카페는 노키즈존이 아니다.

무자녀 부부를 위한
정책이 필요할까?

뒤늦게 주택청약 종합저축 계좌를 만들고 나서, 두 번 정도 청약을 넣어볼까 생각한 적이 있다. 읽다 보면 정신이 혼미해져 내 집 마련이고 뭐고 다 때려치우고 싶게 만드는 입주자 모집 공고문에는 먼 옛날 대학 입학 원서를 넣을 때만큼이나 복잡한 숫자와 가점제 항목이 나열되어 있었다. 자꾸 흐려지는 눈으로 훑어본 결과, 평생 주택을 가져본 적이 없고 소득도 충분히 낮은눈물이 앞을 가린다 우리지만 이 경쟁에선 영 승산이 없어 보였다. 아이가 없기 때문이었다.

• 우선공급 또는 일반공급에서 경쟁이 있는 경우 당첨자 선정 방법

1순위. 혼인 기간 중 자녀를 출산(임신, 입양 포함)하여 미성년 자녀가

있는 경우

• 동일 순위(1, 2순위에 한함) 동일 거주 지역 내 경쟁이 있을 경우에는 아래의 당첨자 결정순차를 따름

1. 미성년 자녀(태아 포함) 수가 많은 자

2. 미성년 자녀(태아 포함) 수가 동일한 경우 추첨에 의함

내가 처음으로 읽은 무자녀에 관한 책은 미국의 임상심리학자 엘런 L. 워커가 쓴 《아이 없는 완전한 삶》이다. 나는 무자녀로 살아가는 사람들이 느끼는 편안함, 즐거움, 소외감 등 대부분의 내용에 무척 공감했지만, 선뜻 동의할 수 없는 대목도 있었다. '아이가 없기에 받는 차별'이라는 장에서 저자는 '아이 없는 사람들이 아이 있는 가구에 비해 공공 서비스를 더 적게 이용하면서도 세금은 더 많이 낸다'고 지적하는 사람들의 말을 인용한 뒤 말한다.

아이를 양육하는 데 돈이 많이 들긴 하지만, 이는 당사자가 임신 전에 미리 고려했어야 할 사항이다. 자신이 선택한 생활 방식에 대한 재정 책임은 자신이 져야 마땅하다. 신용카드로 물건을 사든, 반려동물을 집에 들이든, 집을 사든, 아기를 낳든 마찬가지다. 부모가 됐다고 해서 자녀의 어린이집 비용까지 다른 사회 구성원들이 부담하게 하

는 것은 부당하다.[37]

정말 그럴까? 나는 인터뷰 참여자들에게 아이가 없다는 이유로 주택청약이나 세금 환급 등에서 제도적 불이익을 겪고 있다고 느끼는지, 그리고 혹시 무자녀 부부를 위한 정책도 필요하다고 생각하는지 물어보았다.

> 저는 주택청약을 한 번도 안 넣어봤어요. 점수가 안 될 것 같아서 시도 자체를 안 한 거죠. 아이 있는 사람에게 가산점을 주는 건 그만한 이유가 있는 것 같아요. 아이가 있으면 좀 더 넓고 좋은 집이 필요할 거고, 아이에게 써야 하는 돈도 많으니까요. 그러니까 제 입장에선 그런 제도가 없는 게 더 좋긴 하겠지만, 필요한 거라 생각해서 받아들이고 있어요. 예를 들어, 나이 드신 부모님을 부양하는 경우에도 가산점을 주잖아요. 그것도 마찬가지로 좀 더 배려받아야 하는 일 같아요. 그래서 제가 불이익을 받는다고 생각하지는 않아요.
>
> 이선

이선은 "아이 없는 부부가 그 때문에 특별히 생활이 힘든 건 아니니까 굳이 혜택을 받지는 않아도 될 것 같다"고 덧붙였다. 맞다. 비혼 1인 가구가 겪는 어려움이나 제도적 사각은 실존하지만, 무자녀 부부의 상황은 그와 다르다. 나 역시 청약

순위가 낮은 게 아쉽긴 하지만 억울하지는 않다. 사회가 유지되려면 어느 정도의 재생산이 필요한데, 나는 거기에 참여하지 않으니 혜택을 덜 받아도 어쩔 수 없지 않을까. 재경 역시 비슷한 결론을 내렸지만, 그렇게 생각하는 이유는 달랐다.

❝
재경

사회 유지를 위한 재생산 차원이라는 관점보다, 저는 자녀를 키우는 게 너무 어려운 일이라서 최소한의 보상이라는 면에서 혜택을 줘야 한다고 생각해요. 출생률이 떨어지니까 지원해주자, 그런 문제는 아니에요. 아이 키우는 건 정말 오지게 힘든 일인데, 고작 그 정도의 혜택으로 우리 사회가 아이 키우기 좋은 사회가 되지는 않으니까 '최소한'이라고 생각하죠. [비혼자나 무자녀 기혼자들이 늘고 있는 흐름인데, 육아 휴직이나 자녀 학자금 지원 등 유자녀 기혼자 중심의 사내 복지 제도에서 바뀌거나 추가되어야 할 게 있을까요?] 사실 육아 휴직은 놀려고 쓰는 게 아니잖아요. 그 사람들은 절대 쉬는 게 아니라 종류가 다른 스트레스와 직면하는 거죠. 그러니까 보완한다면, 휴직 사유가 다양하게 인정되어야 한다고 생각해요. 저는 휴직이 쉬운 회사와 어려운 회사에 다 다녀봤는데, 잠시 다른 일이나 다른 공부를 하다가 돌아오고 싶을 때 그게 합리적인 이유라면 휴직할 수 있어야 한다고 봐요. 특히 무급 휴직은 회사와 인력 문제만 정리되면 그냥 할 수 있어야죠.

회사 입장에서도 돈 안 드는 복지잖아요.

게다가 나는 수도권이 아닌 지역에 사는 인터뷰 참여자들을 만나면서 주택청약에 대한 관심도나 내 집 마련에 대한 부담이 지역마다 크게 다르다는 사실도 깨닫게 되었다. 경북의 A 시에 사는 민하는 내가 청약과 부양가족 가점제에 관한 얘기를 꺼내자 이렇게 말했다.

민하 서울은 아파트 당첨되는 게 엄청 치열하잖아요. 여기는 그렇지 않아요. 저도 작년에 당첨됐는데 다 미분양 나서 포기했어요.

충북의 B 군에 사는 정원 역시 청약에 관해서는 별다른 관심이 없다고 했다.

정원 저희는 지방으로 이사하면서 주택청약 생각은 별로 하지 않게 됐어요. 그보다 저는 요즘 죽음 뒤의 문제를 많이 고민해요. 고독사 기사 같은 걸 보면 남 일 같지 않을 때가 있거든요. 누가 내 장례를 치러줄까, 동생이나 조카들에게 신세 지고 싶지는 않거든요. 그래서 상조회사나 보험처럼 죽음과 관련된 문제를 담당하는 제도가 있으면 좋겠다는 생각이 들어요. [노인 둘만 함께 살거나, 혹은 한 명만 남았을 때 질병과 사고, 죽음 같은 상황을 어떻게 헤쳐나갈지 너무 걱정되죠. 그래서 존엄사에 관한 논의가 더 적극적으로 필요하다는 생각이 들어요. 죽음 앞에 존엄이 보장되는 사회라면 사람들이 오히려 더 믿고 아이를 낳을 수도 있지 않을까요? 그래도 아마 우리는 안 낳을 것 같지만요. 웃음] 어차피 안전망이 없을 거면 존엄사라도, 이런 느낌? 웃음

인터뷰 참여자 대부분은 무자녀 부부를 위한 정책에 관해 "생각해본 적 없다" "굳이 필요하지 않은 것 같다"고 말했다. 다만 이것은 우리가 모두 아직 20대 중반에서 40대 초반으로 인간관계나 사회 활동, 일상생활에 큰 어려움이 없는, 즉 특별한 '도움'을 필요로 하는 시기가 아니어서일 수도 있다. 이선은 "사회 전반적으로 복지 제도가 잘 되면, 아이 없는 사람도 덩달아 좋은 걸 누릴 수 있을 것 같다"고 덧붙였다. 아마도 무자녀 부부가 겪을 어려움은 더 나이가 든 뒤에야 맞닥뜨릴 가능성이 크고, 이것은 결국 노인 문제에 속하는 것이며, 이를 해결하기 위해서는 더 섬세하고 보편적인 복지가 필요하다는 생각이 들었다. 지금은 나와 정원이 막연하게 떠올리는 존엄사 역시 시간이 더 흐르면 구체적인 화두로 다가올 것이다.

인터뷰를 진행하며 가장 의외였던 지점은, 유자녀 가구에 대한 세제 혜택이나 정책적 지원에 관해 아무도 반대하거나 부당하다고 말하지 않았다는 사실이다. 무자녀 부부를 공격하는 레퍼토리 중 하나로 '나중에 우리 아이들이 힘들게 일해서 낼 세금으로 저 이기적인 사람들을 먹여 살려야 한다니!'가 종종 등장하는 걸 봐온 나로선 무척 흥미로운 결과였다.

> **영지** 부양가족이 없다 보니 남편이 연말정산을 할 때 세금 환급받은 액수가 적긴 했지만, 크게 손해 본다는 느낌은 없어요. 어차피 국가라는 게 운영되려면 출산이 필요하고, 아이를 키우는 게 쉽지 않은 일이니까 그 사람들에게 더 혜택을 주고 정책적으로 지원하는 게 맞죠. 제가 아이들을 가르치다 보니, 저 아이들이 제대로 커주는 게 나한테도 굉장히 좋은 일이란 생각을 해요. 쟤네들이 시민으로서 안정된 사회를 만드는 데 기여하면서 자랄 거고, 저 역시 그 혜택을 볼 거기 때문에 딱히 불만은 없어요.

한 사회의 구성원으로 살아간다는 것은 모두가 똑같이 생산하고 똑같이 돌려받을 수 있는 문제가 아니다. "자신이 선택한 생활 방식에 대한 재정 책임은 자신이 져야 마땅하다"는 말은 언뜻 합리적으로 보이지만, 모두에게 똑같은 선택의 조건이 제공되지 않는 현실과 아이라는 예측 불가한 존재의 특성을 간과한다. 물론 나도 사람들이 '선택'하기 전에 좀 더 신중하기를 바라지만, 일단 태어난 아이에 대해서는 가능한 한 나은 환경에서 키울 수 있도록 하는 것이 사회의 책임일 것이다. 그래서 나는 내가 내는 세금이 남의 집 아이의 교육과 성장에 쓰이는 것이 아깝지 않고, 이번 생에 내 주택청약 순위가 돌아오지 않더라도 괜찮다. 물론 혹시 모르니까 청약 계좌는 해지하지 않을 거지만…….

한국에서 아이 낳고 싶은
날이 올까?

아이를 낳지 않기로 결심하고도 '내가 어디 이놈의 나라에서 아이를 낳나 봐라!' 하고 한 번 더 다짐하게 되는 날이 있다. 비혼 여성이 공정거래위원장 후보가 되자 명색이 국회의원이라는 남자가 인사청문회에서 출산율 타령을 하며 "본인의 출세도 좋지만 국가 발전에 기여하길 바란다" 따위의 발언을 당당히 늘어놓은 날이라든가, 채용 면접에서 여자라는 이유로 점수를 깎아 떨어뜨린 기업이 고작 벌금 몇 백만 원 선고받은 날이라든가. 여성과 아동 성착취 영상 거래 사건이 유통 플랫폼만 바뀌며 계속 터져 나오고 초등학생부터 애 아빠까지 엄청나게 많은 '평범한' 남자들이 그 카르텔에 속해 있었음이 밝혀지거나 뭐 그런 날 말이다.

한국이 싫어서 아이를 안 낳는 거냐고 한다면 꼭 그런 건 아니다. "저는 북유럽에 살았어도 안 낳았을 것 같아요"라는 승주처럼, 나는 오랜 돌봄 노동이 수반되는 과제를 인생에 추가하고 싶지 않은 사람이라는 게 비출산의 가장 큰 이유다. 그러나 한국에 산다는 것은 출산에 대한 동기를 얻기 힘들거나 자꾸만 잃는 경험이기도 하다. 재경을 만났을 때 처음 들은 이야기도 그랬다.

재경
> 결혼을 구체적으로 고민하던 시기에 세월호 참사가 일어났어요. 그게 아이를 안 낳는 이유 전부는 아니지만, 다시 한번 결의를 다지게 된 계기였어요. '절대 갖지 말아야지' 하고.

정원 역시 한국 사회에 대한 불신이 있다고 털어놓았다.

정원
> 외할머니를 한 번씩 뵈러 가면, 저한테 꼭 "애 하나는 낳으라"고 하시거든요. 나이 들고 나면 손주가 만나러 오는 낙밖에 없다고. 그런데 저는 제 아이가 무탈하게, 내가 죽을 때까지 살아 있을 거라고 확신하지 않아요. 세월호 참사까지 갈 것도 없이, 하루에 노동자가 몇 명씩 죽어나가는 걸 보면, 자식을 낳아 키우더라도 걔가 내 노후까지 건강하게 살아 있을 거라는 보장이 있는지 잘 모르겠어요.

정원의 이야기를 들으면서, 나는 김용균 씨를 생각했다. 그는 2018년 11월 태안화력에서 일하다가 기계에 몸이 분리된 채 발견되었던 스물네 살의 청년이다. 2017년에는 LG 유플러스 협력회사 콜센터에서 일하던 열아홉의 홍아무개 양이 저수지에 뛰어들었다. '현장 실습생'이라 불리던 그는 고등학교도 졸업하지 않은 학생이었다. 공장에서, 공사장에서, 지하철 승강장에서 사고를 당하거나 일터에서의 괴롭힘을 견디다 못해 목숨을 끊는 젊은이들의 기사를 볼 때마다 생각한다. 만약 아이를 낳는다면, 내가 가지고 있는 이 적은 자본으로 아이에게 '충분히' 안전한 삶의 토대를 마련해줄 수 있을까. 하루 평균 2.47명의 노동자가 사고로 죽는 나라[38]에서 우리의 삶에 무엇이 보장된다고 할 수 있을까?

❝❝
재경

나도 용기를 가지고 매일 사는 게 쉽지 않은데, 자식에게 내가 물려줄 수 있는 게 없는 거예요. 꼭 재산이 아니더라도.

사회적 약자에게 냉담한 사회는 출산을 둘러싼 불안의 가짓수를 늘리고 공포에 무게를 더한다. 보라에게는 장애가 있는 동생이 있다. 동생의 장애는 유전과 무관하다. 그러나 보라는 아무리 가능성이 적더라도 장애가 있는 아이를 키울 수도 있다는 것이 너무나 두렵다고 말했다. 그의 어머니가 겪었고,

그가 동생과 함께 경험해온 한국이 그렇기 때문이다.

66
보라

어떤 책에서, 작가가 조금 늦은 나이에 아이를 가졌는데 양
수 검사를 하라고 해서 굉장히 화를 내고 거절했다는 얘기
를 본 적이 있어요. 장애가 있으면 안 낳겠느냐고, 그러다 낳
았는데 아주 건강한 아이였다는 결말이었어요. 그런데 '나라
면 그럴 수 있을까?' 싶더라고요. 한국은 장애인 복지 제도
도 미흡하고, 비장애인들이 장애인을 대하는 태도도 심각하
게 나쁘거든요. 또, 장애를 갖고 태어나지 않더라도 후천적
장애를 얻을 수 있잖아요. 저는 이 땅에서 장애가 있는 아이
를 키울 때 어떤 일들을 겪는지 너무 많이 봤기 때문에 그 불
확실성의 영역으로 가고 싶지 않아요. 사실 남편이랑 가끔,
우리가 만약 외국에 가서 살게 된다면 아이 낳는 걸 한번 생
각해볼 수도 있겠다고 해요. 남편은 "그 나라에선 장애가 있
는 아이를 낳아도 행복할 수 있을 거다"라고 하죠. 그 나라
가 어딘지 모르지만, 자기 머릿속 북유럽 어디쯤이겠죠? 웃음
미국은 아니고, 하여튼 유럽이라고.

한국이 아닌 어딘가 있을 '그 나라'는 이를테면 장애인 복지
제도가 한국보다 잘 갖춰져 있는 캐나다, 혹은 '라테 파파'가
흔하다는 북유럽 어딘가일 것이다. 캐나다 이민을 준비 중인

자현은, 자신이 아이가 없어서 한국을 떠날 수 있고 캐나다에서도 마음의 짐 없이 공부를 시작할 수 있는 거라 인정하면서도 흥미로운 대답을 내놓았다.

66
자현

저는 아이를 별로 안 좋아하지만, 회사를 그만두고 약간 마음의 여유가 생기니까 공공장소에서 아이를 대할 때 웃어주거나 문을 잡아줄 수 있게 되긴 했거든요. 약자에 대해 좀 더 공부해야겠다는 생각이 들어서 인식을 바꿔가는 중이기도 하고요. 그런데 우리나라는 아이뿐만 아니라 장애인 같은 약자에 대해서도 '보이지 말고 집에만 있어라' 하는 분위기잖아요. 대중교통 이용도 너무 힘들고, 다들 예민하게 날이 서 있죠. 저도 그런 것 때문에 아이를 싫어하게 된 것 같은데, 만약 모든 사람이 아이에게 좀 더 우호적이고 임신과 출산으로 인한 커리어의 지장이 최소화된 사회에 살았다면 '안 낳겠다'라는 생각이 줄어들었을 것 같아요. 그래서 제가 지금보다 대여섯 살 정도 어리고 캐나다에서 영주권을 딴 상태라면, 아이를 낳을 수도 있지 않을까…….

한국에서 엄마가 된다는 것은 수시로 자신이 '맘충'인지 검열해야 하는 날들의 시작이라는 생각이 들 때가 있다. 아이를 가진 여성, 아이와 함께 있는 여성이 겪는 모욕이나 위협은 내

가 겪어온 것과 또 다른 차원의 것이라 보고 들을 때마다 놀라
곤 한다. 그리고 한국에서 여성으로 나고 자라며 수없이 취약
한 상황에 놓여온 나는, 내 삶에 장기간의 돌봄 노동을 추가하
고 싶지 않은 만큼이나 지금보다 더 취약한 처지에 놓이는 것
이 두렵다. 아이로 인해 얻게 될 행복 이전에, 이 사회로부터
나를 보호하고 싶다는 판단이 앞서는 것이다.

> 66
> 수완
>
> 뉴칼레도니아 사람들은 아이를 많이 낳아요. 농담처럼 '뽑기
> 하듯 낳는다'고 할 만큼, 둘셋은 아주 쉽게 낳더라고요.

    수완이 살고 있는 남태평양의 프랑스령 섬 뉴칼레도니아의
2019년 합계 출생률은 2.14명, 유럽에서도 출생률이 높은 국
가로 손꼽히는 프랑스는 1.85명, 그리고 같은 해 한국의 합계
출생률은 0.92명으로 최저치를 경신했다.

> 66
> 수완
>
> 여기가 사회적으로 '왜 애 안 낳아?' 하는 분위기는 아니에
> 요. 직장이나 사회에서 엄마한테 눈치를 주는 문화가 아닌
> 거죠. 예를 들면, 출산 휴가가 16주 나오는데 육아 휴직도
> 최대 3년까지 쓸 수 있거든요. 그런데 4개월 된 아기를 바로
> '크레슈'라는 어린이집에 맡기고 복직하는 엄마들이 많아요.
> 우리나라에선 '세 살까지는 엄마가 키워야 한다'라는 식으로

죄책감을 주는 분위기에 흔들리거나 아이를 돌봐줄 사람을 찾지 못해 육아 휴직을 1년 쓴 다음 퇴직하는 사람들이 많잖아요. 그런데 뉴칼레도니아에선 엄마들에게 그런 식으로 스트레스를 주지 않아요. 남편 직장에는 갓난아이를 데리고 출근하는 동료들도 많아요. "오늘은 보모가 아파서 데리고 왔어" 하고 직접 돌보죠. [아기가 사무실에서 울거나 하면요?] 크게 신경 안 쓰는 것 같아요. 수요일에는 아이와 함께 시간을 보내기 위해 출근을 하지 않고 그만큼 월급을 적게 받는 여성 관리자도 있어요. 공무원이라 업무 조정이 가능한 건지도 모르겠지만, 전반적으로 아이 키우는 문제에 대한 인식이 한국과는 다르다는 생각이 들어요.

영화 〈82년생 김지영〉에서 김지영의 남편 정대현의 직장 동료가 아이를 데리고 출근했을 때, 나는 순간 조마조마해졌다. 워킹맘의 고충을 보여주기 위한 영화적 설정임을 알면서도, 실제로 저런 일이 일어난다면 그 여성이 조직 내에서 어떤 눈총을 받을지 상상하니 두려웠기 때문이다. 네이트판에 '사무실이 어린이집인 줄 아는 맘×' 어쩌고 하는 글이 올라와 국민 욕받이나 안 되면 다행이지. 그 장면을 보며 역시 움찔했다는 수완도 말했다.

66
수완

제가 그 상황이었다면 차라리 결근하고 욕을 먹지, 아이를 데리고 출근하진 못했을 것 같아요. 온 건물에 소문나서 '진짜 개념 없지 않냐' 소리 들을 게 뻔하잖아요.

지난 14년간 '저출산' 대책에 185조 원을 쓰고도 OECD 국가 중 유일하게 출생률이 1명 미만인 나라가 되었다는 호들갑을 볼 때마다 나는 수완의 말을 떠올린다.

66
수완

뉴칼레도니아는 '아이 프렌들리'한 환경이라기보다 '엄마 프렌들리'한 환경 같아요. 거기서 선순환이 나오는 거죠.

여성을 출산의 도구로 여기고, 아이를 낳은 여성에게는 끊임없이 죄책감을 주입하며 불이익을 주는 사회에서 엄마가 되고 싶지 않은 여성이 늘어나는 것은 당연한 결과다. 어쩌면 어딘가에선 엄마가 될지 모르는 사람들도 한국에서 엄마가 된다는 것이 무엇을 의미하는지 깨달을수록 출산과 멀어진다. 심각한 여성 혐오 사회에서 출산은 물론 남성과의 연애나 결혼 자체를 거부하는 4B비연애, 비섹스, 비혼, 비출산 세대까지 등장한 이상 출생률은 더 가파르게 떨어지지 않을까? 여성이 인간으로 존중받지 못하고 약자가 평등한 권리를 누릴 수 없는 사회라면, 우리가 상상하는 것보다 더 빠르게 소멸해갈지도 모른다.

코로나 19로 인한 '사회적 거리두기' 기간 내내 이 책을 썼다. 인생을 내가 원하는 방향으로 끌고 가기 위해 아이 없는 삶을 택했다고 생각했지만, 어떻게 해도 인생이란 계획대로만 흘러가는 게 아니라는 걸 깨닫게 된 이상한 봄이었다. 책은 끝났지만 감염병의 시대는 아직 끝나지 않았고, 인터뷰 참여자들의 삶 역시 이 예상치 못한 사태로 가로막히거나 흔들리고 있다는 소식을 들었다. 갑자기 생활 패턴이 바뀌고, 중요한 계획이 무산되고, 새로운 고민이 생겼다는 이야기에 안타까워하면서도 나는 그들이 결국엔 자신만의 해법을 찾을 거라 믿는다.

우리에게 나쁜 소식만 있었던 것은 아니다. 누군가는 오랫동안 꿈꿔온 일을 시작했고, 누군가는 그사이 태어난 조카에게 푹 빠져 지내고, 나는 어제 드디어 조카의 생일을 맞아 영상 통화를 걸었다. 정작 조카는 낯선 이모에게 별 관심이 없어 뒷모습만 보였지만 차라리 다행이었고 생각보다 괜찮은 경험이었다. 그리고 나는 용기를 내어 언니에게 "사실 이번 책은 언니가 나한테 아이를 하나는 낳으면 좋겠다고 말한 것 때문에 쓰기 시작한 거야"라고 털어놓았다. 자초지종을 들은 언니는 깔

깔 웃으며 말했다. "아, 그거? 엄마가 시켜서 그냥 한 거야. '지은이가 애를 안 낳겠다는데 너라도 한번 말해봐라' 그래서."

......나의 이 긴 여정이 그렇게 시작된 거라니, 약간 허탈해져 웃음만 나오는 한편 왠지 홀가분해졌다. 언니가 별 뜻 없이 던진 한마디에서 출발해 다른 무자녀 여성들을 찾아가 그들의 이야기를 듣는 동안, 나는 많은 고민과 의문에 대한 답을 얻을 수 있었다. 엄마가 시켜서 한 언니의 말이 아니었더라도, 나에게는 결국 그 답이 필요했을 것이다. 인생이란 언제 어디서 뭐가 훅 들어와 나를 움직일지 알 수 없는 것임을 다시 한번 느꼈다.

앞으로 시간이 흐르면서 나와 인터뷰 참여자들의 삶이 어떻게 흘러갈지, 지금의 이 결정을 어떻게 바라보게 될지 무척 궁금하다. 무엇보다 그들이 미래에 어떤 선택을 하든 행복하기를 바라고, 오랜 시간이 지난 뒤 우리가 다시 만나 이야기 나눌 기회가 있다면 좋겠다. 그리고 나는 여전히, 엄마가 되지 않기로 했거나 그 가능성에 관해 고민 중인 다른 여성들의 이야기를 좀 더 듣고 싶다. 당신이 어디서 무엇을 하든 불안하거나 외롭지 않게, 잘 지내고 있길 바란다.

미주

1 316쪽, 《여성건강간호학1》, 박영주 외, 현문사, 2017(제4판).

2 영화 〈어벤져스 : 에이지 오브 울트론〉에서 스칼렛 요한슨이 연기한 캐릭터 '블랙 위도우'는 소련의 스파이 기관에서 훈련받고 불임 수술을 당한 과거를 떠올리며 자신이 "괴물"이라고 말한다.

3 이 글은 나중에 《엄마 되기를 뛰어넘어 : 아이 없는 삶의 선택(Beyond Mother-hood : Choosing a Life Without Children)》이라는 제목으로 출간되었다. (한국어판 미출간)

4 215쪽, 《나는 아이 없이 살기로 했다》, 메건 다움, 현암사, 2016.

5 218쪽, 《나는 아이 없이 살기로 했다》, 메건 다움, 현암사, 2016.

6 1994년 심은하 주연으로 MBC에서 방송된 납량 특집 미니 시리즈. 낙태된 태아의 기억분자이자 남성 인격인 'M'이 다른 태아였던 '마리'에게 이식되어 태어난 뒤 악의 화신으로 발현해 낙태 수술과 관련된 사람들에게 복수하고 에볼라 바이러스를 퍼뜨려 인류를 멸종시키려 한다는 내용이다.

7 2019년 4월 11일 헌법재판소의 낙태죄 헌법불합치 결정으로 형법 제269조 1항, 270조 1항의 효력은 2020년 12월 31일 이후 사라지게 되었다.

8 모자보건법 제14조(인공 임신 중절 수술의 허용 한계) 1항은 △본인이나 배우자가 우생학적 또는 유전학적 정신장애나 신체질환 또는 전염성 질환이 있는 경우 △강간 또는 준강간에 의해 임신된 경우 △법률상 혼인할 수 없는 혈족 또는 인척 간에 임신된 경우 △임신의 지속이 모체의 건강을 심각하게 해치는 경우 등에 한해 24주 이내에 인공 임신 중절 수술을 허용한다.

9 257쪽, 《임신중지 : 재생산을 둘러싼 감정의 정치사》, 에리카 밀러, 아르테, 2019.

10 252쪽, 《임신중지 : 재생산을 둘러싼 감정의 정치사》, 에리카 밀러, 아르테, 2019.

11 7쪽, 《나는 아이를 낳지 않기로 했다》, 애럴린 휴즈, 처음북스, 2015.

12 〈36.5 : 나만 혼자 칼퇴근했을 때〉, 박선영 기자, 한국일보, 2017.02.03.

13 166쪽, 《둘이면 충분해》, 로라 스콧, 빅북, 2013.

14 〈결혼정보회사 가연 '결혼비용, 자녀가 바라는 부모 지원 어디까지일까'〉, 진가영 기자, 로이슈, 2020.04.22.

15 〈여성 요구 반영한 콘돔…… '밝히면 헤프다' 편견 깨야죠〉, 이윤주 기자, 한국일보, 2019.01.22.

16 107~108쪽, 《족하》, 들개이빨, 위즈덤하우스, 2019.

17 44쪽, 《타임 푸어》, 브리짓 슐트, 더퀘스트, 2015.

18 47쪽, 《타임 푸어》, 브리짓 슐트, 더퀘스트, 2015.

19 〈커플N스토리 : 검은 양복에 흰 양말, 왜 입고 오나 했더니…… 결혼 10년 차 우리 부부가 딩크를 고민하는 이유〉, 한수희 에디터, 썸랩, 2019.09.26.

20 〈취재파일 : 밀라논나 현상 '우리의 내일'을 기대하게 하는 '52년생 장명숙'〉, 권애리 기자, SBS 뉴스, 2020.01.19.

21 8쪽, 《둘이면 충분해》, 로라 스콧, 빅북, 2013.

22 〈인스타툰 '메리지 레드' 연재하는 최유나 변호사 "80년대생의 흔한 이혼, 이유 아세요?"〉, 서경리 기자, 톱클래스, 2020.01.28.

23 〈맞벌이와 아이를 원하는 남자들을 위한 체크리스트〉, 작성자 ○○, 네이트판, 2019.12.23.

24 〈2019 대한민국 양육비 계산기〉, 김유영 기자 외, 동아일보, 2019.10.10.

25 〈아이 낳아 대학까지 보내려면 직장인 10년 치 연봉 쏟아부어야〉, 김유영 기자 외, 동아일보, 2019.10.10.

26 184쪽, 《타임 푸어》, 브리짓 슐트, 더퀘스트, 2015.

27 〈육아 휴직 못 써 일 그만두는 女변호사들〉, 장윤정 기자, 더 엘, 2017.02.22.

28 〈여성 변호사 5,000명 시대…… 아직도 못 깬 '유리천장'〉, 이순규 기자, 법률신문, 2018.09.20.

29 119~121쪽, 《타임 푸어》, 브리짓 슐트, 더퀘스트, 2015.

30 143쪽, 《82년생 김지영》, 조남주, 민음사, 2016.

31 144쪽, 《82년생 김지영》, 조남주, 민음사, 2016.

32 183~184쪽, 《현대 가족 이야기》, 조주은, 이가서, 2004.

33 〈'구독자 66만' 키즈 유튜버 '대왕문어 먹방' 논란…… 아버지 사과〉, 정은혜 기자, 중앙일보, 2019.07.15.

34 〈유튜브 속 아이들, 괜찮은 걸까?〉, 노정연 기자 외, 경향신문, 2019.08.09.

35 2016년 12월 29일 행정자치부에서 만들어 공개한 '대한민국 출산지도' 사이트. 전국 243개 모든 지방자치단체의 출산 통계와 출산 지원 서비스 정보를 제공한다는 취지로 만들어졌다. 그러나 각 지자체를 클릭하면 해당 지역에 거주 중인 가임기 여성(15~49세)의 숫자가 상세하게 뜨도록 하는 등 여성을 출산의 도구로 여긴다는 비판에 휩싸여 하루 만에 문을 닫았다.

36 48쪽, 《선량한 차별주의자》, 김지혜, 창비, 2019.

37 238~239쪽, 《아이 없는 완전한 삶》, 엘런 L. 워커, 푸른숲, 2016.

38 〈매일 김용균이 있었다 : 하루에 한 명 떨어져 죽고, 사흘에 한 명 끼어서 죽는다〉, 황경상 기자, 경향신문, 2019.11.21.

엄마는 되지 않기로 했습니다

ⓒ 최지은, 2020

초판 1쇄 발행 2020년 6월 15일
초판 4쇄 발행 2022년 6월 30일

지은이 최지은
발행인 이상훈
편집인 김수영
본부장 정진항
편집2팀 허유진 원아연
마케팅 김한성 조재성 박신영 김효진 임은비 김애린
사업지원 정혜진 엄세영

펴낸곳 (주)한겨레엔 www.hanibook.co.kr
등록 2006년 1월 4일 제313-2006-00003호
주소 서울시 마포구 창전로 70(신수동) 5층
전화 02)6383-1602~3 **팩스** 02)6383-1610
대표메일 book@hanien.co.kr

ISBN 979-11-6040-393-0 03810